파멸
일기

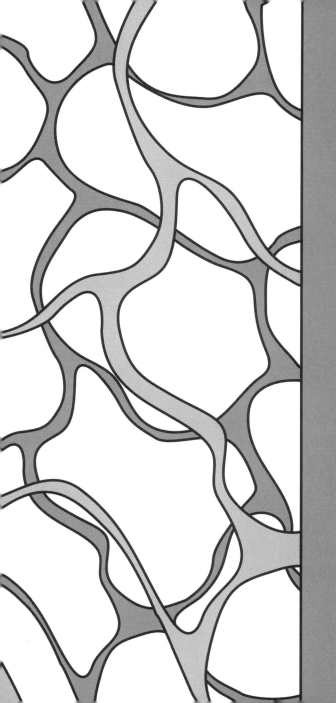

파멸
일기

윤자영 장편소설

mongsil
BOOKS

차례

프롤로그

이승민은 마포대교를 건너고 있었다. 늘어진 어깨와 힘 없는 발걸음, 우수에 찬 눈동자에서 비장함 또는 두려움이 느껴졌다. 승민은 대교의 중간쯤에서 걸음을 멈추고 아래로 흘러가는 탁한 강물을 보았다. 지난번에 한 번 와본 곳이지만 그때와 지금의 느낌은 달랐다. 실제 뛰어내리려고 보니 높이는 까마득히 높았고, 아래로 흘러가는 물살은 매우 빨랐다. 한강 마포대교에서 뛰어내리기로 결정하고 마음을 단단히 먹었지만, 막상 실행에 옮기려고 대교 위에 서니 종아리가 파르르 떨렸다.

"아, 씨발 존나 떨리네."

이승민은 긴장감을 풀기 위해 제자리에서 콩콩 뛰었다.

저 멀리 유람선이 하얀 포말을 일으키며 달려왔다. 이제 물러설 수 없다. 계획대로 실행해야 한다.

이승민은 신발을 벗어 난간 한쪽에 가지런히 놓았다. 그리고 교복 마이를 벗어 교표와 이름이 보이게 접어 신발 옆쪽에 내려놓았다. 왠지 자살하는 사람들이 그러는 것 같아 자신도 따라했다. 4월 말의 날씨는 봄이었지만 두려운 마음 때문인지 콘크리트 냉기가 발을 타고 올라와 심장을 떨리게 했다. 혹시나 방해를 받을까 대교 양쪽을 돌아봤다. 해가 넘어가기 전 을씨년스러운 날씨 때문인지 사람들은 보이지 않았다. 대교 위를 달리는 차들이 지날 때마다 미세한 흔들림이 전해졌다. 아마 제한 속도보다 더 속도를 내고 있을 것이다.

'자, 이제 시작하자.'

오른쪽 다리부터 올려 난간에 걸터앉았다. 고개를 들어 멀리 넘어가는 해를 보았다. 왠지 아래를 볼 용기가 나지 않았다. 빠른 물살을 보면 마음이 무너져 계획을 실패할 것 같았다. 이승민은 기도를 하려는지 눈을 감고 손을 모았다.

"이제 여기서 떨어지면 지옥 같은 세상은 끝이 나고, 나는 새롭게 태어나는 거야. 신이시여, 저를 불쌍히 여기시어 행복한 세상에서 다시 태어나게 해주세요."

이승민은 침을 꼴깍 삼키고, 주먹을 꽉 쥐었다. 몸을 천천히 앞으로 기울였다. 몸의 무게중심이 난간을 벗어나는 순간 지구의 중력은 그를 아래로 잡아끌었다.

첨벙!

검붉은 강물은 떨어진 그를 세차게 휘감았다.

1부

자살을
시도 하였습니다.

1

국어교사 홍서린의 눈에 먹잇감이 포착되었다. 이동명 학생이 문학 교과서를 보며 미소를 짓고 있었다. 누가 문학책을 보며 즐거움을 느끼겠는가? 분명 딴 짓을 하는 것이다. 홍서린은 먹잇감이 알아채지 못하도록 가르치던 것을 계속 읊었다.

"그러니까 허생원은 동이에게 업혀서 다리를 건너게 되었고…"

홍서린은 동물의 왕 사자가 사냥하는 것처럼 한발 한발 교실 뒤편의 이동명에게 다가갔다. 사냥감인 얼룩말에게 너는 안전하니 계속 풀을 뜯으라고 하듯 입으로는 허생원 수업을 계속하였다. 다만 먹잇감으로 다가가면서는 목소리의 크기를 점점 줄였다.

"허생원은 동이의 고향이 제천인 것과 왼손잡이인 것을 보고 자신이 아들이 아닐까 의심하게 되었지."

드디어 먹잇감에 도달했다. 역시 문학책 뒤에 만화책을 숨기고 있었다. 먹잇감은 포식자가 온 것도 모르고 만화책 읽기에 열중하고 있었다. 교실의 학생들은 앞으로 일어날 일에 잔뜩 기대를 품고 홍서린 선생님과 이동명 학생을 보고 있었다.

만화책이 얼마나 재미있었는지 선생님이 옆으로 와도 이동명은 눈치 채지 못하고 만화책에 집중하고 있었다. 홍서린은 괘씸한 놈의 어깨에 얼굴을 더욱 가까이했다. 아이들은 그 모습이 재미있는지 손으로 입을 틀어막고 크큭 웃어댔다.

주변의 분위기가 심상치 않음을 느꼈는지 이동명은 만화책을 빠르게 덮고 고개를 들었다. 하지만 바로 눈앞에서 선생님의 얼굴을 마주해야 했다. 이동명은 전혀 예상할 수 없었는지 깜짝 놀라 자신도 모르게 욕설을 내뱉었다.

"아 씨발! 깜짝이야."

와하하~

그 모습에 학생들의 웃음보따리는 터져버렸다. 이동명은 두 손으로 자신의 입을 막았지만 이미 엎질러진 물이었다. 하얀 얼굴에 피가 몰려 빨갛게 물들었다.

홍서린은 책상 속을 뒤져 만화책을 집어 올렸다.

'무적의 태양 검법' 터미네이터 같은 근육질의 무사가 자신의 몸만큼 기다란 칼을 쥐고 있는 표지였다. 홍서린 선생은 고개를 좌우로 흔들었다.

"이동명! 넌 고3이야. 고3!"

"입이 열 개라도 할 말 없습니다, 선생님. 그리고 제 입에서 나온 욕설은 선생님을 향한 것이 아니라 허공, 아니 제 스스로에게 한 것을 아시죠?"

와하하~

이이들은 이동명의 장난스러운 대답에 다시 웃음을 터뜨렸고, 홍서린은 고개를 설레설레 저었다.

홍서린은 충덕 고등학교 국어교사이고 지금 이동명이 속한 3학년 5반 담임이다. 기간제 교사지만 정교사들이 입시지도에 힘든 3학년 담임교사를 선호하지 않아 담임을 맡게 되었다. 3학년 5반은 공부를 못하고 말썽꾸러기가 많았지만, 그리 질 나쁜 학생은 없었다. 이동명도 그런 꾸러기 중 하나였다. 만화를 대충 보니 무협물이었다.

"동명아, 만화가 그렇게 좋으니? 그리고 이렇게 폭력적인 만화가 좋아?"

"선생님, 여자들은 로맨스를 좋아하지 않나요? 우리 남자들은 무림의 고수가 되고 싶습니다."

이동명은 무협지의 주인공처럼 허공에 주먹을 내지르는 행동을 취했다. 아이들도 재밌는지 이동명과 선생님을 번갈아 가며 보았다.

"아무튼, 수업 시간에 만화책을 보았으니 옳은 일은 아니야. 방과 후에 반성의 행동 200회를 하고 가."

옛날 같았으면 학부모 소환에 매타작이었겠지만 요즘 학교는 그렇지 않다. 체벌이 사라지고 학생들의 인권이 강화되었다. 홍서린도 신체적 폭행은 기본적으로 반대한다. 하지만 미성숙한 청소년의 잘못을 모른 척 넘어가기보다는 학생들의 잘못을 깨우치게 하고자 처벌을 개발하였다. 바로 '반성의 행동'인데 200자 원고지를 벽의 위와 아래에 붙여 놓고, 위쪽 원고지에는 '반'을, 아래쪽 원고지에는 '성'을 써야 하는 것이다. 반성이란 글자를 1회 완성하기 위해서는 앉았다 일어나기를 1회 해야 한다. 반성의 행동 200회는 앉았다 일어나기를 200번 해야 하므로 상당히 힘든 벌에 해당한다. 이동명은 불쌍한 표정을 지었다.

"선생님, 너무 가혹합니다. 부디 사랑하는 제자에게 자비를 베푸사 벌을 100회로 줄여 주십시오."

홍서린은 이런 꾸러기들을 다루는 방법에는 도가 텄다.

"좋아, 네가 협상하자는 거구나? 동명이 네가 원한다면 100회로 줄여 주지."

"진짜요?"

"다만! 이 만화책 사진을 찍어서 너희 아버지께 메시지로 전송하는 것으로 끝내주지."

남학생들은 아버지를 무서워한다. 수업 시간에 만화책을 본다는 것이 알려지면 학교에서의 괴로움보다 집에서의 괴로움이 더욱 커질 것이다. 이동명은 재빨리 미소를 지으며 말을 바꿨다.

"선생님, 요즘 하체가 부실해졌는데 200회 정도는 해야 튼튼해지지 않겠어요? 제자를 사랑하시는 마음, 감사히 받겠습니다."

띠링띠리리~

그렇게 수업 마치는 종소리가 울렸다. 봄이 왔다고는

하지만 아직 날씨는 매서웠다. 하지만 교실에서 한 시간 수업하고 나오자면 진이 빠지고 이마에 땀이 송글송글 맺혔다. 특히, 오늘처럼 월요일은 더욱 힘이 들었다.

홍서린은 짐을 챙겨 교무실로 돌아왔다. 자신의 업무용 책상으로 와서 의자에 털썩 주저앉았다. 의자에 등을 파묻으니 이제야 조금 살 것 같았다.

모니터 앞에 둔 스마트폰이 반짝 빛났다. 통화든 메시지든 무언가 수신되었다는 것이다. 홍서린은 허리를 세우고 스마트폰을 확인했다. 알 수 없는 번호로 부재중 전화가 두 통 들어와 있었는데 같은 사람이었다. 전화해 볼까도 생각했지만 필요하면 또 오겠지 생각하고 그만두었다.

홍서린은 믹스 커피를 타서 자리에 앉았다. 순간 책상 위의 스마트폰이 드르륵 울렸다. 아까 들어왔던 전화였다. 어떤 급한 일이기에 세 번씩 전화할까? 긴장되는 마음으로 통화버튼을 눌렀다.

"여보세요."

스마트폰 너머에서 잠시 뜸을 들이더니 깔끔하면서 중후한 목소리가 흘러나왔다.

-안녕하십니까? 전 이승민 학생의 아버지입니다. 혹시 승민이 담임선생님 되십니까?

홍서린은 이승민이라는 이름을 되뇌며 잠시 생각에 빠졌다. 분명 이승민이라는 학생은 자신의 반에 속해 있는 것은 확실한데 얼굴이 떠오르지 않았다. 더 지체했다가는 무능한 담임으로 인식될 것 같아 목소리 톤을 높여 아는 척 하였다.

"아, 네, 승민이 아버님이세요?"

-네, 그렇습니다.

낮게 깔리는 승민이 아버지의 목소리에서 비장함이 묻어났다. 학부모가 학교에 전화하는 이유는 딱 한가지로 귀결된다. 바로 학생의 문제!

"네, 아버님. 무슨 일로 전화하셨어요?"

-4월 25일, 그러니까 지난 금요일에 승민이가 학교에서 무슨 일이 있었습니까?

고3 학생들에게는 특별한 일이 없다. 오직 공부, 공부, 공부다. 쉬는 시간도 공부하거나 잠을 자느라 복도가 조용하다. 너무 평범한 하루를 보내기 때문에 특별한 일이 있다면 분명히 알았을 것이다.

"글쎄요. 학교에서 특별한 일은 없었습니다."

전화기 저편에서 잠시 머뭇거리는 느낌이 전해졌다. 이제 본론을 말할 것이다.

−승민이가 금요일에 조퇴를 했다던데 뭐라고 하면서 빠졌습니까?

그제야 이승민의 얼굴이 기억났다. 이승민은 금요일 6교시 후 교무실로 찾아와 열중쉬어 자세로 서서는 감기가 걸린 것 같다며 마지막 7교시를 빠진다고 했었다.

"선생님, 감기로 몸 상태가 좋지 않습니다. 조퇴를 시켜 주십시오."

"그래, 몸이 안 좋구나? 한데 한 시간만 참으면 되는데 보건실에 갔다가 참아보는 것이 어떨까? 한 시간 때문에 개근상을 타지 못하면 아깝잖아."

"도저히 교실에 앉아 있을 수 없습니다. 조퇴를 허가해 주십시오."

허락도 아니고 허가해 달라니 승민이의 말투에 비장함이 느껴져 조퇴를 허락했었다.

"감기로 몸이 아프다고 조퇴했어요. 그때는 별로 아파보이지는 않았었는데 주말에 무슨 일이 있었나요?"

전화기 저편의 묵직한 머뭇거림이 다시 전해졌다.

−그래요…… 아무 일도 없었다…….

홍서린의 경험상 분명 승민이에게 무슨 일이 있는 것이다.

-승민이의 학교생활은 어떻습니까? 아무 문제없이 생활을 잘 합니까?

 그 승민이는 한마디로 표현하자면 무(無) 상태의 학생이다. 여기서 '무'란 없다는 뜻이다. 실제 없다는 것이 아니라 없는 학생 같다는 것이다.

 이승민은 언제나 창가에 앉아 조용히 수업을 듣는다. 질문도 없고, 대답도 없다. 다른 대부분의 학생처럼 졸지도 않는다. 사고를 치기는커녕 학기 초 상담시간에 연신 고개를 끄덕이며 대답만 했다. 그래서 이름을 들어도 없는 학생처럼 느껴진 것이다.

 "네, 아무 문제도 없습니다. 무슨 일이 있나요?"

 홍서린의 질문을 들었는지 모르겠지만 남자는 계속 질문하였다.

 -음…… 그럼 친구 사이는 어떻습니까? 친구 사이에서 문제는 없습니까?

 이승민이 친구가 있나? 홍서린은 이승민의 교우관계를 잘 파악하지 못한 것을 자책하며 학기 초에 받아둔 기초조사서를 빠르게 펼쳤다. 가장 친한 친구란에 아무 이름도 적혀있지 않았다. 변명하는 것 같아 목소리가 작게 나왔다.

"승민이는 친구가 없는 편이지만 그렇다고 큰 문제는 없습니다."

말은 없었지만, 전화기 저편에서는 무거운 고민이 전해졌다. 이승민에게 주말에 무슨 일이 있었던 것이다. 머리에 경고등이 들어왔다.

"아버님! 방금 전 우리 반 수업이었어요. 승민이는 평소처럼 잘 있었는데 무슨 일이 있나요? 주말에 무슨 일이 있었던 거죠?"

-전화로 할 말은 아닌 것 같습니다. 이따 저녁때 만나서 말씀드리고 싶습니다만······

"네, 방과 후라면 시간이 됩니다. 학교로 오셔요."

-저······ 외람된 부탁이지만 학교에서 조용히 이야기할 곳이 있습니까?

"상담실도 있고, 학년 사무실 옆에도 상담할 수 있는 공간이 있어요."

-죄송하지만 학교 밖에서 만날 수 있을까요? 그리고 저를 만나는 것을 비밀로 해주세요. 학교의 누구에게도 말씀하시면 안 됩니다.

비밀이라니 도통 무슨 소리인지 모르겠다. 그리고 아무리 학부모라지만 학교 밖에서 남자와 단둘이 만나는 것이 더 이상하지 않을까?

"방과 후라면 상담 선생님이 퇴근하셔서 상담실은 비어 있어요. 그곳이라면 조용히 이야기할 수 있을 거예요."

-음…… 좋습니다. 제가 퇴근하고 서둘러 가면 저녁 7시가 될 텐데 괜찮을까요?

"네, 특별한 일이 없으면 3학년 담임은 매일 남으니 상관없어요."

-그럼 상담실로 저녁 7시에 찾아뵙겠습니다. 다시 한번 말씀 드리지만 저를 만나는 사실을 반드시 비밀로 해 주십시오.

홍서린은 전화를 끊고 크게 한숨을 쉬었다. 스마트폰을 쥔 손바닥에서 땀이 배어 나왔다. 짧은 대화였지만, 알 수 있었다. 분명 이승민에게 어떤 큰일이 발생한 것이다. 머리의 경고등이 심장으로 전해져 불규칙하게 뛰기 시작했고, 가슴속에서 불안이 커져만 갔다.

홍서린은 교무실을 나와 3학년 5반 교실로 갔다. 3학년 부장님 수업인 물리 수업이 진행되고 있었다. 홍서린도 학창시절에 물리가 어려워서 싫어했다. 역시나 많은 학생이 고개를 파묻고 있었지만, 이승민은 허리를 꼿꼿이 세우고 칠판을 보고 있었다. 항상 봐오던 모습이었다.

'도대체 무슨 문제가 있었길래 아버님은 비밀을 강조했을까?'

이승민이 눈을 돌려 창가를 보았다. 홍서린은 눈이 마주칠까 재빨리 자리를 피했다. 역시 지금 아무리 고민해도 소용없다. 저녁에 이승민 아버지를 만나볼 수밖에 없다.

2

저녁 7시 5분 전에 이승민 아버지로부터 전화가 왔다. 학교 앞인데 상담실로 바로 간다고 위치를 알려달라고 했다. 홍서린은 후관에 있는 상담실 위치를 설명한 후 종이컵에 커피 두 잔을 타서 상담실로 갔다.

상담실 앞에는 짧은 머리의 중년 남성이 있었다. 작은 체구지만 단단하고 올곧은 체형이었다. 홍서린을 본 남성은 절도 있게 인사를 했다.

"안녕하십니까? 3학년 5반 담임 선생님이십니까?"

홍서린은 재빨리 고개를 숙여 인사했다.

"네, 홍서린입니다. 승민이 아버님이시지요?"

홍서린은 가져온 열쇠를 이용하여 상담실 문을 열었고,

테이블에 컵을 놓으며 자리를 권했다. 자리에 앉은 남자는 명함을 한 장 꺼내 홍서린 앞으로 밀었다.

'○○공군여단 원사 이달수'

이승민의 아버지는 군인이었다. 홍서린은 군인에 대해서는 잘 모르지만 남자의 반듯한 모습이 군인이기 때문은 아닐까 생각했다. 이승민의 아버지는 허리를 꼿꼿이 세우고 앉아 있었다. 이승민이 교실에서 앉아 있는 모습이 오버랩 되었다.

"선생님께 다시 한 번 다짐을 받고 싶습니다."

"무슨 말씀이신지요?"

"아까도 말했지만, 오늘 제가 학교에 온 것은 비밀입니다. 승민이도 제가 온 것은 모릅니다. 그리고 앞으로도 몰라야 합니다."

도대체 어떤 폭탄을 터뜨리려고 이렇게 비밀을 지킬 것을 반복하는 것인가?

"일단 이야기를 들어봐야겠지만 가능하면 비밀을 지킬게요."

"좋습니다. 제가 여기 온 것은 승민이의 학교생활에 대해 알아보기 위해서입니다."

홍서린은 이승민 아버지가 학교생활을 알아보기 위하여

온 것이 아니라는 것쯤은 알 수 있었다. 자녀의 학교생활을 알아보기 위해 몇 번이고 비밀을 지켜달라는 다짐을 받지는 않을 것이기 때문이다.

"전화로도 말씀드렸지만, 승민이의 학교생활에는 문제가 없습니다. 아버님께서 학교에 직접 찾아오시고 비밀을 지켜달라고 하시는 것으로 보아 승민이에게 어떤 문제가 생긴 것입니다. 그렇지 않나요?"

남자의 눈빛이 약간 흔들렸지만 꼿꼿한 자세는 변하지 않았다.

"지금부터 제게서 듣는 말은 평생 비밀로 지켜야 합니다. 아시겠습니까?"

도대체 승민이에게 무슨 일이 있었기에 이토록 비밀의 다짐을 받는 것인가? 홍서린은 왠지 판도라의 상자를 여는 것이 아닐까 걱정되었다. 홍서린은 마른침을 꼴깍 삼키며 고개를 끄덕였다. 남자는 한참을 고민하는가 싶더니 서서히 입술을 움직였다.

"승민이가 지난 금요일 저녁에 자살을 시도했습니다."

홉

홍서린은 충격에 머릿속이 새하얗게 변했고, 심장이 멈추는 것 같았다.

'자살 시도'

전혀 상상하지 못한 문제였다.

홍서린은 정신을 가다듬고 이승민의 일상을 떠올려보려했다.

무슨 고통 때문에 자살을 시도했을까? 이승민은 무(無)의 아이, 학급에서 거의 없는 것 같은 학생으로 수업시간에도 튀지 않고 그저 창가에 꼿꼿한 자세로 앉아 수업을 듣는다. 다른 아이들과도 문제는 없어 보였다. 아니면 자세한 상황을 몰랐던 것일까?

아버지의 입에서는 금요일 상황이 계속 흘러나왔다.

"승민이는 7교시를 조퇴하고 마포대교로 갔습니다. 그리고 마포대교에서 뛰어내렸죠. 마포대교 한편에 자신의 신발과 교복 상의를 가지런히 벗어놓고요. 다행인 것은 마침 그 시간에 한강 유람선이 지나고 있어서 구조될 수 있었습니다. 잠시 기절했지만 병원에서 깨어났고, 특별한 외상은 없다고 하여 그날 새벽에 바로 퇴원하였습니다."

남자는 입에서 충격적인 말이 연신 나왔지만, 역시 꼿꼿한 자세는 변하지 않았다. 홍서린은 떨리는 손으로 종이컵을 들었다. 손의 떨림이 종이컵으로 전해졌는지 커피가 작은 파문을 일으키며 동심원을 그렸다.

"선생님, 우리 가족은 제가 잘 알아요. 장담합니다. 가정에는 아무런 문제가 없습니다. 가정에 원인이 없다면 학교에 있는 거겠죠. 그래서 이렇게 학교에 원인을 찾아온 것입니다. 잘 생각해 보십시오. 승민이가 학교에서 문제가 없습니까? 친구나 이성 이런 문제 말입니다."

"스, 승민이는 오늘도 평상시와 같이 학교에 왔고, 수업을 들었어요. 그런데 금요일에 한강에서 뛰어내렸다니…… 저는 정말 믿겨지지 않아요."

"저도 믿겨지지는 않습니다만 승민이가 자살을 시도한 것은 사실입니다. 혹시 전에도 이렇게 조퇴하거나 아프다거나 한 적은 없나요?"

홍서린은 아무 생각도 나지 않았다. 그냥 자신의 반 학생이 자살 시도를 했다는 충격 때문에 고개를 좌우로 흔들 뿐이었다. 더 알아낼 것이 없다는 것을 알았는지 남자는 자신의 앞에 놓인 커피를 들어 한 번에 마셔버렸다.

"선생님! 다시 한 번 말씀드리지만, 제가 학교에 왔던 일이나 오늘 한 이야기는 잊어주십시오."

이 남자는 자식이 자살 시도를 했는데 뭐가 이렇게 침착하단 말인가? 그리고 비밀을 지키라니.

"병원에서는 뭐라고 해요? 신경정신과나 심리상담소는

찾아가 봤습니까?"

남자는 손목시계를 보았다.

"아직 입니다. 토요일 새벽에 퇴원하고, 어제는 일요일
이었으니 집에서 쉬었습니다. 지금쯤 제 엄마랑 심리상담
소에 갔을 겁니다. 이제 저도 거기로 가봐야겠습니다."

남자가 일어나려고 했다.

"혹시 제가 그 문제로 승민이를 상담해도 될까요? 심각
한 이야기를 들은 이상 그만 둘 수 없어요. 아버님이 모
르는 가정의 문제가 있을 수 있어요. 때에 따라서는 경찰
이나 학교에 보고를 해야 해요."

남자의 표정이 갑자기 험악해지며 손으로 종이컵을 단
번에 구겨버렸다.

"가정의 문제는 절대로 없습니다. 잘난 체 하지 마시고
우리 가족을 위해서라면 그냥 비밀을 지켜주십시오. 우리
가족 문제라면 제가 알아서 처리합니다!"

남자는 군인이다. 평생을 규칙과 규정대로 살아왔다. 본
인은 자신의 가정이 완벽하다고 생각하겠지만 그건 모르
는 것이다. 학교에서 문제를 찾을 수 없는 아이는 분명히
가정에 문제가 있기 때문이다. 홍서린은 남자의 행동에
기가 죽었지만, 그래도 사명을 다하기로 했다.

"아버님이 장담하실 일은 아닌 것 같아요. 혹시 승민이에게 물리적 폭력을 행사한 적은 없나요?"

남자는 쥐었던 종이컵을 놓고 다시 자세를 바로 했다. 설명이 필요하다고 생각했는지 무서웠던 표정이 다시 풀렸다.

"선생님은 아직 미혼이신 것 같은데 자식을 낳아보면 압니다. 아이가 아프면 대신 아프고 싶고, 아이가 중죄를 지어도 대신 벌을 받고 싶어 합니다. 심지어 자기 자식을 위해 대신 죽을 수 있다는 것이 부모 마음입니다. 지금 제 아들이 마포대교에서 뛰어 내렸어요. 아무 이유 없이 자살하는 사람은 없겠죠. 분명히 이유가 있을 겁니다. 저는 이 이유를 찾아서 직접 해결해 줄 겁니다."

남자의 마지막 목소리가 떨리고 눈시울이 붉어졌다. 군인인 남자는 겉으로 강한 척 했지만 자식을 사랑하는 마음에서 미세하게 무너졌다. 사랑하는 자식이 자살 시도를 했으니, 부모의 마음이 오죽할까? 홍서린에게 이승민 아버지의 마음이 충분히 전해졌다. 남자는 기침을 하며 다시 목소리를 가다듬고 말을 이었다.

"가정에서 문제가 있었다면 저는 학교에 찾아오지도 않았을 겁니다. 그리고 승민이에게 절대 손을 댄 적도 없습

30

니다. 저는 다른 것을 바라지 않습니다. 그저 우리 승민이가 다시 정상적인 생활을 하는 것을 원합니다. 선생님도 승민이가 지금의 생활을 이어가는 것을 원하시겠죠?"

홍서린은 고개를 끄덕였다.

"그렇다면 비밀을 지켜주십시오. 선생님께서 비밀을 지켜주시는 것이 아니, 그냥 모르는 척해주시는 것이 승민이에게 도움이 되는 것이기 때문입니다. 선생님께서 승민이에게 왜 자살을 시도했는지 이것저것 묻고, 학교에 알려서 모든 선생님들이 승민이를 색안경을 끼고 보신다면 어떻게 되겠습니까? 승민이는 그 압박감에 다시 실수를 저지를지 모릅니다."

맞는 말이다. 자살 시도 이유는 알 수 없으나 승민이가 자살 실패로 다시 살아가려고 할지도 모른다. 그런데 아픈 상처를 계속 건드린다면 상처가 아물지 못하고 더 곪을 수 있기 때문이다. 그리고 사실 선생님들은 말이 많기 때문에 소문이 금방 확대되어 퍼져나갈지도 모른다.

"좋아요. 아버님 말씀대로 오늘 일은 비밀로 하겠습니다. 하지만 저도 담임의 임무로 승민이의 심리 상담 결과를 알고 싶어요."

"그렇다면 그 문제는 승민이 엄마와 이야기 하시죠."

승민이 어머니의 휴대폰 전화번호를 받는 것으로 남자와의 이야기를 마쳤다.

3

홍서린은 3학년 5반 자신의 수업시간에 이승민을 신경써서, 하지만 승민이가 눈치 채지 못하도록 관찰했다. 창가에 앉아있는 승민이는 아버지와 같이 꼿꼿한 자세로 앉아서 칠판에 열중했다. 그리고 보니 교실에서 승민이를 인식한 것이 처음이었다. 아마 오른손으로 칠판 글씨를 쓰기 때문에 창가 쪽은 항상 등지게 되어 더욱 인식하지 못했을 거라고 스스로 변명했다. 그래도 다행인 것은 충격적인 행동을 시도한 승민이는 괜찮아 보였다. 속은 어떤지 알 수 없지만 적어도 겉모습과 행동이 괜찮은 것에 마음을 놓았다. 정말 자살 시도 사건이 있었는지 의문이 들 정도였다.

3일 후, 승민이의 어머니께 전화가 왔다. 전화기 저편의 목소리는 힘없는 작은 목소리였다.

-3학년 5반 담임 선생님이시죠? 전 이승민 학생 엄마입니다.

"네, 어머님. 저는 승민이 담임인 홍서린입니다."

-애 아버지가 선생님께 연락을 하라고 해서……

"아, 승민이 병원은 다녀오셨나요?"

-네, 그 이야기를 하려고 전화 드렸어요. 일단 심리상담소에서 검사결과는 정상이었어요. 혹시나 신경정신과에 가서 호르몬 검사도 받았는데 마찬가지로 정상이었어요. 심리상담소나 병원에서는 간혹 이런 케이스도 있다고 합니다. 일시적으로 자살 충동이 생기는데 언제 그랬냐는 듯이 멀쩡해진다고 합니다.

"그래요? 정말 다행이네요. 아버님께서 오시고 좀 더 주의 깊게 지켜보았는데 학교에서도 별 탈 없이 지내고 있어요."

-다행이네요. 그래서 말인데요. 애 아빠가 선생님께 비밀을 지켜줄 것을 다시 한 번 다짐을 받으라고 하네요.

홍서린은 자식을 낳아보지 않아 잘 모르겠지만 왜 자꾸 비밀을 강조하는지 궁금했다.

"아버님께서 자꾸 비밀을 다짐받으라고 하시는데 특별한 이유가 있나요?"

-아시겠지만 애 아빠는 군인이에요. 평생 법을 지키며 정상적으로 살아온 자신에게 문제가 생겼다는 것을 받아

들이지 못하는 걸 겁니다. 하지만 애 아빠는 우리 가족을 정말 사랑하고 있어요. 우리 가족을 자신의 일부로 생각할 정도로 말이에요. 애 아빠는 상담소나 병원에서의 결과를 듣고 매우 좋아하고 있어요. 이제 자살 시도 전으로 다시 돌아가서 평상시대로 생활하려는 것입니다. 그래서 밖으로 알려지는 것을 걱정하는 것이고요.

언뜻 이해하기 힘든 말이다. 일시적 충동이었다지만 분명 자살 시도는 이유가 있을 텐데 말이다. 과연 다시 그때로 돌아갈 수 있을까?

"그렇군요. 원인이 있을 텐데 그것을 그냥 넘어가도 될까 걱정이네요. 아버님 모르시게 제가 학교 상담실에서 상담해보는 것은 어떨까요?"

"선생님, 그러지 마세요. 저는 애 아빠를 믿습니다. 그이가 잘 해결할 겁니다."

홍서린은 더 이상 아무 말도 할 수 없었다. 실제로 상담을 하라고 해도 자신이 없었다. 무(無)의 아이에게서 어떤 말이 나올까도 겁났지만, 담임의 임무를 소홀히 했다는 것을 증명하기 싫었다.

"승민이가 학교에서 괜찮아 보이고 집에서도 아무 일도 없다니 비밀은 지킬게요."

34

-그래요 선생님. 감사해요.

어머니는 힘없이 말하고는 전화를 끊었다. 그렇게 이승민의 자살 미수 사건은 마무리되었다. 홍서린의 교직 생활에서는 큰일이었지만, 교실에서 이승민의 존재가 사라지는 것처럼 자살 미수 사건도 홍서린의 머릿속에서 점점 잊혀갔다.

4

계절의 여왕 5월로 접어들었을 무렵 충덕 고등학교에는 다시 큰 사건이 일어났다. 바로 학생이 사망한 사건이다. 하루에도 수많은 사건, 사고로 사람들이 죽는다. 고등학생도 사람이니 죽을 수 있다. 예전 한 공업고등학교에서 기간제 근무를 할 때에는 1년에 두 명이 사망한 적도 있었다. 오토바이 사고와 익사, 둘 다 만취의 음주상태였다고 했다. 다른 학년이어서 사망한 학생의 얼굴을 몰랐다. 그래서 충격이 덜 했을지도 모르지만 이번 사망 사건은 달랐다.

사망한 학생은 3학년 1반의 공승민 학생으로 홍서린이 직접 가르치는 학생이었다. 공승민은 다소 불량스러운 면

이 있는 학생이었지만 요즘 학생들보다 조금 더 과활뿐이라고 생각했었다. 그리고 충격을 더한 것은 죽은 이유가 오토바이 사고나 익사가 아니라 누군가에게 살해당했다는 것이다. 정확한 이유는 모르나 들리는 소문에는 학교 옆 공원에서 뒤통수를 벽돌로 가격당해 즉사했다고 한다.

공기가 무거웠다. 공기의 무게가 얼마나 하겠냐마는 오늘 아침 충덕 고등학교를 감싸는 공기의 무게는 달랐다. 학교는 무거운 분위기에 떠들썩한 활기는 없었지만 학생들은 삼삼오오 모여 작은 목소리로 공승민 살인사건을 속삭였다. 그렇게 살인에 대한 소문은 점점 부풀려져 빠르게 퍼져나가고 있었다.

이른 아침이었지만 혼란을 잠재우려는지 3학년 교무실에서 긴급회의가 시작되었다. 회의에는 교장, 교감, 그리고 처음 보는 얼굴의 남자가 있었다. 회의는 교감선생님의 말로 시작되었다.

"여러분들도 아시다시피 3학년 1반의 공승민 학생이 오늘 새벽에 사망하는 사건이 발생하였습니다."

홍서린은 건너편에 있는 1반 담임인 송나영 선생을 보았다. 송나영 선생의 눈은 퉁퉁 부어 있었다. 홍서린도 자신의 반 학생이 살해당하면 눈물이 나올까 생각해 보았다. 아마 충격에 눈물이 나겠지?

"지금 학생들이 어떻게 알았는지 SNS로 소문이 퍼지고 있습니다. 사건을 물으려는 학부모들의 전화에 교무실이 난리고요. 학부모님들의 걱정은 하나, 학생들의 대학 입시입니다. 모의고사가 코앞이에요. 선생님들도 학생들처럼 동요하지 마시고 하루 빨리 학교가 정상화가 될 수 있도록 힘써주시기 바랍니다."

한 사람이, 더욱이 학교 학생이 살해당했는데 어떻게 입시 같은 이기적인 소리를 할 수 있을까? 학교의 관리자가 되면 저렇게 변해야만 하는 것일까? 아마 학부모들도 관리자와 같은 마음일 것이다. 사람이 죽어나가도 자신의 자식에게 피해가 오면 안 되는 것이다. 홍서린이 고개를 흔들고 있을 때, 처음 보는 남자가 자리에서 일어섰다. 교감선생님은 남자를 소개했다.

"그러니까 이 분은 중부경찰서의……"

교감선생님은 남자의 이름을 잊었는지 안주머니를 뒤져 명함을 꺼냈다. 아마 저 사람은 사건 수사를 위해 나온 형사일 것이다. 형사는 앞으로 한 발 나서서 인사했다. 형사와 조폭은 구별하기 어렵다고 하더니 딱 그랬다.

"교감선생님, 그냥 제가 소개하겠습니다. 안녕하십니까?

저를 소개하겠습니다. 직책을 말한들 선생님들은 모르실 것 같으니 생략하겠습니다. 중부서 하광현 형사입니다. 제가 학교에 온 것은 다름이 아니라 조속한 사건을 해결하기 위해서 사망자와 관련이 깊다고 생각하는 몇 사람에게 도움을 받고자 해서 찾아왔습니다."

그때 8반 담임 이민지 선생님이 손을 들고 말했다.

"살인사건이 일어났으니 당연히 조사해야겠지만 우리 교사들도 어느 정도 사실을 알았으면 해요. 교실에 들어가면 아이들이 물어볼 거예요. 어느 정도 알고 있어야 학생들에게 대응할 수 있으니 살인사건의 설명을 부탁드려요."

하광현 형사는 무서운 얼굴로 씨익 웃었다.

"선생님은 방금 살인사건이라고 했는데 어디서 그런 소리를 들었습니까?"

이민지 선생은 자신의 스마트폰을 높이 들어올렸다.

"요즘 SNS의 위력은 대단해요. 제가 몇몇 학생들과 페이스북 맞팔이라 확인해보았는데 소문의 확산이 무서울 정도예요. 처음에는 공원에서 피를 흘리고 쓰러져 있었다고 했는데 그 후에는 벽돌로 뒤통수를 맞았고, 지금은 망치 연쇄살인마에 무차별 공격으로 인해 두개골 모두 함몰되었다고 해요. 도대체 어떤 말이 사실인 거예요? 우리도 뭘 알아야 학생들에게 대응을 할 수 있을 것 아니에요?"

형사는 무언가 결심한 듯 고개를 살짝 끄덕였다.

"그 정도라면 위험수위군요. 하지만 사건은 오늘 새벽에 일어났습니다. 이제 조사가 시작되었죠. 지금까지 사건에 대해 정확히 밝혀진 사실은 없습니다. 사망자인 공승민이 학교 옆 공원에 쓰러져 있었던 것과 뒤통수에 외상이 있고, 조금 떨어진 곳에서 벽돌이 발견된 것 정도입니다. 살인일수도 있고, 그냥 퍽치기를 당했는데 오랜 시간 방치되어 죽었을지도 모르는 일입니다. 그래서 빨리 조사가 필요한 것이지요. 아마 시체를 부검하면 사인을 정확히 알 수 있겠지만 지금은 여기까지입니다."

망치 연쇄살인마란 말을 듣다가 단순 퍽치기 사건일수도 있다니 모두 안도의 한숨을 내쉬었다. 하지만 공승민의 담임인 송나영 선생은 다시 사건 이야기를 들어서 그런지 엉엉 소리를 내며 손으로 얼굴을 가렸다.

형사는 오열하는 송나영 선생을 한 번 보더니 자신이 들고 있던 수첩을 펼쳤다.

"에, 일단 학교운영에 방해가 되지 않도록 수사를 진행하고 싶습니다. 대상은 사망자의 담임 선생님, 학생부장 선생님 그리고 친한 학생들, 여자 친구 등등입니다. 먼저

담임 선생님과 이야기를 시작하고 친한 학생들이나 조사
에서 필요한 인물들을 중심으로 상황에 맞게 부르도록 하
겠습니다."

그때 조례의 시작을 알리는 종이 울렸다. 3학년 부장인
남용성 선생은 무슨 말을 하려는 듯 일어섰다.

"일단 송나영 선생님은 오늘 수업을 할 수 없는 상황인
것 같으니 조례와 종례는 제가 대신 들어가겠습니다. 교
감선생님, 수업계에게 송나영 선생 수업 교환을 부탁드립
니다."

교감선생님은 엎드려 울고 있는 송나영 선생을 보더니
혀를 쯧쯧 찼다.

"그래야겠군요. 그럼 남용성 부장이 3학년 단속 잘 해
주세요."

그렇게 각 반의 담임선생들은 자신의 교실로 들어갔다.
무거운 분위기 때문에 교실의 분위기는 가라앉아 있었고,
수업도 잘 되지 않았다. 학생들도 친구가 살해되었다는
소문 때문인지 그 이야기는 비밀처럼 꺼내지 않았다.

홍서린이 5교시 수업을 마치고 교무실로 들어오자 담임
반 학생인 신그린이 자리에 있었다. 그린이는 오늘 아침
에 등교를 하지 않았었다. 홍서린도 공승민 학생의 사망

사건으로 정신이 없어 집에 연락을 취하는 것을 잊고 있었다. 그린이도 많이 울었는지 얼굴이 송나영 선생과 마찬가지로 엉망이었다.

"그린아, 어떻게 된 거야? 뭐 하다가 지금 왔어? 어디 아프니? 왜 울었어?"

"그게…"

그때 남용성 부장이 다가왔다.

"홍서린 선생, 그 학생이 공승민 여자 친구랍니다. 형사들이 조사를 하겠다고 하는데 학생이 도무지 혼자서는 못 가겠다고 하니 홍서린 선생이 같이 들어가 보세요."

홍서린은 눈물을 글썽거리는 그린이를 안았다. 얼마나 충격을 받았을까? 다시 감정이 복받쳐 올라왔는지 홍서린의 품안에서 서럽게 울었다. 떨리는 그린이의 마음이 홍서린에게도 전달되었는지 홍서린의 눈에도 눈물이 맺혔다. 그렇게 홍서린 선생도 눈물을 흘리며 그린이가 안정될 때까지 안고 있었다.

"그린아, 선생님은 몰랐는데 너랑 공승민이랑 사귀는 사이었어?"

신그린은 눈물을 휴지로 찍어내며 고개를 끄덕였다.

"네…"

"그렇다면 형사들에게 적극적으로 협조해서 승민이가 억울함이 있다면 빨리 풀어주고, 범인에게 응징을 가해야겠지?"

신그린은 선생님의 말에 힘을 얻었는지 이를 악물었다.

"네, 하지만 형사들은 무서워요. 선생님이 같이 가주시면 안 돼요?"

"그래, 같이 가줄게."

임시 조사실은 1층 교장실 옆 학교운영위원회 회의실이었다. 단단한 철문을 열고 들어가자 아침에 보았던 하광현 형사와 정장을 깔끔하게 입은 젊은 형사가 있었다.

젊은 형사는 웃는 얼굴로 일어서서 자리를 안내했다.

"어서 오세요. 이쪽으로 앉으시죠."

살인사건을 수사하는 형사들은 안쪽에 있는 하광현 형사처럼 우락부락한 생김새인 줄 알았는데 의외였다. 아마 어린 학생들 수사를 대비해서 이런 인상이 편한 형사가 있는 것 같았다.

"네 이름이 신그린이지?"

그린이가 쭈뼛거려 대신 홍서린이 대답했다.

"맞아요. 이 학생이 신그린이고 저는 그린이 담임선생이에요. 지금 그린이가 충격이 크고 겁을 많이 먹고 있어제가 같이 있었으면 좋겠어요. 그래도 될까요?"

젊은 형사는 창가의 하광현 형사를 슬쩍 보는가 싶더니 다시 웃는 얼굴로 돌아봤다.

"그럼요. 선생님이 그린이가 대답하는 것을 도와주신다면 더 좋겠습니다. 그럼 일단 차를 한 잔씩 마시면서 시작할까요? 그린이는 코코아 괜찮니?"

그린이가 고개를 끄덕이자 젊은 형사는 홍서린을 보았다. 홍서린은 차를 마시고 싶은 마음이 없었지만 분위기상 거절하기도 그래서 같은 것을 달라고 하였다. 젊은 형사는 회의실 한쪽에 마련된 탕비실에서 코코아 두 잔을 뚝딱 만들어 왔다. 원래 운영위원회 회의실에는 코코아가 없었을 텐데 수사를 위하여 이런 것을 준비했나 보다. 젊은 형사는 싱글거리면서 종이컵 두 개를 테이블에 놓았다.

"어서 한 모금 마셔봐. 선생님도 한 잔 드셔보세요. 제가 특별한 비법으로 만든 특제 코코아랍니다."

홍서린은 코코아를 담은 종이컵을 들어 입에 댔다. 입안 가득히 단맛이 전해졌다. 형사의 특제 코코아는 그냥 하는 말이 아니었다. 홍서린은 다시 종이컵을 들어 코코아를 마셨다. 아마 코코아가 맛있다는 것이 표정에서 전

해졌을 것이다. 앞의 젊은 형사는 마음에 드는지 미소를
지었다.

"선생님, 코코아 맛이 어때요?"

이 젊은 형사는 사건 수사는 안 하는 걸까? 쓸데없는
이야기를 하네, 라고 생각했을 때, 뒤의 형사가 소리쳤다.

"장 형사! 또, 쓸데없는 소리!"

젊은 형사는 깜짝 놀랐는지 어깨를 들썩했다.

"앗! 죄송합니다."

젊은 형사는 재빨리 주머니를 뒤져서 명함을 꺼내 책상
위에 올렸다.

"아 참, 제 소개를 먼저 하겠습니다. 중부경찰서 형사
장한결입니다."

장한결 형사는 한쪽에 있는 노트북을 열었다.

"그럼 간단하게 조사를 시작해보겠습니다. 먼저 그린아,
네가 피해자 그러니까 공승민의 여자 친구가 맞니?"

그린이는 조금 뜸을 들이는가 싶더니 조그맣게 말했다.

"…네."

"어젯밤에 승민이를 만났니?"

"아니요. 어제 승민이는 야자를 빼먹고 친구들을 만나러
갔어요."

친구들을 만났다는 말에 장한결 형사의 눈빛이 매섭게
빛났다.

"그래. 친구들은 같은 학교?"

"아니요. 같은 학교도 있고, 다른 학교 애들도 있어요."

"어제 같이 있던 친구들 이름을 알고 있니?"

"일단 우리 학교 학생 이름은 3학년 1반의 김찬영이에
요. 그리고 저는 다른 학교 친구들은 잘 몰라요. 찬영이에
게 물어보세요."

장한결 형사는 노트북에 학생 이름을 적는지 자판을 두
드렸다.

"그렇구나. 너는 그 자리에 없었다는 거지?"

장한결 형사는 그린이의 알리바이를 확인하는 것처럼
다시 물었다.

"네. 저는 학교에서 9시까지 야간 자율학습을 하고, 바
로 학원 갔다가 집으로 갔어요."

장한결은 연신 노트북 자판을 두드렸다.

"그렇구나. 자율학습을 9시에 마치고 학원을 갔다고?
네가 다니는 학원 이름이 뭐야?"

"충덕 사거리에 있는 성원학원이에요."

"몇 시에 시작하고, 몇 시에 끝나지?"

"교문에서 9시 10분에 학원 차를 타고 가서 9시 20분에 시작하고 11시에 끝나요. 다시 학원차를 타고 집에 오면 11시 20분이고요."

장한결 형사는 그린이의 대답을 연신 노트북에 기록했다.

"좋아. 그런데 승민이는 어젯밤에 친구들과 무엇을 했을까? 일단 오전에 조사해 본 결과 승민이는 친구들과 공원에서 술을 마셨다고 하는데 이런 일이 자주 있었니?"

그린이는 머뭇거리며 홍서린을 보았다. 아마 선생님 앞에서 나쁜 짓을 말하기 쉽지는 않았을 것이다.

"괜찮아, 그린아. 지금 여기서는 사실만 말해. 선생님은 여기서 들었던 말을 모른 척 할게."

신그린은 고개를 끄덕이고는 장한결 형사를 보았다.

"중학교 친구들과 마셨을 거예요. 승민이는 중학교 때 날라리였지만 고등학교에 올라와서는 마음을 잡았어요. 저도 승민이랑 같은 중학교를 나왔지만 철없던 그때랑은 정말 달라졌어요. 저도 마음을 잡은 승민이를 알기 때문에 사귀기 시작한 거예요."

"그래. 어제 공승민이 만난 사람들은 중학교 때 친구들이고, 같이 술을 마신거구나."

장한결 형사는 테이블 위의 볼펜을 입에 넣고 손가락으로 빙글빙글 돌렸다.

"너도 그 아이들과 같이 있었던 적은 없니? 그러니까 그런 술자리에 있었던 적이 있냐는 거야."

신그린은 형사가 자꾸 술 이야기를 해서 그런지 까칠하게 말했다.

"형사님의 학창시절은 어땠나요? 요즘 고등학교는 그 옛날이랑은 다르다고요. 여학생들의 얼굴을 보세요. 얼굴에 화장하지 않은 친구가 없어요. 그래요. 분명히 술은 마셨어요. 하지만 우리 고등학생 친구들 사이에서는 자그마한 일탈일 뿐이라고요."

까칠한 그린이의 반응에 장한결 형사는 손을 들어 좌우로 흔들어 변명했다.

"아니야. 오해했구나? 나는 그런 것을 잘못이라고 하는 것이 아니야. 그냥 어젯밤에 있었던 사실을 정확히 알아야 하기 때문에 물은 거야."

"저는 술 못해요. 그리고 저도 승민이가 술 마시는 것을 싫어해요. 그래서 말렸어요. 싸우기도 많이 싸우고요. 하지만 같이 다니는 친구의 생일이 있으면 공원에서 술을 마셔요. 어제도 누군가의 생일이었을 거예요."

"그래. 알았다. 그럼 네가 생각하기에 승민이에게 이런 짓을 할 사람이 있을까? 그러니까 원한이 있는 누군가가 있냐는 말이야. 비밀이 있더라도 여자 친구에게는 말했을 것 같은데."

신그린은 잠시 생각하는가 싶더니 이내 입을 열었다.

"아무리 나쁜 감정이라 해도 학생들이 누구를 죽일 정도로 원한이 생기겠어요? 한데 만약 사소한 원인이라면 옆 학교에 장항석이라고 있어요. 중학교 3학년 때부터 서로 앙숙이었어요."

"장항석이라고? 옆 학교의 이름은 뭐지?"

"북부 고등학교에요."

"장항석은 너희와 같은 나이인거지? 몇 학년 몇 반이니?"

"중학교 때 같은 학교였어요. 지금은 몇 반인지는 몰라요."

"그래, 피해자…… 아니 공승민 학생이 장항석과의 무슨 일을 네게 말을 한 거니?"

"공승민은 중학교 3학년 때 키가 20센티미터나 급속히 컸어요. 승민이가 원래도 삐뚤어진 짓을 했지만, 학교의 짱은 장항석이었죠. 하지만 키가 갑자기 크고 덩치가 커지니 학교 짱인 장항석에게 도전장을 내민 거예요. 그때는 세력이 비슷했죠. 고등학교는 서로 갈라졌는데 장항석은 북부 고등학교에 가서 짱을 계속했고, 공승민은 충덕 고등학교에 와서 마음을 잡았죠. 한 번은 야자 끝나고 공원에서 데이트하는데 장항석 패거리가 왔어요. 여자 친구도 키우냐는 말에 격분해서 둘이 치고받았어요. 제가 겨우 뜯어말렸죠."

장한결 형사는 중요한 사항이라도 되는지 안주머니에서 수첩을 꺼내 기록했다. 그때 뒤에서 팔짱을 끼고 듣기만 하던 하광현 형사가 팔짱을 풀며 다가왔다. 하광현 형사의 중저음이 나왔다.

"신그린 학생, 평소에 공승민 학생이 이승민이라는 학생의 이야기는 하지 않았나? 너와 같은 3학년 5반이라던데."

신그린은 고개를 가로저었지만 홍서린은 자신의 반 학생 이름이 나와서 깜짝 놀랐다. 그리고 이승민은 얼마 전 자살 소동을 벌인 장본인이기 때문이었다. 경찰의 입에서 이름이 나왔다는 것은 분명 어디선가 이승민이라는 이름을 들었기 때문일 것이다.

"왜 그러시죠? 이승민 학생도 우리 반 학생입니다. 사건과 무슨 관련이 있나요?"

하광현 형사는 홍서린의 물음에 대답하지 않고 장한결 형사의 어깨에 두 손을 올렸다. 아마 이쯤에서 마무리하자는 신호였을 것이다. 장한결 형사는 그린이에게 미소를 보이며 말했다.

"그래. 힘들 텐데 도와줘서 고맙다. 나중에라도 무언가 생각하면 내게 전화를 줄래?"

신그린은 고개를 끄덕이면서 책상 위에 있었던 명함을 집어 주머니에 넣었다. 홍서린은 형사들이 자신의 물음에 대답을 하지 않아 목소리를 한층 높여 말했다.

"무슨 일인데요? 이승민 학생이 무엇을 어쨌는데요?"

장한결 형사는 홍서린에게 진정하라는 듯이 두 손을 들었다.

"홍서린 선생님, 일단 신그린 학생을 교실로 보내 주시고 이승민 학생을 데려오시면 안 될까요? 담임 선생님이라니 잘 되었네요. 지금처럼 같이 있으시면 되겠어요."

이승민에 대한 궁금증이 올라왔지만 그린이도 옆에 있으니 일단 형사들 말대로 하기로 하였다. 그린이를 데리고 3학년 5반 교실로 가자 다행스럽게도 학년부장 남용성 선생이 물리 수업을 하고 있었다. 남용성 선생은 창문에서 눈을 마주치자 고개를 끄덕였다.

교실 문을 열자 침묵과 함께 아이들의 시선이 일제히 모였다. 아마 죽은 공승민의 여자 친구 신그린이 등장했으니 궁금증이 배가 되었을 것이다. 신그린은 주변을 보지도 않고 빠르게 자신의 자리로 가서 의자에 앉아 고개를 파묻었다.

"남용성 부장님, 이승민 학생과 잠시 이야기 하겠습니다."

홍서린의 말에 이승민은 올 것이 왔다는 듯이 자리에서 일어섰다. 갑자기 자신의 이름이 불리면 놀라기 마련인데 아까 형사들도 그렇고 이승민은 분명 사건과 무슨 관계가 있는 것이다. 교실의 학생들도 무(無)의 아이가 호명되자 소곤거리기 시작했다. 신그린이야 죽은 공승민의 여자 친구이니 당연히 조사를 받았겠지만 이승민은 의외였기 때문이다. 남용성 부장은 어수선한 교실 분위기를 통제해 주었다. 지휘봉으로 책상을 탁탁 치고는 소리쳤다.

"조용! 내가 수업 시작했을 때 말했지? 조용해질 때까지 이상한 소문 만들지 말라고 했다."

교실에는 다시 침묵이 찾아왔다. 학생들의 시선이 교실 앞으로 나오는 이승민에게 모였지만 평소 투명 인간처럼 살고 있는 이승민이 사건과는 관계가 없다는 생각에 다시 신그린에게 옮겨갔다.

홍서린은 남용성 부장에게 인사하고 이승민을 데리고 나왔다. 어린 학생이 형사들의 조사를 받으러 간다니 얼마나 긴장될까? 홍서린은 이승민의 긴장을 풀어주기 위해 용기의 말을 건넸다.

"승민아, 걱정하지 마. 선생님은 이미 조사실에 들어가서 형사들을 만나봤어. 우리가 상상하는 그런 무서운 인상은 아니더라고. 그리고 선생님도 조사실에 같이 들어갈 거니까 무서워하지 마."

이승민은 대답 대신 미소를 지어보였다. 긴장하고 있는지 이승민의 눈가가 파르르 떨렸다.

조사실의 문을 열고 들어가자 첫 번째와 마찬가지로 장한결 형사가 미소로 맞이해 주었다.

"이승민 학생? 어서 와. 내가 코코아 한 잔 타 줄 테니 거기에 앉아라. 선생님도 한 잔 더 드시겠어요?"

승민이의 자살 미수 사건 때문인지 홍서린은 아까보다 더 긴장되었다. 달콤한 코코아가 더 마시고 싶었다.

"네, 좋아요."

아까와 마찬가지였다. 하광현 형사는 팔짱을 끼고 뒤에

서 있었고, 그린이 자리에 승민이가 앉아 있을 뿐이다.

"이승민 학생, 긴장하지 마. 그냥 몇 가지 사실만 물어보고 싶은 거야."

"…네."

"피해자, 그러니까 공승민 학생…… 어랏? 이름이 같네."

이름이 같다는 말에 이승민은 숙이고 있던 고개를 번쩍 들었다. 짧지만 기분이 나쁘다는 듯 인상을 찌푸렸다. 그것을 아는지 모르는지 장한결 형사는 말을 계속 이었다.

"그러니까 너는 공승민과 친하니?"

가장 단순하고 기본적인 질문이지만 이승민은 대답하지 않고 장한결 형사를 째려봤다.

"형사님, 전혀 접점이 없을 것 같은 저를 여기로 부른 이유나 알려주시죠. 그래야 저도 무엇을 말해야 할지 결정할 것 아닙니까?"

평소 말이 없는 이미지의 이승민이었는데 형사 앞에서 의외로 강하고 조리 있게 말했다. 홍서린은 움찔해 형사를 보았다. 다소 버릇없는 말투였지만 이런 일을 많이 겪는지 장한결 형사의 미소는 없어지지 않았다.

"히히, 그런가? 그럼 결론을 말하지. 피해자 공승민의

53

어머니께 아드님과 누구 원한관계에 있는 사람이 없냐고 물었더니 흥분하여 네 이름을 말했어. 같은 학교의 이승민이 의심스럽다고 했어. 중학교 때부터 네가 공승민을 괴롭혀 왔다는 거야."

충격적인 말이었지만 이승민은 피식 웃음을 터뜨렸다. 어이가 없어 나오는 김빠짐 소리 같았다.

"허헛! 걔가 죽어서도 절 곤란하게 하네요."

"곤란하다니? 무슨 말이니?"

"어차피 형사님도 믿지 않으실 테죠. 이미 학생부에서 조사를 하셨을 것 아닙니까?"

말이 막히는지 장한결 형사는 창가의 하광현 형사를 보았다. 하광현 형사는 고개를 끄덕이더니 테이블 앞으로 왔다. 그러고는 감정이 없는 중저음으로 말했다.

"네 말대로 학생부 선생님에게 그동안의 사건에 대해서는 이미 들었다. 중학교 2학년 때 너의 폭행으로 공승민은 전치 6주의 진단이 나왔다더구나. 그리고 그 결과 넌 옆 학교로 강제 전학을 갔고. 네가 학교폭력의 가해자고 공승민이 피해자였지. 중학교 때의 악연은 끝나지 않고 너희 둘은 여기 충덕 고등학교에서 다시 만났어. 고등학교에서는 공승민이 널 괴롭혔다고 학생부에 신고했다며?

결국 거짓이라는 것이 밝혀졌지만 말이다."

하광현 형사는 닳고 닳은 사람이다. 어른이고 아이고 간에 무조건 의심하고 보는가 싶다. 매서운 기세였지만 이승민도 지지 않았다.

"형사님은 그 말을 믿으시는 것은 아니죠? 체격을 보세요. 공승민은 키가 180이 넘고 저는 170이 조금 넘는단 말입니다. 학교폭력은 오해예요."

하광현 형사는 매서운 중저음을 계속 내뱉었다.

"가해자는 벽돌로 공승민의 뒤통수를 내리쳤다고. 체격은 상관없어."

이승민은 그때서야 자신이 의심을 받는다는 것을 깨달았다.

"설마 저를 의심하는 거예요? 믿어 주세요. 중학교 때에는 제가 매일 괴롭힘을 당했어요. 그 괴롭힘을 벗어나고자 한 대 친 것이 그렇게 된 거예요. 공승민은 고등학교에 올라와서도 중학교 때 복수라고 저를 지속해서 괴롭혔단 말이에요. 학생부에 신고했지만 공승민의 계략에 넘어간 거고요."

하광현은 이승민의 말을 듣는지 마는지 팔짱을 꼈다.

"그래, 네 말을 믿겠다. 한데 그렇게 지속적으로 괴롭힘

을 당했다면 원한은 더 쌓였겠지? 그랬다면 나라도 가만
히 있지 않았을 거야."

"거봐요. 그때도 그랬어요. 아무도 제 말을 믿지 않았다
고요. 맘대로 하세요."

이승민은 울먹이면서 두 손을 앞으로 내밀었다.

"자, 어서 수갑을 채우시죠? 벽돌 살인마를 잡아가란
말이에요."

하광현 형사는 이승민의 행동을 바라보며 의미심장하게
고개를 끄덕였다. 홍서린은 이승민 자살 미수 사건이 떠
올랐다. 지금 이승민이 한 얘기가 사실이라면 즉, 공승민
에게 지속적으로 괴롭힘을 당했다면 자살을 시도했을지도
모르겠다는 생각이 들었다. 그것은 아는지 모르는지 하광
현 형사는 지옥에서 온 악귀처럼 표정 하나 변하지 않고,
알리바이를 묻기 시작했다.

"어젯밤에 넌 무엇을 했니? 정확한 시간을 말해 보거
라."

"밤 9시에 야간자율학습이 끝나고 공원으로 갔어요. 저
의 아버지는 군인인데 당직으로 들어오지 않는 날입니다.
아버지가 엄하셔서 평소에는 일찍 귀가하는데 아버지가
당직일 때마다 자유를 느끼기 위해 공원에서 쉬고 가요.

한 10시 쯤 집에 들어가서 공부도 하고 게임도 하고 그리고 잤어요."

홍서린은 이승민이 불쌍했다. 학교에서는 투명인간 취급을 당한다. 아버지는 군인으로 엄하셔서 집에서도 타이트하고 규칙적인 생활을 해야 했다. 아버지가 있는 날에는 공원을 한 바퀴 돌 여유도 없는 것이다. 이승민이 불쌍한 마음에 홍서린은 그만 이성을 잃고 말았다.

"그만! 그만 하세요. 여기 있는 아이는 아직 미성년자란 말이에요. 그리고 범인 취급하지 마세요. 이 아이는 자신을 죽일지언정 남에게는 해코지를 못 한단 말이에욧!"

놀란 형사 두 명과 이승민이 홍서린을 보았다. 형사들의 커진 눈을 보니 자신의 마음이 어느 정도 전달된 것 같아 흥분을 가라앉혔다.

"저는 경찰 조사 그런 것은 모르지만 승민이는 학생이잖아요. 살인 용의자가 아니란 말이에요."

하광현 형사는 무슨 말을 더 하고 싶은 듯이 입술을 달싹였지만 이내 입을 꽉 다물고는 팔짱을 끼고 창가로 돌아갔다. 자신의 차례가 되었는지 다시 장한결 형사가 등장했다.

"선생님, 진정하세요. 우리가 조금 오버했네요. 이제 이승민 학생을 데리고 돌아가셔도 좋습니다."

홍서린은 이승민의 억울함을 풀어주고 싶었다. 그러려면 비밀을 약속한 자살 미수 사건을 이야기해야 했다.

"형사님들, 이승민 학생을 교실로 데려다 주고 다시 올게요. 할 말이 있어요."

"좋습니다. 기다리겠습니다."

홍서린은 이승민을 다독여 교실로 들여보낸 후 다시 조사실에 와서 앉았다. 이번에는 관심이 있는지 하광현 형사도 장한결 형사와 나란히 앉아 있었다. 홍서린은 심호흡을 한번 한 뒤 말했다.

"아까도 말했었는데 이승민 학생은 누굴 죽이거나 할 학생이 아니에요."

홍서린의 말을 반박하듯 하광현 형사의 중저음이 흘러나왔다.

"형사 생활을 많이 했지만 살인자들을 보면 누굴 죽일 것 같이 생긴 사람은 거의 없습니다. 부인이 남편을 죽이고, 30년 지기 친구를 죽이고, 회사 동료를 죽입니다."

홍서린은 무미건조하게 반박하는 하광현 형사가 미웠다.

"지금부터 제가 이야기하는 것은 표면적으로 비밀에 붙

여겨야 해요. 하지만 승민이가 계속 의심을 받으니 어쩔수 없이 약속을 깨고, 그 이야기를 해야겠네요."

홍서린은 다 식어버린 코코아를 한 모금 마셨다.

"4월 말쯤에 이승민 아버지가 학교에 찾아왔었어요. 승민이가 마포대교에서 뛰어내려 자살 시도를 했는데 마침 지나가던 유람선에서 구조했다고 했어요. 당시 승민이 아버지가 자살 미수 사건을 비밀로 해달라고 했는데, 그 후 승민이에게 특별한 징후가 보이지 않아 저도 잊고 있었습니다."

이 이야기가 뭐라고 두 형사는 커진 눈으로 서로를 마주 보았다. 그리고는 거만한 자세를 취했던 하광현 형사도 자세를 풀고 의자를 앞으로 바짝 당겨 앉았다.

"이승민이 자살 시도를 했다, 하지만 이승민 아버지는 자살 시도한 사실을 비밀로 해달라고 했다? 뭔가 이상하군."

"팀장님 그렇죠? 계속 선생님의 이야기를 들어보죠. 선생님, 그래서 자살을 시도한 이유가 뭡니까?"

"그러니까 당시에는 그 이유를 알 수 없었어요. 승민이는 아버지, 어머니에게, 그리고 병원에서도 이유를 말하지 않았다고 해요. 이승민 아버지는 가정에서 문제는 전혀 없다고 하고는 자살 이유를 찾아 학교로 온 것이었어요. 당시 제가 보기에도 학교에서 문제는 없었어요. 하지만 아까 승민이가 한 말이 사실이라면 공승민에게 지속적으로 괴롭힘을 받아서 그랬을지도 모르겠네요. 아마 충동적으로 뛰어내렸을지도 몰라요."

"이승민 학생이 자살 이유를 말하지 않았다……. 그 다음은 어떻게 되었습니까?"

"제가 어머니와 통화를 했어요. 심리상담소에서도 정상, 신경정신과 병원에서도 호르몬 수치가 정상이라고 했어요. 한데 이상한 건 분명히 자살 시도를 했다는 것은 어떤 이유가 있었을 텐데도 승민이 아버지는 이제 옛날로 돌아갈 수 있겠다고 자살 미수 사건을 철저히 비밀로 해달라고 했어요."

하광현 형사의 눈빛이 매섭게 빛났다. 그는 손가락을 탁자에 탁탁 튀기며 말했다.

"정말 이상하네요. 자식이 자살 시도를 했는데 이유를 밝히기보다 비밀로 해달라고 했다……."

"어머니 설명으로는 군인이라서 그랬을 것이라 해요. 군인의 명예를 더 중시한 것이죠. 검사 결과가 정상으로 나왔을 때, 승민이 아버지는 매우 좋아하셨다고 했어요. 그리고 제게 비밀을 지켜달라고 몇 번이나 반복해서 다짐을 받았죠. 자신의 가족이 깨지지 않았다는 명예를 지키고 싶은 것이 아니겠어요?"

하광현 형사의 눈빛에서 무언가 깊은 생각을 하고 있다는 것이 느껴졌다. 옆의 장한결 형사가 무엇을 깨달았는지 손가락을 튀겨 딱 소리를 냈다.

"팀장님, 아까 이승민 학생이 어제 자신의 아버지가 당직을 해서 집에 들어오지 않는다고 했지 않습니까? 일단 이승민 아버지가 당직을 했는지 확인을 하면……"

"그만! 거기까지."

하광현 형사는 장한결 형사의 말을 재빨리 끊었다. 민간인인 홍서린이 있었기 때문일 것이다. 하지만 장한결 형사의 말에 홍서린도 대충 눈치를 채고 말았다.

이승민은 실제로 한강으로 뛰어들어 자살을 시도했다. 그리고 이승민은 공승민에게 오히려 괴롭힘을 당했다고 주장했다. 이승민의 말이 사실이고, 공승민의 학교폭력 때문에 자살 시도를 했다면 자신의 가족이 파괴되는 불명예를 안겨준 공승민은 적이 된다.

형사들은 이런 가정을 하지 않았을까? 이승민도 처음에는 자살이유를 말하지 않았지만 아버지는 직간접적으로 공승민에게 학교폭력을 당하는 것을 들었다. 자살 원인을 들은 아버지는 자신의 가정을 깨는 나쁜 놈, 자신의 자식을 죽음으로 몰아넣은 나쁜 놈이 있다면 본인의 손으로 단죄를 물을 수도 있을 것이다. 이제 형사들은 군부대를 찾아가 이승민 아버지의 알리바이를 찾겠지? 과연 자식을 위해 살인을 할 수 있을까? 그렇게 상상의 날개를 펼칠 때, 하광현 형사의 중저음이 들렸다.

"자, 선생님은 이제 가서 일을 보시죠. 그리고 경찰 조사라는 것이 그렇게 쉬운 것이 아닙니다. 어떤 변수가 나올지 몰라요. 그러니 여기서 들었던 어떤 말도 사건이 해결될 때까지는 비밀로 지켜주십시오. 선생님도 괜한 분란을 일으키기 싫으시죠?"

당연히 그렇다. 이승민 아버지가 범인이라면 충격 속에 빠진 학교는 다시 한 번 깊은 충격을 받을 것이다.

"네, 알겠어요."

과연 이승민 아버지가 공승민을 죽인 범인일까? 홍서린은 고개를 세차게 흔들며 조사실을 빠져나왔다.

2부

학습된
무기력

1

빰빠라밤바 빰 밤바밤~

아침 6시. 고요한 아침을 깨우는 기상나팔 소리가 울려 퍼진다. 이승민은 침대에서 몸을 일으켜 세웠다. 매일 아침 울리는 나팔소리에 뇌가 조건반사라도 하는지 사실 5분 전부터 정신이 또렷했다.

"이승민, 이수민 일어나라. 아침이다!"

거실에서 아버지의 힘찬 목소리가 들린다. 이제 거실로 나가서 군인인 아버지에게 아침 점호를 받아야 한다. 아침 점호는 싫었지만, 싫어도 이 집에서 살려면 어쩔 수 없다. 이승민의 아버지는 직업 군인으로 계급은 원사다. 이제 고등학교 3학년에 올라간 이승민은 중학교 1학년 때부터 아버지의 점호를 받았으니 6년째 이런 생활을 하고 있는 것이다. 매일 아침 일찍 일어나는 것이 지겨워 반항도 해보았지만 소용없었다. 아버지는 군인인 것에 대단한 자부심을 가지고 있었고, 우리도 군인처럼 살기를 원했다.

이승민은 언젠가 인터넷에 '원사되기 어렵나요?'라고 검색을 해보았다. 원사는 부사관으로 하사로 들어가서 오랜 시간 근무해야 한다. 근무 기간도 기간이지만 군인은 상위 계급이 적어지는 피라미드 구조이기 때문에 치열한 경쟁체제에서 이겨야만 진급할 수 있다. 부사관 중 최고 계급인 원사는 하사로 임용되어 중사, 상사를 거쳐야 하기 때문에 아버지가 대단한 자부심을 가질만했다. 그 증거로 거실에는 수많은 표창장이 붙어 있었는데 그 한가운데에는 공군참모총장의 표창장이 그 위용을 뽐내고 있었다.

어머니, 이승민, 중학교에 다니는 여동생이 거실에 도열했다. 가족은 형도 있는데 지방대로 갔기 때문에 2년 전부터 아침 점호에서 제외되었다.

"일동 차렷!"

이승민은 일부러 가슴에 힘을 뺐다. 아버지를 시험하기

위해서다. 한 치의 오차도 허용하지 않는 아버지는 이승민의 자세를 고치기 위해 군대에서 말하는 차려의 정의인 '차려는 직립부동의 자세로'부터 시작할 것이다. 아니나 다를까 역시나 아버지의 호통이 나왔다.

"아들! 차려 자세가 틀렸다. 차려는 직립 부동의 자세로 턱은 들이밀고, 가슴은 내밀며 주먹은 자연스럽게 쥐고 바지의 봉제선에 맞춘다. 다리의 뒤꿈치는 붙이고, 시선은 전방 15도를 향한다."

이승민은 자세를 가다듬어 차려 자세를 취했다. 이승민은 요즘 불만이 많다. 아버지의 명령대로 꼭두각시로 살아가야 하기 때문이다. 아버지가 군인이지 우리 가족이 군인인가? 하지만 아버지는 우리 가족도 자신처럼 모범 군인처럼 살기를 원했다.

"좋다. 그럼 가족 구호 준비!"

"얍!"

"가족 구호 시작!"

아버지와 세 가족은 전방을 향해 크게 외쳤다.

"하나, 우리 가족은 누구보다 서로 사랑하고 아낀다."

"둘, 규칙이야말로 이 세상을 이끌어가는 것이다."

"셋, 거짓말을 용서치 않는다."

가족 구호가 끝나면 자신의 업무를 시작한다. 어머니는 일찍 나가시는 아버지 식사 준비를 시작하고, 여동생은 아침 영어듣기를 시작한다. 이승민은 밖에 나가 구보를 해야 한다. 정말 죽기보다 싫은 것이 아침 구보다.

현관문을 열고 밖으로 나왔다. 차가운 바람이 얼굴로 불어 눈알이 시렸다. 3월, 초봄이 오고 있다지만 날씨는 한겨울 동장군이 온 것처럼 춥다. 추우면 추울수록 구보하는 것에 짜증이 치밀어 올랐다. 하지만 쿠데타를 일으킬 용기가 없으니 어쩌겠는가? 이승민은 긴 한숨을 내쉬고 약간 얼어있는 지면을 박차고 구보를 시작했다.

아버지의 군인사랑으로 아들들은 어려서부터 직업이 결정되어 있었다. 바로 아버지를 따라 직업 군인이 되는 것이다. 아버지는 나라를 지키는 명예로운 군인이 되는 것이야말로 자랑스러운 일이라고 했지만, 형제가 커갈수록 군인 연금이나 세금혜택 등 좋은 점을 열거하며 반드시 군인이 되어야 한다고 했다. 아버지의 부단한 노력으로 형은 군인이 되기로 했다. 이제 형으로 모자라 자신을 군인으로 만들려고 한다.

그래서 이렇게 아침마다 하기 싫은 뜀박질을 하는 것이다. 미리 단련하는 체력훈련이 되겠다. 아버지는 아들들이 장교가 되길 바란다. 부사관인 아버지는 새파랗게 젊은 소위에게 당한 이야기를 하면서 군대는 계급이 최고라고, 반드시 장교가 되어야 한다고 했다.

그 첫 번째 목표는 형이었다. 형은 공부를 중간 정도 했지만, 아버지가 계획한 ROTC가 있는 지방대 진학에 성공했다. ROTC는 학군단으로 대학교 3, 4학년 학생군인을 하고, 졸업하면 소위로 임관하는 것이다. 문제는 대학에 가서도 ROTC 시험에 합격해야 하는데 모르긴 몰라도 아버지는 그 대학의 ROTC 교육대장과 아는 사이일 것이므로 형의 ROTC 합격은 무난할 것이다.

형이 대학에 합격하자 아버지의 신경은 형에게서 이승민에게로 돌려졌다. 이승민은 모든 것이 계획적이고 상명하복으로 움직이는 군인이 싫었다. 이승민은 머리가 나쁜 사람이 아니다. 분명히 형, 다음은 본인으로 시선이 돌아올 것을 예상했다. 아버지가 매일 아침에 형을 군인으로 만들기 위해 아침 구보며, 여름 해병캠프를 보내는 것을 보고, 다음 타깃은 바로 자신일 것을 예상했다. 그래서 이승민은 군대를 피하기 위한 준비를 고등학교에 진학하고부터 시작했다.

바로 학교 내신관리. 이승민의 중학교 성적은 중상위권

이다. 고등학교에서도 이 성적을 유지한다면 수도권 대학을 갈 정도다. 그럼 자연스럽게 ROTC 장교가 되어야 한다.

그래서 이승민은 아버지가 자신을 포기하게 만들려고 고등학교에 올라와서 내신관리를 시작했다. 남들의 내신관리는 성적을 올리는 것이겠지만 이승민은 성적을 올리면 안 된다. 성적이란 것이 올리는 것은 어려워도 내리는 것은 쉽지 않은가? 이승민은 공부를 하는 둥 마는 둥 하며, 시험공부란 것을 하지 않았다. 그저 하위권 성적을 유지하며 아버지가 그를 군인으로 만드는 것을 포기하게 하려 했다.

하지만 그게 이승민의 오판이었다. 아버지가 하도 장교가 되는 ROTC만 강조해서 ROTC가 있는 4년제 대학만 들어가지 못한다면 아버지가 포기할 줄 알았다. 하지만 아버지도 대학을 나오지 않았다는 사실을 간과했다. 부사관은 대학이 필요 없다. 아버지는 바닥을 기어 다니는 승민의 고1, 2 성적을 확인하고는 4년제 대학에 진학할 가능성이 없다는 것을 깨달았다. 고등학교 3학년에 올라가기 며칠 전 아버지는 이승민을 앉혀놓고 말했다.

"넌 어째 그렇게 공부해도 성적이 오르지 않느냐? 이

성적으로는 지방대학이라도 ROTC가 있는 대학은 힘들 것 같다. 너는 형처럼 장교 되는 것은 포기해야겠다."

"죄송합니다. 성적이 맘처럼 되지 않네요."

이승민은 죄송하다며 고개를 숙였지만, 기나긴 작전에 성공한 것 같아서 속으로 쾌재를 불렀다.

"그래서 말인데, 아쉽지만 그냥 나처럼 부사관을 해야겠다."

진로가 바뀌긴 했다. 하지만 나의 진로를 바꾸기 위한 작전은 성공이 아니라 실패다. 완전한 대실패. 이제 장교에서 부사관으로 바뀌었을 뿐, 직업 군인인 것은 변하지 않았다. 공들여 왔던 계획이 와르르 무너졌다. 정말 가출이라도 실행하고 싶었다. 요즘에는 부사관도 경쟁률이 세다지만 아버지의 말로는 자신이 연줄을 찾다 보면 반드시 합격시킬 수 있을 거란다.

누군가는 이런 걱정을 하면서 사는 것을 보면 이렇게 말할 것이다.

'왜 그렇게 사니? 인생을 아버지의 마음대로 살 필요는 없잖아? 네 인생의 주인공은 너라고.'

알고 있다. 하지만 이승민도 그 답을 찾을 수 없었다. 어려서부터 그렇게 자라서 그런지 아버지의 명령을 거스를 수가 없었다. 그 이유는 어떤 영화를 보다 알게 되었다.

'학습된 무기력'

미국의 심리학자 셀리히만은 A, B, C 세 집단의 개를 가지고 실험을 했다. A 집단은 아무것도 하지 않는 대조군, B 집단은 전기충격을 주었을 때 코로 버튼을 누르면 전기충격이 멈추는 집단, C 집단은 어떤 짓을 해도 전기충격이 멈추지 않는 집단이었다. 결과는 충격적이었다. 전기충격을 받으면 도망갈 수 있는 환경을 마련하고 같은 실험을 했을 때, A와 B 집단은 도망가서 전기충격을 피했지만 C 집단은 분명 도망갈 수 있음에도 불구하고 대부분의 개가 웅크리고 앉아 전기 충격을 몸으로 받아냈던 것이다.

이것이 바로 학습된 무기력. 탈출 가능성이 없는 상황을 학습하게 되어 버린 개는 탈출할 수 있는 상황에도 무기력이 학습되어 충격을 몸으로 받는 것이다.

유튜브에는 또 다른 학습된 무기력 실험 영상이 있었다. 탈출하기 쉽지 않은 긴 그릇이 있다. 이 그릇에 뜨거운 물을 넣고 개구리를 넣으면 뜨거운 물에 닿은 개구리는 깜짝 놀라 버둥거리면서 결국에는 탈출한다. 하지만 개구리를 같은 그릇에 넣고 서서히 가열하면 개구리는 탈출하지 못하고 익어가면서 죽는 영상이었다.

이승민은 그릇에서 탈출하지 못하는 개구리가 자신임을 알았다. 어려서부터 강요된 직업 군인을 거부하지 못하는 것이다. 학습된 무기력으로 아침마다 하기 싫은 구보를 해낸다. 결국 죽기보다 싫은 군인이 되어야 한다.

진짜 가출을 하든지 죽든지 계획이 필요하다.

저 멀리 반환점인 아파트 단지가 보인다. 이승민은 이 아파트에 사는 상상을 한다. 아파트에서는 아침마다 기상 나팔 소리가 울리면 민원의 대상이 되어버리니 매일 아침 이런 짓을 하지 않아도 될 것 같았다.

이승민의 눈에는 자신보다 어머니가 더 고생하는 것처럼 보였다. 여느 여자처럼 사랑받지 못하고, 어쩌면 아이를 키우는 소도구처럼 보였다. 도대체 왜 아버지 같은 군인과 결혼을 했는지 모르겠다. 언젠가 어머니께 그 질문을 한 적이 있었다.

"아버지는 우리 가족을 최고로 치고, 우리를 진심으로 사랑하지 않느냐."

뭐, 어머니 말이 틀린 것은 아니다. 일부지만 뉴스에서 나오는 아버지들이랑은 다르다. 자녀들을 폭행하고 팔아

먹는 아버지들은 정말 제정신이냐, 라는 생각이 들 정도니까. 그리고 아버지가 진심으로 가족을 사랑하는 것도 안다. 하지만 과도할 정도의 삐뚤어진 사랑이다. 아버지는 어머니에게 하루 3번의 전화를 한다. 분명 의처증이다. 덕분에 어머니는 외출이라는 것을 해본 적이 없다. 오직 집에서 자식을 키워야 했다. 어머니도 학습된 무기력이 분명했다.

아버지는 어머니로 모자라 자식까지 감시한다. 아침 점호부터 시작해서 집에 들어올 때까지 자신의 통제 안에 있어야 한다. 이것을 무엇이라고 해야 하나? 의자증(疑子症)이라고 해야 할까? 그렇게 아버지의 삐뚤어진 사랑에 우리 가족 모두 학습된 무기력에 빠진 개구리 신세가 된 것이다.

구보를 마치고 현관문을 열고 들어가자 군복 입은 아버지가 출근 준비를 하고 있다. 아버지의 출근 시간은 7시 00분. 1시간 30분 거리에 있는 부대이다. 아버지는 이승민이 구보를 마치고 들어오는 것과 교대로 출근을 한다. 구보를 완료했다는 보고를 해야 한다. 이승민은 차려 자세를 취한 후 경례를 했다.

"아들 이승민! 아침 구보를 마쳤습니다."

아버지는 매서운 눈으로 이승민의 모습을 스캔한다. 아버지의 눈동자가 아들의 운동화에서 멈추고 운동화 옆에 묻어 있는 흙을 유심히 관찰한다. 아버지는 이승민의 모습을 보면 진짜 구보를 하고 왔는지 귀신같이 잡아낸다. 매일 군인들이 구보하는 모습만 보니 그럴 것이다. 아버지는 스캔이 끝났는지 경례를 받았다.

"좋다. 오늘도 학교에서 수고하길 바란다."

아버지는 군화를 신었다. 가족들의 배웅으로 아버지는 출근길을 떠났다. 그때부터 집안 공기는 따뜻한 봄날이 된다. 이승민도 아침 식사를 하고 학교로 출발했다. 학교는 걸어서 10분 거리에 위치하고 있다. 같은 학교 교복을 입은 학생들이 스쳐 지나갔다. 학기 초 학생들의 발걸음은 희망을 품은 듯 가볍다. 깨끗한 교복을 입고 등교하는 아이들은 올해의 신입생들일 것이다. 얼굴에서 풋풋함이 느껴지고, 발걸음에 힘이 느껴진다. 저들은 새로운 이성을 만나는데, 새로운 내용을 공부한다는데 희열을 느낄 것이다.

학교로 들어가 4층의 3학년 5반 교실로 들어갔다. 고3 교실이라면 우울감이 들고, 곧 종말을 맞이하는 어두운 분위기일 것 같지만 그건 오해다. 불가능한 대학입학의 희망을 품고 공부에 박차를 가하는 학생이 있는가 하면, 아직도 정신을 못 차린 학생들도 많다. 남학생들은 시시덕거리며 스마트폰 게임을 하고 있고, 여학생들은 거울 앞에서 입술을 빨갛게 변화시키고 있다.

이승민이 교실에 들어갔지만 교실에서 그에게 인사하는 이는 없다. 이승민은 교실에서 무(無)의 존재이다. 아니, 무는 '없다'라는 뜻이니 맞지 않고 그보다는 교실 뒤에 걸려 있는 액자 같은, 그런 무생물 같은 존재이다. 액자에는 고흐의 '별이 빛나는 밤'이 그려져 있다. 5반 학생 누군가에게 '교실 뒤에 액자가 걸려 있나?' 라는 질문을 하면 누구든 고개를 끄덕일 것이다. 하지만 '무슨 그림이 그려져 있지?' 라고 물으면 아무도 대답하지 못할 것이다. 교실에 분명히 걸려 있지만 아무도 의식하지 않는다. 이처럼 이승민이 5반 학생이기는 하지만 아무도 그가 누군지 모르는 상태인 것이다.

이승민은 개의치 않고 아이들 사이로 걸어가 자신의 자리를 찾아갔다. 1분단 둘째 줄에 가방을 놓고 앉았다. 이승민의 짝은 옆의 기척에도 계속 문제집에 얼굴을 파묻고 있다. 자신이 아무리 왕따라도 옆의 짝이 오면 얼굴이라도 보기 마련인데 이놈은 오직 공부밖에 관심이 없는 놈이다. 정말 정이 안가는 놈이다. 이승민의 짝은 전교 1등으로 '공부가 제일 쉬웠어요.'를 말하는 공부 귀신이다. 곁눈질로 보니 어려운 물리 문제를 풀고 있다.

'지표면으로부터 높이 h인 곳에서 뮤온 A, B가 생성되어 각각 0.88c, 0.99c로 지표면을 향해 움직인다…….'

이승민은 문제 읽기를 포기하였다. 도대체 뮤온이 무어란 말인가? 아버지가 아니었다면 저런 어려운 문제를 풀고 있을까?

아버지에 의한 진로가 부사관으로 정해졌을 때, 다시 공부하고자 펜을 잡았었다. 늦었지만 어차피 군대에 갈 거 공부 좀 해보고 싶었다. 하지만 안 하던 공부가 될 리가 없었다. 선생님의 말씀을 들으면 뇌에 기억되지 않고 다시 귀로 흘러나갔다. 공부가 될 리 없으니 다른 아이들처럼 딴 짓을 하거나 잠이라도 자야 하는데 잠도 안 온다. 군인처럼 규칙적인 생활을 하기 때문일 것이다. 물론 일탈을 하다가 선생님이 아버지께 전화라도 한다면 큰일이지만 말이다.

그래서 이승민은 온종일 로봇처럼 앉아있다. 선생님의 눈에 보여야 주의라도 주는데 이승민의 자리는 눈에 잘 띄지 않는 앞쪽 사이드 자리였다. 대부분 오른손잡이인

선생님들은 이승민을 등지고 칠판에 판서했다. 이승민은 선생님들의 등을 많이 보았다. 선생님들도 이승민이 보일 리 만무했다. 그렇게 이승민은 교실에서 있는 듯 없는 듯 한 무생물 같은 학생이 되어버렸다.

2

띠리리리~ 띠리리링~

하루 중에서 가장 참기 힘든 5교시 역사 수업이 끝났다. 점심 식사 후 5교시는 원래도 힘든데 거기다가 모차르트보다 뛰어난 자장가를 들려주는 역사 선생님이니 그 파괴력은 대단했다. 대부분의 아이들은 종소리와 동시에 고개를 책상에 파묻었다.

이승민은 소변을 보러 화장실로 갔다. 화장실에는 아무도 없었다. 칸칸이 문도 모두 열려있음을 확인하고, 첫 번째 변기에 섰다. 지퍼를 내리고 소변을 보는데 누군가 화장실로 들어오더니 몸을 밀쳤다. 오줌이 튀어 손과 교복 마이에 묻어버렸다.

"하하하. 오줌이 손에 묻었네. 아이고, 미안하게 됐다."

3학년 1반의 공승민. 이승민의 천적 출현이다. 이승민은 일보기를 마치고 세면대로 가서 손과 옷을 씻었다. 똥은 빨리 피하는 게 상책이다. 하지만 늦었다. 공승민의 가시 돋친 목소리가 들린다.

"야! 미안하다고."

방귀 뀐 놈이 성낸다고, 지가 도리어 화를 낸다. 매일 이런 식이다. 3학년 남자 놈들은 모두 자나? 어째 한 놈도 화장실에 나타나지 않는다. 오늘도 의식 아닌 의식을 치러야 한다. 이승민은 손 씻기를 마치고 공승민을 올려다보았다. 분명 중학교까지는 키가 비슷한 것 같았는데 고3이 된 현재 이승민은 171센티미터에서 멈췄고 이 자식은 184센티미터까지 자랐다. 이승민은 이를 악물고 말했다.

"괜찮다."

"오줌이 옷에 묻었는데 괜찮다고?"

"그래, 괜찮아."

이승민은 마음의 준비를 하고 있었는데도 반응하지 못했다. 공승민의 손바닥이 눈에 보이는가 싶더니 별이 반짝였다.

짝!

이승민의 고개가 팍 하고 돌아갔다. 하루에 한 번 맞는 따귀다. 공승민은 지금처럼 아무도 없을 때 나타나 이승민에게 따귀를 날린다.

'근데 이놈은 지치지도 않나? 왜 날 이렇게 괴롭힐까? 모두 날 없는 사람 치는데 이놈만은 예외다. 이놈과의 악연은 어디까지 가야 할까?'

공승민이 이승민을 괴롭히는 이유는 간단하다. 이름이 같다는 것이다. 공승민과 이승민. 이름은 같지만 느낌은 분명히 다르다. 이승민도 자신의 이름이 싫었다. 초등학교 때는 주로 이름을 변형한 별명이 생긴다. 이승민은 이승만, 이승복으로 불렸고 그 중 가장 많이 불린 것은 '저승'이었다. 이름의 앞 두 글자 '이승'을 따서 그 반대말인 '저승'이라고 부르는 것이다. 초등학생들 치고는 언어유희를 즐기는 별명이었다.

반면 공승민은 '공손'이었다. 같은 이름인데 성씨 하나로 기분 나쁜 저승, 기분 좋은 공손으로 나뉘었다. 초등학교 때는 유치하니 그렇다 치자. 공승민은 자신과 이름이 같다는 이유로 중학교 때부터 이승민을 괴롭혀 왔다. 이승민은 귀찮아 피하자고 피했는데 그게 화근이었다. 감각의 역치가 올라가는 것처럼 괴롭힘의 강도는 점점 세졌다.

교과서 사이에 라면 스프를 뿌려 놓은 적도 있고, 분필

지우개를 이승민의 가방에 턴 적도 있다. 수업 시간에 고무줄 총으로 등에 통증을 주기도 하고, 스테이플러 침 2개를 꼬아서 만든 뾰족한 침을 의자에 깔아놓기도 하였다.

그렇게 괴롭힘의 강도가 강해지던 중 2의 어느 날, 일이 터졌다. 급식실에서 공승민은 이승민의 국 위에 침을 뱉었다.

"저승! 매일 같이 밥을 잘도 처먹네. 퉤! 이거 먹고 저승이나 가라."

하얀 침이 미역국 위에 떠 있는 것을 본 이승민의 뇌에 평소 잘 느끼는 못하는 감정이 찾아왔다. 대뇌의 표면을 타고 수많은 전류가 흘렀다. 이성이 끊어지는 기분이 이런 것일까? 댐 가득히 채워져 있던 물이 한꺼번에 방류되는 느낌이었다. 분명히 뇌로 명령을 내리지 않았는데, 주먹이 나갔다. 사실 이승민은 주먹을 써 본 적도 없었다. 하지만 선무당이 사람을 잡는다고 하질 않는가? 공승민의 뇌도 평소 순진하게 당하기만 하던 이승민의 주먹이 날아온다는 가능성을 전혀 예측하지 못했나 보다. 하다못해 눈을 깜박이는 방어기작도 하지 못해 피해가 컸을지도 모른다. 이승민의 주먹은 공승민의 앞니 두 개를 날려버렸고, 입술 안쪽에 스무 바늘을 꿰매는 큰 상처를 남겼다. 물론 이승민의 주먹도 공승민의 이빨에 찢겨져서 피가 흘렀지만, 급식실의 수많은 눈은 공승민의 입가에서 처녀귀신처럼 흘러내리는 시뻘건 선혈에 고정되어 있었다. 잠시 후 여학생들의 비명소리가 들렸고, 달려온 선생님들이 이승민의 팔을 붙잡았다.

폭행 사건으로 학교폭력대책심의위원회가 열렸다. 이승민은 지속적으로 당한 폭력 때문에 어쩔 수 없는 방어임을 강조했지만 공승민이 받은 피해가 너무 컸다.

이승민은 학교폭력대책자치위원회에서 호소했다.

"선생님, 공승민은 저를 지속적으로 괴롭혔어요. 수업시간에 고무줄 총을 쏘고, 스테이플러 침을 의자에 몰래 올려놓아 저도 아팠습니다."

선생님들이 눈치를 보고 있을 때, 회의에 참석한 경찰관이 입을 열었다.

"억울하니?"

"네, 억울해요. 피해자는 저라고요."

"학생이 억울한 것은 없어. 경찰관으로 보건대 너는 오히려 다행이라고 생각해야 해. 네가 지금은 학생이니 용서받을 기회가 있는 거야. 아마 사회에서 이런 일이 있었다면 너는 형사 처분을 받아야 해. 즉, 전과자가 되는 거야. 전과자!"

전과자라는 말에 평소 흔들림이 없던 아버지가 무릎을 꿇었다. 노랫말 가사처럼 무심코 날아간 내 주먹에 아버지와 어머니가 학교에 와서 무릎을 꿇었다.

위원회에서는 피해자의 피해 정도가 심한 것을 감안하여 8호 강제전학 처분을 내렸다. 결국 임플란트와 성형수술 비용으로 천만 원, 그리고 학교폭력 가해자의 굴레가 학교생활기록부에 새겨지며 옆 학교로 강제전학을 가게 되었다.

아버지는 썩은 정신 상태를 고치겠다며 이승민에게 군복을 입혔다. 그리고 영화에서만 보던 완전 군장을 메고 운동장을 돌게 했다. 어깨를 짓누르는 군장은 승민에게 정신적으로도, 육체적으로도 고통을 안겨 주었다. 아버지는 양 발바닥에 500원 짜리 크기의 피물집이 2개씩 생겼을 때, 완전 군장의 형벌을 멈추게 했다. 피물집이 문제가 아니라 다리뼈에 금이 가 있었다. 발바닥과 다리에서 고통이 밀려왔지만 이승민은 웃었다. 공승민과 헤어지게 된 것에 더 큰 희열을 느꼈기 때문이었다. 이제 학교가 다르니 공승민의 괴롭힘에서 벗어날 수 있었다.

그렇게 새로운 학교에 적응하며 공승민을 잊는가 싶었다. 혼자였지만 중학교를 무사히 졸업하고 고등학교는 집에서 가까운 충덕 고등학교로 결정되었다. 3월 첫째 날, 고등학교 입학식에서 공승민을 보았을 때는 세상이 무너진 것 같았다. 이승민은 자기도 모르게 주먹을 쥐었다. 하늘도 무심하시지 공승민의 키가 180센티미터는 되어 있었다. 어깨도 딱 벌어진 것이 같은 남자가 봐도 꽤 멋있어졌다. 화장실로 달려가 170센티미터도 안 되는 초라한 자신을 보았다. 지금부터 우유를 먹으면 키가 클까? 중학교 3학년 때부터 지금까지 2센티미터만 컸다. 해가 갈수록 키가 커지는 상승폭이 줄고 있다.

  공승민 폭행 사건 이후 아버지는 큰 잘못도 아닌데 완전 군장을 메고 운동장을 돌게 했다. 그게 업보가 되어 돌아온 것이다. 성장기에 무거운 완전 군장으로 성장판을 짓눌렀으니 키가 클 리가 없었다. 키가 크지 않은 것은 다 아버지 때문이다. 그런 아버지에게도 분노가 치솟았다.

  이승민은 작은 키 때문에 괜히 위축되어 공승민을 피해 다녔다. 공승민이 멀리서 보이면 복도를 돌아가고 화장실에 있으면 다른 층의 화장실을 썼다. 어쩌다 복도에서 마주친 날이었는데 공승민은 이승민을 알아보지 못했는지 친구들과 이야기하며 그냥 지나쳤다. 이승민은 자신을 잊었겠지, 하고는 안도의 한숨을 내쉬었다.

그러던 어느 날이었다. 늦은 야간 자율학습이 끝나고 운동장을 걸어갈 때, 누군가 뒤에서 이승민을 불러 세웠다.

"어이, 이승민."

이승민은 뒤를 돌아보았다. 불빛 하나 없는 밤 9시의 운동장은 컴컴했다. 어둠 저편에서 사람의 실루엣이 천천히 걸어왔다. 거리가 가까워지자 얼굴이 보였다. 실실 웃으며 다가오는 사람은 공승민이었다. 공승민의 밝은 미소 때문인지 분위기가 좋아 보여 과거는 모두 잊고 친해지려는지 알았다.

"이승민, 날 기억 못 하지는 않겠지?"

"알지. 공승민 아니야?"

"킥킥, 맞아. 이 학교에서 널 만나다니. 근데 넌 키가 줄었냐?"

"키가 줄어드는 게 어디 있냐? 네가 많이 큰 거겠지."

"킥킥, 그러게 밥 좀 많이 먹지."

공승민은 얼굴을 가까이하더니 자신의 입술을 뒤집어 보였다.

"보이냐?"

"뭐가?"

짝!

이승민의 눈앞에 별이 번쩍였다. 무슨 일이 벌어진 건지 뇌가 확인할 새도 없이 공승민의 손바닥이 눈앞에 다시 보였다.

짝!

이승민은 그때서야 무슨 일이 일어났는지 깨달았다. 공승민이 따귀를 날린 것이다. 따귀를 맞은 양 볼이 화끈거렸다.

"뭐야! 왜 때려?"

"이유가 궁금해?"

공승민은 다시 자신의 입술을 뒤집어 보였다.

"이 입술에는 그날의 상처가 아직도 있단 말이지. 급식실 사건. 너도 기억하지?"

"그것은……"

"지금 내가 때린 따귀는 그날의 복수야. 네가 다른 학교로 전학 가버렸으니 지금이라도 복수를 해야 하지 않겠어?"

이승민은 어이가 없었다. 그때는 자신이 더 피해자가

되었는데 이제 와서 복수라니. 이승민은 한 발 앞으로 나가며 항변했다.

"장난해! 그때는 네가 더 괴롭혔……"

짝!

어둠 때문인가 공승민의 손바닥이 보이지 않았다. 다시 오른쪽 볼에 충격이 전해졌고, 그 충격에 의해 고개가 왼쪽으로 꺾였다. 공승민은 얼굴을 이승민에게 가까이하고는 손가락으로 자신의 앞니를 가리켰다.

"네가 아직도 모르나 본데 피해자는 나라고. 내 앞니 두 개는 원래의 내 것이 아니야. 잇몸을 뚫고 박은 것이라고."

이승민은 뒷걸음치며 거리를 멀리했다. 그리고 공승민의 손을 유심히 살폈다. 언제 다시 따귀가 날아올지 모르기 때문이었다.

"그러니까 그때 수술비용을 우리 부모님이 다 지불했고, 난 학교폭력 가해자로 낙인찍혔어. 그때의 죄는 모두 받았다고."

"아하! 사람 죽이고 교도소 갔다 오면 모든 죄가 없어지는 거구나?"

"그런 말도 안 되는 논리……"

이승민이 말하는 도중에 공승민이 왼손을 드는 바람에 말을 멈추고 재빨리 오른손으로 얼굴을 감쌌다. 그렇지만 통증은 복부에서 올라왔다. 왼손은 페이크였고 진짜는 복부를 강타한 오른손이었다. 명치끝에서 생긴 전류는 횡격막을 마비시켰는지 숨쉬기 곤란했다. 이승민은 복부를 감싸고 운동장에 쓰러졌다.

"야, 저승! 이 학교에서 만나니 정말 반갑다. 앞으로 자주 만나자."

공승민은 뭐가 기쁜지 휘파람을 불면서 교문으로 갔다. 이승민은 양손으로 복부를 문지르며 작아지는 공승민의 뒷모습을 보았다. 숨이 돌아오고 복부에서 오는 통증은 사라졌지만 볼이 화끈거렸다. 이것이 아픔 때문인지 굴욕 때문인지 알 수 없었다. 다만 오늘의 따귀로 그때의 앙금이 청산된다면야 밑질 것도 없다고 생각했다.

이승민의 바람은 한낮 희망에 불과했다. 복수는 끝이 아니라 시작이었다. 이승민은 다음날 야간 자율학습이 끝난 운동장에서 또 다시 따귀를 맞았다. 공승민은 같은 말을 남겼다.

"그날의 복수야."

가슴속에서 분노와 불쾌함이 솟아올랐다. 지금 가만있

으면 중학교의 악몽을 반복하는 것을 알고 있다. 강력하게 대처해야 한다. 이승민은 다리를 박차고 교문으로 걸어가는 공승민의 어깨를 잡았다.

"거기 서! 공승민! 지금 뭐하자는 거야?"

이번에는 주먹이 날아 왔다. 주먹이 날아오는 패턴은 예상했었다. 하지만 이승민의 몸은 반응하지 못했다. 공승민의 주먹이 이승민의 명치에 박혔다. 싸한 힘이 명치부터 가슴속으로 퍼졌다. 다시 숨이 막혔다. 이승민은 숨을 거칠게 쉬면서 무릎을 꿇었다.

팍!

공승민은 무릎 꿇은 이승민의 뒤통수를 손바닥으로 내리쳤다.

"야! 저승! 왜 매를 버냐? 가만히 있었으면 이런 추가 옵션은 붙지 않잖아. 그리고 너랑 나랑 같은 급인 줄 아는가 본데 난 중학교 때의 공승민이 아니야. 네가 손댈 수 있는 그런 존재가 아니라고. 나도 너랑 이러는 것 쪽 팔려서 친구들한테 말하지 못하고 있지만 난 일진이야. 일진! 그리고 옵션 선택은 너 하기 달렸으니 그렇게 알고 행동하라고."

그 말을 남기고 공승민은 제 갈 길을 갔다. 딱 벌어진 공승민의 등을 보고 깨달았다. 공승민의 주먹은 어두워서가 아니라 운동신경이 빨라서 보이지 않았던 것이다.

공승민의 말이 맞다. 일진이 되어 수많은 싸움을 한 공승민에게 싸움으로는 승산이 없다. 자신 같은 초식동물은 사자를 피해야 한다. 이승민은 그날부터 운동장을 피해 다녔지만 공승민은 이자를 받는 사채업자처럼 어디선가 나타나서 따귀를 때렸다.

'그날의 복수야.'

도대체 복수가 언제 끝난단 말인가? 이승민은 더는 참다못해 학교폭력을 신고하기 위해 학생부를 찾아갔다. 공승민의 마수에서 벗어나기 위해서는 어쩔 수 없었다. 학생부장 선생님은 무서운 얼굴과는 달리 이승민의 말을 차분히 들어주셨다. 이승민은 그동안 당했던 학교폭력에 대해 이야기하는 것만으로 마음이 편해졌다.

"그러니까 공승민이 매일 와서 따귀를 때렸다고? 네 말이 사실이라면 심각한 학교폭력이구나. 공부하는 신성한 학교에서 폭력이 일어나면 안 되지."

"네, 맞아요. 선생님. 참다 참다 용기 내어 찾아온 거예요. 공승민으로부터 저 좀 구해주세요."

"그래. 사실 확인을 해야 하니 잠시만 기다려라."

다음으로 학생부장 선생님은 공승민을 불렀다. 잠시 후 학생부장 선생님과 함께 공승민이 나타났다. 학생부 사무실을 잠시 스쳐 지나가던 공승민은 독기가 서려 있는 눈으로 이승민을 째려보았다. 어디서 용기가 났는지 이승민은 오른손 중지를 올려 욕을 만들어 보였다. 손가락 욕을 보고 주먹을 부르르 떠는 공승민을 보자 그동안의 분노와 수치가 사라지는 것 같았다.

학생부 선생님은 공승민을 상담실로 데리고 들어갔다. 이제 공승민은 학교폭력 가해자로 처벌 받을 것이다. 중학교 때와 상황이 역전되는 것이다. 공승민이 전학가게 될까? 학생부에서 대기하며 즐거운 상상을 했다.

하지만 얼마 지나지 않아 즐거운 상상은 악몽으로 변했다. 이승민은 상황을 너무 쉽게 생각했다는 것을 깨달았다. 공승민은 자신처럼 허술한 것이 아니라 그동안 치밀한 작전을 세웠던 것이다. 학생부에 온 공승민은 누명을 써 억울하다며 눈물까지 흘렸다. 언제 전화했는지 그의 어머니가 학교에 달려와 난리를 쳤다. 멧돼지 같은 외모에서 돼지 멱따는 소리가 터져 나왔다. 중학교 때와 같은 패턴이었다.

"저놈의 새끼, 중학교 때부터 우리 애를 얼마나 괴롭혔는데 여기서도 괴롭혀? 선생님들 저 놈은 중학교 때 우리 아이를 폭행한 학교폭력 가해자예요. 이빨이 부러지고 입술이 찢어지는 피해를 받았었어요."

오히려 중학교 때 폭행당한 이야기를 하면서 저놈을 당장 전학시키라고 난리를 쳤다. 그래도 학생부 선생님은 이승민을 믿어주고 싶었나 보다.

"이승민, 누구 증인 없니? 네가 그렇게 많이 맞았다면 본 학생이 있을 것 아니냐?"

어쩐지 아무도 없는 곳에서 따귀를 때리더니만 공승민의 작전에 보기 좋게 걸렸다. 이승민이 아무 말 못 하자 학생부 선생님은 전 중학교에 전화했다. 네, 네 하며 통화를 하는 선생님은 이승민을 힐끔힐끔 보았다. 선생님의 눈빛은 신뢰에서 불신으로 변해갔다. 중학교 때, 가해자는 분명히 이승민이었기 때문이다. 선생님은 전화를 끊고 헛기침을 했다.

"으흠, 이승민 학생. 무슨 할 말이 더 있나?"

지금부터 무슨 말을 하던 변명으로만 들릴 것이다. 이승민은 묵비권을 쓰기로 했다. 학생부 안쪽의 늙은 선생님이 입을 열었다.

"어허 이놈, 나쁜 놈이구먼, 학생부장! 이놈이 아까 공승민이 들어올 때, 뻑큐를 날리더라고."

분명히 눈을 감고 의자에 기대서자고 있는 줄 알았는데… 외통수다. 눈을 감아도 보이는 초절정 고수 나셨네요, 하고 욕을 해 버리고 싶었다. 멧돼지 엄마는 기세등등했다.

"거보세요. 학교폭력이에요. 저 놈을 당장 전학 시켜야합니다. 아니 고등학생이니 퇴학이 가능하겠죠?"

이승민은 아무 말 못 하고 고개를 바닥으로 떨구었다. 어떠한 폭력을 행사하지도 않았는데 전학, 퇴학이라니. 그나저나 또 완전 군장을 돌 생각을 하니 머리가 새하얗게 변했다.

학생부 선생님이 집에 전화하자 아버지와 어머니가 학교로 달려와 다시 무릎을 꿇었다. 공승민은 학생부 선생님들 뒤에서 승리의 미소를 지으며 가운뎃손가락을 올렸다. 공승민의 완전한 승리다. 공승민은 이렇게 철저한 계산을 바탕으로 서서히 옥죄고 들어왔던 것이다.

학생부 사건은 이승민이 거짓말을 인정하고, 서면사과로 마무리 되었다. 하지만 이승민은 가정에서 큰 죄를 지게 된 것이다. 가족 구호 세 번째, '거짓말 하지 않는다.'를 어기게 되었다. 아버지는 다용도실에 들어있던 완전 군장을 꺼냈다. 지금까지 메던 군장하고는 크기가 달랐다.

"승민이 네가 그럴지 몰랐다. 아버지를 실망시켜도 이렇게까지…. 말이 필요 없다. 사나이는 자신의 행동에 책임을 지면되는 것! 이제 너도 고등학생이 되었으니 중학교 때 메던 구형 군장이 아닌 진짜 완전 군장을 멜 줄 알아라."

새로운 완전 군장을 메자 허리를 똑바로 펴고 설 수 없었다. 진짜 군인들은 이런 군장을 메고 전쟁을 해야 한다고? 그렇다면 군대를 더 가기 싫다. 군대도 싫고, 학교도 싫다. 아버지도 싫고, 공승민도 싫다. 모두 싫다.

발바닥의 물집은 적응이 되지 않는지 다시 생겼다. 뭐, 군장을 메고 운동장을 돌 때마다 물집이 생겼으니 그러려니 했다. 하지만 새로운 군장은 어깨에도 멍을 만들었다. 멍을 보니 아버지에 대한 분노가 더욱 커졌다. 더욱 무거워진 완전 군장은 키를 커지게 하기는 커녕 뼈마디를 좁혀 오히려 키를 줄일 것이다. 이제 공승민을 이길 방법이 아무것도 없다.

학생부 사건이 있고 난 뒤 일주일쯤 지났을까? 이승민은 공원에서 이상한 양아치 패거리들에게 둘러싸였다. 모르긴 몰라도 공승민 패거리가 틀림없다.

"야! 돈 내놔."

이승민은 주저 없이 지갑에 있는 돈 2만 3천 원을 꺼냈다. 5명의 얼굴을 훑어보았다. 아는 얼굴도 있었다. 중학교 때 사고치고 얼굴이 안 보이던 놈이다. 일이 꼬였다.

"뭘 꼬라봐."

한 녀석의 발길질을 시작으로 일방적인 구타가 시작되었다. 이승민은 바닥에 쓰러져 몸을 방어했지만 발길질은 계속 되었다.

"얘들아. 그만! 심한 상처가 생기면 안 돼. 다음 단계로 가자."

이승민은 얼굴을 막던 팔 사이로 물줄기가 다가오는 것을 보았다. 오줌이었다. 돈을 뺏은 놈이 실실거리며 말했다.

"요즘 애들은 예의가 없어. 자신이 저지른 일은 반성하지 않고, 신고나 하고 말이야."

"인간이길 포기했나 보지."

"야! 저승! 지금 것도 신고했다가는 진짜 저승 가는 수가 있어. 애들아, PC방이나 가자."

'저승'이라고 불렀다. 초등학교 이후로 저승이라는 별명을 부르는 사람은 공승민 밖에 없다. 이것이 공승민의 복수라는 것임을 알았다. 공승민은 복수의 따귀를 맞지 않으면, 그리고 한 번 더 학생부에 신고할 생각을 하면 더 큰 고통을 주겠다고 경고한 것이다.

지금 저놈들을 경찰에 신고하면 어떻게 될까? 우리나라 경찰을 못 믿는 것은 아니지만 법은 믿을 수 없다. 신체에 큰 피해가 없는 이상 저들은 훈방으로 풀려날 가능성이 많다. 그러면 언제고 복수하러 올 저들을 기다리면서 피 말리는 세월을 보내야 할 것이다. 이승민은 신고를 포기했다. 공원 공중화장실에 가서 오줌을 쌌다. 그때부터 공승민에게 따귀를 맞아도 더는 누구에게도 말할 수 없었다. 집에서도, 학교에서도 학습된 무기력은 점점 강화가 되어갔다. 그렇게 3학년이 된 지금까지 따귀는 일상이 된 것이다.

지금처럼 아무도 없는 곳, 아무도 보지 않는 화장실에서 어김없이 나타나는 공승민은 '그날의 복수'를 외치며 따귀를 때렸다. 3학년이 된 지금까지 하루에 한 번의 따귀는 이승민의 일상이 되었다.

"어서 꺼져버려!"

공승민도 일을 보려는지 소변기로 갔다. 3년째 매일 맞는 따귀는 볼의 통각을 감소시켰다. 아픔은 느껴지지 않았지만 분노와 치욕의 마음은 점점 커져만 갔다. 아무리 분노가 올라가도 어떻다는 말이냐? 그냥 그릇에 들어간 개구리처럼 어서 물이 빨리 끓어 죽기를 바랄 뿐이다.

집에서도 학교에서도 이승민의 안식처는 없다. 앞으로 1년간 졸업이 다가올 그날까지 따귀를 계속 맞아야 할까? 아침마다 지겨운 구보를 하고, 졸업하면 머리를 빡빡 밀고 직업군인이 되어 무거운 완전군장을 메야 할까? 차라리 죽어버리면 모든 것이 끝나지 않을까? 죽음을 처음 생각해본 날이었다.

3

혹자는 죽음을 생각한다면 그 용기로 가해자에게 응징하라고 한다. 그건 몰라서 하는 말이다. 이미 중학교 때, 응징을 했지만 학교폭력 가해자가 되어 버렸다. 그리고 중학교 때에는 덩치라도 비슷했지 지금의 공승민은 잘나가는 양아치가 되었다. 싸움이라면 백전백패일 것이다. 어설프게 복수하는 것은 이승민에게 더 큰 부메랑으로 다가올 것이다. 최후의 수단으로 칼이라도 들고 찌를 수 있겠지만, 열아홉 살인 이승민은 살인자로 교도소에 갈 것이다. 이승민은 체격이 작고 몸이 약하다. 그럼 영화에서 본 대로 교도소에서 강간 등 더한 고통을 받을 것이다. 그런 교도소보다는 차라리 따귀와 군대가 낫겠지. 또한 남아 있는 가족은 어떠한가? 살인자 부모라는 주홍글씨를 달고 고통 속에 살아야 할 것이다. 또 다른 의미로 괴롭히는 아버지는 그런 고통을 받아도 괜찮지만 불쌍한 어머니는 아니다. 아무리 생각해도 물리적 복수는 답이 되질 않는 다. 그럼 자신의 죽음이 모든 것의 답이 될까?

요즘 이승민의 머릿속에 부쩍 '죽음'이란 단어가 많이 떠올랐다.

수학 수업이 시작됐다. 맨 앞자리의 부반장인 그녀가 보인다. 이런 고통과 죽음의 유혹 속에서도 이승민이 버 틸 수 있는 이유는 단 하나. 부반장 신그린이다. 포니테일 로 묶은 머리에 하얀 귀가 드러나 있다. 웃을 때마다 깊 게 패는 보조개가 보인다. 이승민은 저 보조개를 좋아한 다. 그러고 보니 이승민은 수업 시간에 꼿꼿한 자세로 칠 판을 볼 수 있었던 것은 신그린 때문이었다. 칠판을 보면 자연스레 신그린이 눈에 들어왔다. 칠판을 보는 것이 아 니라 신그린을 보는 것이었다. 그녀가 웃을 때, 이승민도 따라 웃었다. 그녀가 어려운 문제로 고민하며 인상 쓸 때,

이승민의 인상도 더불어 구겨졌다.

수학 선생님은 아랍어 같은 기호를 칠판 가득 적었다. 분명 한국말로 설명하고 있는데 알아들을 수 없는 이유는 무얼까?

이승민은 다른 학생들은 이것들을 알아듣나 궁금해서 옆 짝을 봤다. 이놈은 수학 선생님의 설명은 듣지도 않고 노트 밑에 다른 문제집을 펴놓고 풀고 있다. 칠판의 기호보다 더 복잡한 것 같다. 이승민은 수학을 만든 수학자들을 저주하며 눈을 천사 신그린에게 돌렸다. 그린이는 문제가 잘 풀리지 않는지 콧등에 주름이 졌다.

수학 교사인 송나영 선생은 올해 충덕 고등학교로 발령 받았다. 신규 교사로 중학교에 배정 받았다가 중학생들과 수준이 맞지 않는다는 이유로 고등학교로 희망내신을 내서 충덕 고등학교로 왔다. 세련된 외모 때문에 몇몇 추종자들이 생겼고, 그들은 송나영 선생의 SNS를 조사해서 스물일곱 살의 미혼인 것을 알아냈다. 한 손에는 커피전문점의 커피를 들고 출근하는 송나영 선생은 알파걸처럼 세련된 모습이다. 추종자들은 그런 모습에 환호하지만 이승민은 아니다. 왜냐하면 성격이 마음에 들지 않았다. 남학생들에게는 눈웃음을 흘리고 여학생들에게는 까칠하게 대한다. 특히, 이승민이 좋아하는 그린이에게 못되게 구는 데 분명 자신보다 더 예쁘고 젊은데다가 남학생들에게 인기가 많기 때문일 것이다.

아니나 다를까? 송나영 선생은 칠판에 적혀 있는 문제를 신그린에게 풀라고 지시했다.

"부반장이 나와서 이 문제를 풀어봐 줄래? 부반장 정도면 이 정도는 문제는 당연히 풀 수 있겠지?"

그린이의 머뭇거리는 모습이 보인다. 분명 문제를 못 푸는 것이다. 신그린은 힘없는 목소리로 속삭였다.

"모르겠어요."

송나영 선생은 군인처럼 복명복창했다.

"모르겠다고?"

송나영 선생은 신그린을 보고 고개를 좌우로 흔들며 혀를 찼다. 그리고 경멸의 눈길로 학생들을 둘러보며 말했다.

"내가 왜 중학교에서 고등학교로 올라온 줄 알아? 중학생들은 수준 낮은 수학 문제도 못 푸는 원숭이들 같았기 때문이야. 오직 먹을 것에만 열광하고, 꼴 같지 않은 연애를 하고 다니니 꼴 보기 싫었기 때문이었지. 하지만 내 생각이 틀렸어. 중학생이나 고등학생이나 똑같이 그냥 말하는 원숭이였어."

송나영 선생은 고등학생 때, 연애를 안 해봤나? 고등학생이 그럼 무엇에 열정을 갖는다 말인가? 그리고 그런 말을 그린이가 문제를 틀렸을 때, 말할게 뭐람. 선생님! 그린이는 남자친구를 사귀지 않는단 말이에요.

그것보다 그린이를 구해야 한다. 그린이의 얼굴이 선홍빛으로 변했고, 눈에는 눈물이 가득해졌다. 한데 무엇을 어떻게 해서 구해야 하지? 에라 모르겠다. 이승민은 자리를 박차고 일어났다.

"선생님, 인간에게 말하는 원숭이라니요. 인격모독입니다."

교실의 모든 학생의 시선이 이승민에게 집중되었다. 송나영 선생도 놀라 이승민에게 눈을 고정하더니 처음 보는 사람처럼 스캔했다. 평소에 존재감 없는 이승민이 선생님께 버릇없이 까불다니 학생들은 송나영 선생님이 어떻게 반응할지 궁금한 눈빛이었다. 송나영 선생은 이승민을 한참이나 바라보더니 입을 열었다.

"그런데 넌 누구니? 너 5반이었어?"

와하하

송나영 선생의 입에서 동문서답격인 말이 나오자 그 상

황이 웃긴지 남학생들의 입에서 웃음이 터졌다. 하지만 송나영 선생은 이승민을 진짜 처음 보는 눈빛이었다.

"제 이름은 이승민입니다."

"그래, 이승민!"

송나영 선생은 날카로운 목소리로 이승민의 이름을 불렀다. 선생님은 말없이 이승민의 얼굴을 바라봤다. 도도한 얼굴, 짙게 화장한 눈에서 나오는 강렬한 눈빛에 이승민의 어깨가 움츠러들었다.

이제 학생부로 보내려나? 그럼 아버지가 학교에 오고 지겨운 완전 군장을 다시 돌아야한다. 그래도 그린이를 구했으니 그것으로 만족하겠지만.

"미안하다."

선생님이 미안하단다. 뭐라고! 미안하다고? 이게 무슨 상황인가? 선생님은 다시 반 전체를 바라보며 말했다.

"선생님은 여러분들이 공부를 열심히 안 하는 것 같아서 독려의 의미로 한 말입니다. 하지만 원숭이는 실언이에요. 죄송합니다."

선생님은 사과 후 분필을 꺼내 칠판에 있는 문제 풀이를 시작했다. 그린이도 구하고, 완전군장을 돌지 않아도 된다. 그린이를 구하기 위해 아무 말이나 했는데 그게 통했다. 그린이가 불현듯 이승민을 돌아봤다. 이승민은 눈이 마주치자 미소를 지어 보였다. 신그린은 별 반응 없이 다시 앞으로 고개를 돌렸지만, 분명 자신에게 고마움을 느낀 것이라 생각했다.

야자를 마치는 종이 울렸다. 아이들은 하루를 마무리하는 종이 울려서 신이 나는지 괴성을 질러댔다. 이승민은 창문을 통해 운동장을 바라봤다. 이상하게도 요즘 공승민은 밤에 나타나지 않았다. 하지만 혹시나 모르니 교실에서 10분쯤 대기하다가 나갔다.

오늘은 아버지의 당직 날이다. 아버지가 군대에서 잠을 자는 날에는 아침 구보가 없다. 사실 없다기보다 실제로는 스스로 나가서 구보를 해야 하지만 이승민은 밖에 나가 가볍게 산책만 하고 돌아왔다. 아버지가 없으니 진짜 뜀박질을 했는지 알 수 없기 때문이다.

이승민은 오랜만에 기분이 좋았다. 수학 선생님으로부터 그린이도 구하고, 아버지도 집에 없으니 말이다. 기분 좋은 감정을 지속하기 위해 멀리 아파트 옆에 조성된 공원을 걷기로 했다. 며칠 전까지만 해도 한겨울처럼 추웠는데 어제부터 기온이 올라 상쾌한 정도가 되었다.

공원에 들어서자 운동하는 사람들이 많았다. 기온이 올

라서 그런지 확실히 사람이 늘었다. 주변을 감상하며 산책길을 걸었다. 벤치에 앉아 있는 연인들을 보며, 신그린과 데이트 하는 상상을 했다.

산책길 앞으로 이승민과 같은 학교 교복을 입은 연인이 걸어갔다. 그게 이승민의 눈에 비치자 뇌가 강력한 경고의 신호를 보냈다. 훤칠한 키에 검은색 스포츠백을 메고 있는 남학생은 어깨가 딱 벌어져 있었다. 뒷모습만 보고도 본능이 경계의 신호를 보낸 것이다. 바로 이승민의 천적 공승민이다. 공승민이 뒤라도 돌아보는 날에는 낭패다. 이승민은 숨도 안 쉬고 뒤로 돌아서 걷기 시작했다. 하지만 뇌에서 보내는 경고는 다른 느낌이었다. 거리를 벌려 안전을 확보해도 뇌의 이상한 경고는 계속되었다. 이승민은 제자리에서 멈췄다.

'그런데 공승민이 여자 친구가 있었나? 옆의 여자는 누구지?'

무서운 위화감이 몸을 휘감았다. 이승민은 다시 돌아서서 산책길을 따라 걸었다. 저 멀리 공승민이 보인다. 공승민과 다정하게 손을 잡고 있는 옆의 여학생을 보았다. 우리 학교 교복, 포니테일의 머리, 이승민이 매일 보는 뒷모습. 바로 천사 신그린이었다. 순간 다리에 힘이 풀렸다.

이승민은 제자리에 주저앉아 머리를 감쌌다.

'설마 나의 천적과 나의 천사가 사귄다고?'

상상할 수 없는 현실에 이승민은 넋이 빠져나갔다. 도대체 그린이는 저 포악한 공승민이 뭐가 좋다고 사귀는 것일까? 수학 시간에 완전 군장의 위험을 안고 구해주었는데…… 그런데 수학 선생님은 그린이가 연애하는 것을 알고 있었던 것일까? 그래서 그린이에게 경고를 하기 위하여 그런 말을 했을까?

이승민은 이런 저런 생각을 하면서 밤하늘의 별을 바라보았다.

"이제 세상을 살아갈 이유가 하나도 없구나. 공승민의 따귀도, 아버지의 완전 군장도 더 이상 받기 싫다. 나의 천사 신그린이 배신을 하다니. 그것도 천적 공승민에게……."

세상을 포기하자는 마음이 지나가자 분노가 이승민의 세포들을 깨웠다.

"공승민, 나쁜 새끼! 용서할 수 없어. 감히 나의 천사를 뺏어가? 도저히 공승민을 용서할 수 없어. 공승민에게 벌을 내리겠어!"

이승민은 자리를 박차고 일어났다. 다시 한 번 둘을 보기위해 산책길이 아닌 곳을 달렸다. 공승민과 신그린을 찾아다닌 지 5분 후 이승민은 벤치에 앉아 있는 둘을 발견하였다. 이승민은 몸을 나무와 풀숲으로 숨기면서 둘에게 다가갔다. 둘의 얼굴에는 미소가 끊이지 않았다. 몸을 숨길 필요도 없을 것이다. 지금 저 둘은 서로만 보일 것이다.

이승민은 신그린의 행복한 모습을 보자 화가 더욱 솟구쳤다. 분노가 최고조에 이르렀을 때, 서로의 얼굴이 가까워졌다. 제발 그만 둬. 그것만은 안 돼!!

둘의 입술이 만났을 때, 이승민의 이성이 끊어졌다. 아니다. 이성이 끊어진 것이 아니라 두뇌는 더 이성적으로 변해 버렸다. 차분히 가라앉은 이승민의 머리와 마음에서 오직 한 가지만 되뇌고 있었다.

'저놈을 죽여 버릴 것이다.'

4

신그린이 공승민과 키스하던 날, 이승민은 자신의 천사를 빼앗아 간 공승민을 진심으로 죽여 버리고 싶었다. 이승민의 마음은 빠르게 식었고, 대뇌는 속도를 높여 빠르게 움직였다. 저들은 키스의 짜릿한 전류를 느꼈겠지만, 이승민도 온몸에서 짜릿한 전류를 느꼈다. 교감신경이 자극되며 온몸의 털이 곤두섰다. 공승민을 효과적으로 처리할 방법이 떠올랐기 때문이다. 이 작전은 공승민뿐만 아니라 이승민을 자유로 안내할 기가 막히는 작전이었다. 이승민은 집으로 돌아와 계획을 정리했다. 작전명 일석이조. 이승민은 노트를 꺼내 일석이조라고 크게 적고는 아래에 구체적 계획을 적어 내려갔다.

일석이조.
하나의 돌로 두 마리의 새를 잡다.
두 마리 새는 공승민과 아버지.
아버지를 이용하여 공승민을 제거한다.
공승민을 제거한 아버지는 감옥에 간다.
아버지는 삐뚤어지기는 했지만 우리 가족을 사랑한다.
아버지는 군인으로 정의를 실현하고 규칙을 중시한다.
내가 당한 일을 반드시 복수할 것이다.
하지만 아버지는 쉽게 움직이지 않는다.
아들을 지키지 못한 죄책감을 들게 해야 한다.
실제 증거를 만들어야 한다.

공승민에게 당한 일을 컴퓨터에 기록한다.

아버지의 이성을 서서히 무너트릴 가혹행위를 더 부풀 릴 필요가 있다.

그리고 마지막으로 아버지가 방아쇠를 당길만한 사건.

나의 자살.

진짜 자살이 아니다. 아버지에게 자식이 자살을 시도했 다는 충격을 주어야 한다. 즉, 이승민이 자살을 시도했는 데 미수에 그치는 아주 고난이도 작전이다. 이승민은 계 획을 작성한 노트를 보고 미소를 지었다. 어쩌면 이렇게 천재적인 작전이 생각났을까? 이승민은 컴퓨터를 켜고 한 글 문서를 하나 만들었다. 제목은 무엇이라고 할까?

'절망 일기'

제목 참 좋다. 이 글은 아버지가 볼 것이다. 언제 보냐 하면, 아들이 자살시도를 했는데 이유를 말하지 않는다, 그러면 이유를 찾기 위해 컴퓨터를 뒤질 것이고, 이 문서 를 읽게 된다. 아버지는 이 절망 일기를 읽고 공승민의 만행을 알게 될 것이다.

"그래도 비밀번호는 설정해야겠지?"

비밀번호는 숫자 네 자리. 아버지는 이 글을 보기 위해

부대의 정보병에게 문서를 열라고 지시할 것이다. 0000 부터 9999까지 천 번만 눌러보면 된다. 인터넷에서 돌아다니는 암호 해독기는 1초에 1개씩 시도하니 10000초 즉, 3시간이면 암호를 풀어낼 것이다.

"좋아, 따귀 이야기부터 시작해 볼까?"

이승민은 매일 따귀 맞는 이야기를 쓰기 시작했다. 언제, 어디서 나올지 모르는 공승민 때문에 정신적 스트레스를 받고 있다고, 자살을 암시할 필요가 있다. 그리고 학생부에 불려갔을 때, 사실을 말했지만 아버지가 들어주지 않아서 자살까지 왔다는 것이 필요하다. 아버지가 양심의 가책을 느끼도록 비수를 찔러야 한다. 키보드를 누르는 손에 경쾌함이 느껴졌다. 이승민은 자신이 이렇게 글을 잘 쓰는지 몰랐었다. 마음에서 기쁨이 넘쳐흘렀지만 이를 악물었다. 혹시나 기쁨이 글에 묻어나면 안 되기 때문이다. 마음은 억눌렀지만 경쾌한 키보드 소리가 귀에 들어오자 미소가 지어졌다.

아이러니하게도 절망 일기는 기쁨으로 완성되었다. 이제 글은 시간이 되는대로 고치면 된다. 인터넷 검색창에 '자살하기 좋은 한강다리'를 넣었다. 마포대교가 많이 검색되었다. 다음은 한강유람선 코스를 검색했다. 유람선은 여의도 선착장에서 출발해 마포대교, 서강대교, 당산철교를 돌아 다시 여의도 선착장으로 돌아오는 코스다. '어쩌면 이렇게 아다리가 딱딱 맞을까?' 작전 장소는 마포대교로 결정했다. 작전은 이렇다. 이승민은 실제로 마포대교에서 뛰어내린다. 여의도 선착장으로 돌아오던 유람선은 마침 자살하려던 이승민을 구조한다. 부모님께 연락이 갈 것이고, 이승민은 자살 이유를 말하지 않는다. 이유를 찾던 아버지는 컴퓨터에서 절망 일기를 읽는다.

아버지는 아들이 자살하려는 이유가 공승민의 지속적인 괴롭힘이었고, 자신이 아들을 믿어주지 못한 것에 죄책감을 느낀다. 자신의 가족을 끔찍이도 생각하는 아버지는 가정파괴범인 공승민을 처리해야 한다. 방법은 두 가지. 첫 번째는 학교폭력 당한 것을 경찰과 학교에 알리는 것이다. 두 번째는 아버지가 직접 공승민에게 단죄를 내리는 것이다. 공승민에게 상해를 입혀 감옥에 갈 정도로 말이다. 공승민의 멧돼지 같은 어머니도 우리 가족이라면 치를 떨어 합의는 없을 것이다.

이승민은 아버지가 전자를 택할 확률이 높다는 것을 알고 있다. 그 확률을 낮추기 위해 절망 일기가 더욱 절망스럽게, 그리고 아버지의 마음속 깊은 곳의 자책감을 찔러야한다. 아버지가 두 번째 방법을 선택하게 해야 한다. 그래야 공승민과 아버지를 일석이조로 없앨 수 있으니까. 이제 따귀도 군대도 필요 없는 새로운 삶을 사는 것이다. 이승민은 내일 본격적으로 작전을 실행하기 위해 서울 답사를 가기로 했다. '그럼 일찍 잠자리에 들어야겠지?'

이승민은 컴퓨터를 끄고 침대 속으로 들어갔다. 자유로운 세상을 생각하니 저절로 눈이 스르르 감겼다.

이승민은 아침 일찍 서울로 출발하였다. 전철을 타고 여의나루역에서 내렸다. 지하철역에서 지상으로 올라오자 따뜻한 봄날의 햇살이 이승민을 비추었다. 따뜻해지는 날씨 때문인지 한강변에는 사람이 많았다. 저 멀리 유람선 선착장이 보인다. 강변에서 따뜻한 봄날을 느끼는 사람만큼 유람선을 타는 사람들도 바글거렸다.

이승민도 유람선 표를 끊고는 배에 올라탔다. 사람들이 앞쪽 갑판으로 꾸역꾸역 모였다. 이승민은 한적하게 배의 사이드 쪽에 자리를 잡았다. 배는 경적을 한번 울리고는 서서히 앞으로 나아갔다. 아직 공기에서 4월 초의 차가움이 느껴졌지만 그것은 스트레스를 말끔히 날려주기에 충분했다. 배의 매캐한 경유 냄새가 시골 할머니 댁 읍내에 온 듯한 느낌으로 다가왔다.

당산철교를 지나 뱃머리를 돌렸을 때, 이승민은 배의 앞쪽 갑판으로 이동했다. 유람선에서 마포대교 상황이 잘 보이는지 확인해야 했다. 사람들이 왜 이렇게 앞으로 모이나 했더니 배의 옆쪽보다 정면에서 오는 바람은 더욱 기분을 상쾌하게 만들었다. 더욱이 배의 앞쪽에는 난간이 없고 쇠사슬로만 되어 있어서 배가 출렁거릴 때 강물이 튀어 들어오기도 했다. 아이들은 튀어 오르는 물을 맞기 위해 더욱 앞으로 가려 했고, 아이의 어머니는 혹시 배에서 떨어질까 아이의 어깨를 단단히 붙잡았다. 어머니는 소리를 지르며 아이를 붙잡았지만, 얼굴에서는 미소가 떠나지 않았다. 이 기분 때문에 사람들이 앞쪽으로 모이는 것이었다.

서강대교를 지나자 멀리 마포대교가 보였다. 유람선의 속도를 고려하면 배가 두 개의 대교 사이쯤 왔을 때 뛰어내리면 갑판에 있는 사람들에게 잘 보일 것이다. 특히, 사람들이 유람선 앞쪽으로 이렇게 모이니 조건이 잘 형성되었다고 할 수 있다.

다음은 배에서 내려 마포대교로 갔다. 마포대교 중간쯤 오자 난간에 '많이 힘들지?'라는 문구가 쓰여 있다. 자살하려는 사람들을 막으려는 것 같은데 오히려 이 광고 문구를 보고 사람들은 더 몰려들 것이다. 죽음을 생각한 사람은 심심해서 죽으려는 것이 아니다. 도저히 살 수 없는 이유가 있기 때문이다.

차라리 '무엇이든 해결해 드리겠습니다. 010 ‒ 1234 ‒ 5678' 이렇게 해놓으면 혹시나 자신의 문제가 해결될까 싶어 전화라도 해볼 것이다.

이승민은 쓸데없는 생각을 버리기 위해 고개를 세차게 흔들었다. 실제 죽으려는 것이 아니니 괜한 걱정을 했다. 난간 너머 흐르는 강물을 보았다. 검푸른 강물이 흘러갔다. 생각보다 높았지만 저 강물이 따귀와 군대로부터 탈출로 이끌어 준다고 한다면 못 떨어질 것 같지는 않았다. 저 멀리 유람선이 하얀 포말을 일으키며 달려온다. 유람선 사람들을 향해 손을 흔드니 몇몇 어린이들이 손을 흔들어 주었다.

'여기가 잘 보이는군. 주저 않고 뛰어들기만 하면 되는 거야. 하지만 용기를 키우기 위해 훈련이 필요하겠어.'

이승민은 집으로 돌아와 절망 일기를 썼다. 마포대교에 와서 자살할 곳을 답사했다고 쓰고는 흔들리는 마음이 표현되도록 글을 꾸몄다. 정말 완벽한 절망 일기다.

이승민은 다음 쉬는 날에 분당 율도공원으로 갔다. 율

도공원에는 45미터 번지점프대가 있기 때문이다. 20미터 높이의 마포대교에서 주저하지 않고 뛰어내리려면 훈련을 해야 한다. 두 배가 높은 번지점프로 훈련하면 마포대교 쯤이야 껌이겠지.

이른 아침에 출발해서 그런지 아직 많은 사람들이 없었다. 2만 5천 원을 내고 서약서를 쓰자 안전요원이 다가와 장비착용을 도와주었다.

"어서 오십시오. 안전장비를 입혀드리겠습니다."

안전장비를 입은 채 엘리베이터를 타고 올라갔다. 문이 닫히고 엘리베이터가 위로 상승하자 심장이 고동치기 시작했다. 꼭대기에 오르니 아래 있는 사람이 개미처럼 작게 보였다. '띵' 소리와 함께 문이 열리자 군복을 입은 안전요원이 다가왔다. 안전요원이 장비를 확인해주면서 몸에 걸친 장비가 안전하다는 설명을 했지만 귀에는 들어오지 않았다.

"자, 안전장치 제대로 부착되었습니다. 점프대 앞으로 서세요."

발걸음이 쉽게 떨어지지 않았지만 용기를 내서 점프대에 섰다. 높이에 적응하기 위하여 난간을 붙잡고 아래를 보았다. 가마득히 아래는 푸른 호수가 있었다. 흐르는 물은 아니었지만 같은 물이니 머릿속으로 한강이라고 되뇌었다.

"자, 학생 이름이 뭡니까?"

번지 점프를 하는데 이름은 왜 묻지?

"이승민이요."

"좋다. 여자 친구는 있나?"

여자 친구가 있다면 이렇게 좋은 날씨에 혼자 번지 점프를 하겠어요? 반문하고 싶었지만 그것도 귀찮아져 그냥 그린이 이름을 말하기로 했다.

"신그린이요."

"이름이 예쁜 만큼 얼굴도 예쁘겠지?"

"당연하지요. 나의 여신인걸요."

"좋다. 그럼 내가 셋을 외치면 여자 친구 이름을 외치며 뛰어내려라."

이승민은 마음의 준비를 위해 심호흡을 했는데 안전요원은 숫자를 세기 시작했다.

"쓰리, 투, 원 번지."

작전대로 준비가 되지 않아 뛰지 않으려 했지만 이승민은 어느새 까마득히 높은 곳에서 지상으로 떨어지기 시작했다. 이놈의 안전요원, 분명히 뒤에서 밀었다. 생각할 틈도 없이 물에 도달하는가 싶더니 다시 하늘로 끌려 올라갔고 다시 땅으로 떨어지기를 반복했다.

그렇게 번지 점프가 끝났다. 안전요원은 질문공세로 정신을 빼놓고 뒤에서 밀어 머뭇거리는 사람들을 줄이는 것이다.

덕분에 작전수행 준비를 못했다. 마포대교에서 얼굴부터 떨어지면 진짜 죽을 수 있다. 유튜브 동영상에서 본 낙하훈련을 보면 다리를 꼬고 몸을 일자로 쭉 편 후 다리부터 들어가야 한다. 그래야 몸에 충격이 덜할 것이다. 이승민은 다시 번지 점프를 하기 위해 줄을 섰다. 그새 십여 명의 대기자가 있었다.

돈이 없어 어머니가 급할 때 쓰라고 준 카드로 계산을 했다. 20분 후 이승민은 다시 꼭대기에 섰다. 안전요원은 이승민을 보더니 의아한 눈빛으로 다가왔다.

"아니, 넌 아까 처음으로 올라온 학생 아니냐? 왜 또?"

당신이 밀지 않았다면 다시 올라오지도 않았어요.

"재미있으니까 또 하러 왔죠."

"좋아. 안전장치를 확인해줄게."

"저기 아저씨, 이번에는 뒤에서 밀지 마세요. 경치 좀 감상하게요."

안전요원은 어깨를 으쓱하며 말했다.

"내가 언제 밀었다고 그래? 아무튼 알았다."

이승민은 번지점프대 앞에 섰다. 심호흡을 하고 눈을 감았다. 떨어질 때의 자세를 생각했다. 다리를 꼬고 몸은 일자, 팔은 몸에 바짝 붙이고 한 손은 배에, 한 손은 얼굴을 가린다.

"자, 학생. 준비 됐나?"

이승민은 눈을 뜨고, 안전요원에게 고개를 살짝 끄덕였다.

"그럼 내가 셋을 세면 뛰어내린다. 쓰리, 투, 원 번지."

이승민은 다리에 힘을 주어 앞으로 뛰어내렸다. 몸의 자세를 정확히 유지했다. 성공이다. 아니 성공일까? 한강 다리라면 난간에서 똑바로 서서 출발할 수 있을까? 보통 난간에 걸터앉아 있다가 몸을 앞으로 내밀지 않을까?

이승민은 다시 번지 점프를 하기 위하여 줄을 섰다. 이번에는 사람이 더 많아져서 줄 서는 시간이 길었다. 카드로 계산하고 세 번째로 꼭대기에 도착했다. 세 번을 봐서 그런지 안전요원은 반가운 미소를 지었다.

"오, 또 왔니? 번지 점프가 그렇게 재미있어?"

특별히 대꾸할 말도 없어서 고개를 끄덕였다.

"아저씨, 이번에는 저기 난간에 앉았다가 출발해 볼래요."

"그건 재미없지. 이번에는 뒤로 섰다가 뛰어봐. 긴장감이 더욱 클 거야."

"아니요. 친구랑 내기를 해서요. 앉았다가 출발할게요."

이승민은 안전장치를 몸에 걸치고 난간에 걸터앉았다. 눈을 감고 다시 낙하 자세를 점검했다.

"좋아요. 출발할게요."

"그래, 다시 안 올 거지?"

"이번이 마지막이에요."

"좋아. 쓰리, 투, 원 번지."

몸을 앞으로 기울였다. 중력이 온몸을 당기는 순간 다리를 펴서 자세를 세웠다. 난간에 앉았다가 출발해도 자세를 잡는 데는 특별히 어려운 점이 없었다. 이것으로 낙하 훈련은 종료해도 될 것 같다.

5

아버지가 경찰이 아닌 자신의 손으로 해결하도록 분노를 더욱 키워야 한다. 분노를 더욱 키우기 위해서는 좀 더 확실하고 강력한 증거가 필요하다. 절망 일기만으로는 부족하다. 이승민은 새로운 증거를 만들기로 했다. 공승민이 따귀를 때리러 왔을 때, 핸드폰으로 음성을 녹음하면 되겠지만 요즘 공승민 또한 지나치게 경계하는 모습이 보인다. 이승민과 말을 거의 하지 않고 기습적으로 따귀를 후려치고 자신의 갈 길을 간다. 음성파일은 적당하지 않다. 더욱이 아버지의 분노를 폭발시키기에는 음성파일보다는 영상파일이 충격을 더해줄 것이다.

인터넷으로 몰래카메라를 검색했다. 펜 형태로 된 것이 있었지만 누가 교복주머니에 펜을 끼우고 다닌단 말인가? 이번에는 블랙박스를 검색했다. 다양한 제품이 나왔다. 8만 원대의 제품도 고화질을 지원했다. 오랜 녹화를 위하여 자동차 배터리와 자동차 배터리 충전기를 한꺼번에 구입했다.

블랙박스 동영상 화질을 가장 낮게, 그리고 움직임이 감지되었을 때 녹화되는 모드로 설정했다. 움직임이 감지되면 녹화되기 때문에 메모리를 많이 차지하지 않아 72시간 정도 촬영되었다. 이승민은 평소보다 일찍 등교하였다. 역시 학교에는 아무도 등교하지 않았다.

블랙박스 설치를 위하여 의자 하나를 가지고 서둘러 화

장실로 갔다. 입구 유리문을 잠그고 가장 안쪽에 의자를 놓고 올라갔다. 준비한 드라이버로 나사를 풀어 천장 석고보드를 하나 떼어냈다. 그리고 송곳으로 구멍을 뚫어 블랙박스 카메라 렌즈를 맞추었다. 석고보드를 떼어낸 곳으로 차량용 배터리를 천장 안으로 밀어 넣고 블랙박스를 연결했다. 블랙박스의 전원버튼을 누른 후 그대로 천장에 끼워 넣었다. 아래에서 이리저리 움직였다. 속으로 다섯을 센 후, 다시 블랙박스를 내려 동영상을 확인했다. 동영상이 촬영되는 위치는 화장실 가장 안쪽 칸 변기와 안쪽 창가부분이었다. 이런 몰래카메라 설치는 범죄에 해당하지만 남자화장실이니 큰 문제는 없을 것이라 생각했다. 다시 석고보드를 끼우고 나사못을 돌려 끼웠다.

작전시간은 5교시 또는 6교시 끝난 후가 되겠다. 학생들은 점심식사 후인 5, 6교시 쉬는 시간에 잠을 많이 자기 때문에 화장실이 한산하기 때문이다. 아무도 없는 것을 노리는 공승민에게 적당한 시간이 될 것이다. 5교시를 마치는 종이 울리자 학생들은 고개를 책상으로 묻었다. 이승민은 제출하지 않은 핸드폰의 음성 녹음 버튼을 누르고 주머니에 넣었다. 이중트릭을 위해서다. 교복바지가 타이트하기 때문에 핸드폰이 바지에 들어있으면 티가 날 것이다. 공승민에게 일부러 녹음하는 것을 들키면 의심하지 않고 심한 행동을 마음껏 행동할 것이기 때문이다.

공승민은 며칠간 덫에 걸리지 않았다. 이승민은 3일마다 메모리카드를 꺼내 컴퓨터에 정보를 옮겼다. 움직임이 있을 때마다 영상이 찍혔는데 학생들이 변을 보는 장면뿐이었다. 더러운 장면은 확인 후 영상을 삭제해 나갔다. 그러던 중 이상한 영상이 찍힌 것을 찾았다.

토요일이었는데 3학년 부장인 물리 남용성 선생님이 화장실 맨 안쪽 칸에 들어와 자위행위를 하는 것이었다.

"뭐야, 이거. 헛! 자기도 남자라 이거구만. 근데 저거 뭐야? 왜 방석을 얼굴에 비비고 그러는 거야?"

영상 속 남용성 선생님은 분홍색 방석을 얼굴에 비비며 욕설을 했다. 열 길 물속은 알아도 한 길 사람 속은 모른다고 물리 선생님이 저렇게 변태적인 취미가 있는지 몰랐다.

〔개새끼 공승민! 죽여 버리겠어! 공승민 이 새끼! 감히 나에게 까불어? 언젠가 내가 죽여 버리겠어.〕

이승민은 헛웃음이 나왔다. 뭔지 모르겠지만 물리 선생님은 공승민 욕을 하고 있었다. 공승민이 물리 선생님께 밉보였나보다. 물리 선생님은 욕설과 함께 마무리를 하고는 화면에서 사라졌다. 공승민을 죽이겠다고 했지만 저건 분노를 표현한 것에 불과하다. 진짜 살인을 하려면 자신처럼 차가워지고 냉정해지기 마련이다.

아무튼 재미있는 영상이다. 3학년 부장이라고 항상 근엄한 척하고, 공부하라고 잔소리 했는데 꼴좋다. 이승민에게 친구가 있었다면 같이 보면서 즐겼을 텐데 아쉬웠다. 일단 이 영상은 삭제하지 말고 가지고 있기로 하였다.

"그나저나 이 자식이 연애를 시작하더니 따귀 때리기를 포기했나. 요즘 왜 이리 뜸하지?"

다음 월요일. 오늘은 비가 왔다. 날씨처럼 아침부터 교실이 차분하게 가라 앉아 있었다. 오늘은 공승민이 걸려들어야 할 텐데……

5교시가 끝나자 날씨처럼 거의 모든 학생들이 엎드렸다. 책상 속에서 스마트폰을 꺼내 녹음 버튼을 누르고 주머니에 넣었다. 주머니가 불룩하게 튀어나와 있었다. 준비를 하고 화장실로 갔다. 가장 안쪽 칸에 사람이 있는지 문이 닫혀 있다. 공승민일까? 소변기에 서서 나오지도 않는 오줌을 시도했다. 오줌은 찔끔 나왔다.

그때였다. 닫혀있던 문이 끼기긱 소리를 내며 열렸다. 안에서 나온 사람은 발소리를 죽이고 이승민에게 다가오고 있었다. 뒤통수에 눈이 달려 있지는 않지만 세포들은 뒤에서 오는 살기에 반응했다. 공승민은 이승민을 노리고 화장실 안에 숨어 있었던 것이다. 이승민은 모른 체 소변을 보는 척했다. 따귀를 때릴 것을 대비해서 목에 힘을 주었다. 하지만 공승민은 따귀 대신 이승민의 주머니를 손으로 훑더니 핸드폰을 꺼냈다.

"오호호, 이승민. 핸드폰을 제출하지도 않고, 그리고 무슨 이유에선가 녹음을 하고 있었네."

이승민은 옷을 주섬주섬 챙겨 입고, 설치한 블랙박스 동영상 촬영 위치인 화장실 안쪽으로 뒷걸음쳤다. 고도의 연기가 필요했다.

"노, 노래 연습 하려고 했던 거야."

공승민이 걸려들까? 공승민은 이승민에게 다가오지 않고 화장실 출구로 향했다. 그냥 가는 건가? 이대로 작전 실패? 공승민은 문을 열고 복도로 나가더니 바깥쪽을 두리번거리며 살폈다. 그리고 다시 문을 닫더니 문 위쪽에 있는 잠금 장치를 돌려 잠갔다. 그리고는 몸을 돌려 실실거리며 다가오더니 기습적으로 핸드폰을 던졌다. 이승민은 본능적으로 포물선을 그리며 날아오는 핸드폰을 두 손으로 잡았다. 그 순간 공승민의 손바닥도 다가왔다. 피하기는 틀렸다. 이놈이 때리는 방법도 날이 갈수록 진화한다.

철썩

"일단 그날의 복수다."

일단이라니 그러면 오늘은 또 있단 말인가?

"이승민 이 새끼, 날 엿 먹이기 위해서 핸드폰으로 녹음을 해!"

"아, 아니야."

"네가 뛰어봐야 벼룩이야. 너의 그 생각을 내가 모를 줄 알고? 넌 내 손바닥 위에 있어."

공승민이 자신의 손가락을 눌러 딱딱 소리를 냈다. 낌새가 좋다. 공승민을 더 자극하면 오늘 좋은 영상을 얻을 수 있겠다. 도발해야 한다. 근데 어떻게 도발하지? 에라, 모르겠다. 그냥 아무 말이나 하자.

"공승민! 중학교부터 매일 날 괴롭히다니 넌 지치지도 않냐?"

"허허, 이 놈 보게. 중학교 때는 네가 날 괴롭혔지. 이 상처를 보라고."

공승민은 입술을 뒤집어 보였다.

"그건 네가 하도 괴롭히니 딱 한 번 주먹을 낸 거고."

공승민은 손을 빠르게 들었다. 이승민은 재빨리 손을 들어 방어했다. 하지만 공승민은 때리는 척만 했을 뿐이다.

"짜식, 쫄기는. 아무튼 피해자는 나라고."

"웃기는 소리 하지 마! 이제 따귀 때리는 것은 그만둬. 1학년 시작 때부터 지금까지 2년 이상 따귀를 맞아왔어. 더 이상 괴롭혔다가는 나도 참지 않을 거야."

공승민의 웃던 얼굴이 무표정해졌다. 도발이 먹힌 것이다.

"참지 않다니 네가 무얼 하겠……"

이승민은 공승민이 말하는 도중에 따귀를 때리기 위해서 기습적으로 손바닥을 휘둘렀다. 놀라지도 않는지 공승민은 고개를 뒤로 돌려 이승민의 따귀를 쉽게 피했다. 그리고 곧이어 이승민의 눈에 별이 번쩍였다.

짝!

이놈은 진짜 양아치, 싸움꾼이 되었다. 그린이는 이런 양아치가 뭐가 좋다고….

"저승! 이 새끼가 반항을 하네."

공승민은 주먹을 배에 꽂아 넣었다. 이놈의 특기다. 얼굴에는 상처가 많이 나니 항상 배만 때린다. 복부에서 올라온 통증에 이승민은 무릎을 꿇었다. 평소에는 그러지 않았지만 지금은 동영상이 녹화중이다. 이승민은 일부러 목소리를 높였다.

"그만! 공승민. 이제 용서해줘. 그날의 복수를 위하여 언제까지 이런 폭력을 사용할 거야!"

"내 상처가 치유될 때까지."

"닥쳐! 중학교 때 피해자는 네가 아니라 나였어. 네가 매일 괴롭혀서 그런 것 아니야?"

"그렇더라도 아픔의 상처가 심한 것은 나라고. 나의 입술에는 그날의 상처가 있다고."

공승민이 돌아서서 나가려고 한다. 이승민은 공승민의 뒤통수에 대고 소리쳤다.

"날 죽일 셈이야? 내가 죽으면 그만둘래?"

공승민도 뒤돌아 소리쳤다.

"그것도 좋지."

공승민은 손가락으로 총 모양을 만들어 이승민에게 쏘았다. 그리고는 희미한 미소를 지어 보이고는 화장실 문을 열고 나갔다.

컷트! 아주 좋은 그림이 만들어졌다.

6

이승민은 공승민의 폭행 영상을 추출하여 '절망 일기'가 들어있는 폴더에 넣었다. 그리고 마지막 절망 일기를 썼다.

'이 영상을 보면 아버지가 날 믿을까?'로 시작해서 '아버지는 다시 믿지 않을 것이다. 죽는 것이 정답이다.'로 마무리하여 아버지의 마음 속 깊은 곳을 들쑤셔 놓도록 글을 완성했다. 이제 새로 태어날 준비가 된 것이다. 계획대로 마포대교로 가서 유람선이 다가올 때, 뛰어내리기만 하면 된다. 그리고 유람선에 구조되면 사람들은 자살을 시도한 줄 알 것이다.

자식을 끔찍하게도 사랑하는 아버지가 이를 안다면 자살 이유를 알아내려고 할 것이다. 이승민은 자살 이유를 말하지 않고, 입을 꽉 다물고만 있다. 그러면 먼저 학교에 찾아오겠지? 아버지 성격상 자식의 자살 미수 사건을 이야기하지 않고 이유를 찾으려 할 것이다. 다음, 학교에서 이유를 찾지 못한 아버지는 이승민의 방과 컴퓨터를 뒤질 것이다. 아버지는 컴퓨터에서 절망 일기와 공승민 영상을 보게 된다. 자신의 아들을 이 지경으로 만든, 더 나아가

가정파괴범 공승민에게 분노할 것이고 어떤 처벌을 할 것이다. 아버지는 눈에는 눈, 이에는 이 라는 신조가 있다. 이 정도면 경찰을 찾아가기 보다는 본인이 직접 제제를 가할 것이다. 훈계는 아니다. 아마 거의 죽일 정도로 가해를 할 것이다. 아니 신그린을 뺏어간 공승민을 이 세상에서 없애버렸으면 좋겠다.

'마지막 작전을 실행하러 내일 서울로 가자.'

다음날 7교시 조퇴를 해야 했다. 여기서 서울로 가는 시간과 유람선 마지막 배의 시간을 계산한 결과이다. 담임 선생님은 끈질기게도 놓아주지 않았다. 평소에는 관심도 없으면서 말이다. 이승민이 진지한 모습을 보이니 그제야 조퇴를 허락했다.

서울행 전철을 타고 여의나루역에서 내려 마포대교로 올라가 천천히 걸었다. 실제로 뛰어 내리려고 하니 덜컥 겁이 났다. 하지만 여기서 멈출 수는 없다. 이승민은 어깨에 힘을 주고 다시 발걸음을 옮겼다. 대교의 중간쯤에서 멈추어 대교 아래로 흘러가는 탁한 강물을 보았다. 저번 답사 때, 한 번 와 본 곳이지만 그때와 지금의 느낌은 달랐다. 실제 뛰어내리려고 보니 높이는 까마득히 높았고, 아래로 흘러가는 물살은 매우 빨랐다. 종아리가 파르르 떨렸다.

"아, 씨발 존나 떨리네."

긴장감을 풀기 위해 제자리에서 콩콩 뛰었다. 저 멀리 유람선이 하얀 포말을 일으키며 달려왔다. 저 정도면 뛰어내리는 모습이 선명히 보일 것이다. 이제 계획대로 실행해야 한다.

이승민은 신발을 벗어 난간 한쪽에 가지런히 놓았다. 그리고 교복 마이를 벗어 교표와 이름이 보이게 접어 신발 옆쪽에 내려놓았다. 자살하는 사람들이 그러는 것 같아서 따라했다.

4월 말의 날씨는 봄이었지만 두려운 마음 때문인지 콘크리트 냉기가 발을 타고 올라와 심장을 떨리게 했다. 혹시나 방해를 받을까 다리 양쪽을 돌아봤다. 해가 넘어가기 전 을씨년스러운 날씨 때문인지 사람들은 보이지 않았다. 대교 위를 달리는 차들도 쌩쌩 달렸다. 아마 제한 속도보다 더 속도를 내고 있을 것이다.

자, 이제 시작하자.

오른쪽 다리부터 올려 난간에 걸터앉았다. 고개를 들어 멀리 넘어가는 해를 보았다. 왠지 아래를 볼 용기가 나지 않았다. 빠른 물살을 보면 마음이 무너져 계획을 실패할 것 같았다. 이승민은 기도를 하기 위하여 눈을 감고 손을 모았다.

"이제 여기서 떨어지면 지옥 같은 세상은 끝이 나고, 나는 새롭게 태어나는 거야. 신이시여. 저를 불쌍히 여기시어 행복한 세상에서 다시 태어나게 해주세요."

침을 꼴깍 삼키고, 주먹을 꽉 쥐었다. 번지 점프에서 연습한 것을 기억하며 몸을 천천히 앞으로 기울였다. 어느 순간 지구의 중력은 그를 아래로 잡아끌었다. 숨을 크게 들이마시고 다리를 꼬아 곧게 뻗고, 몸을 바로 세웠다.

첨벙

물속으로 얼마나 들어갔을까? 들이마신 숨은 뱉으면 안 된다. 몸의 밀도는 물보다 작기 때문에 숨을 가득 머금고 있어야 물 위로 떠오르게 되어있다. 물살에 몸이 이리 저리 흔들렸지만 믿어야 한다.

드디어 머리가 강물 밖으로 올라왔다.

허푸

숨을 크게 들이마셨다. 이승민은 수영을 못했다. 팔을 마구 허우적거렸다. 물을 삼켰다. 유람선이 저 멀리 보이고 사람들의 긴박한 목소리가 저 멀리 들린다.

'시발, 빨리 구하라고.'

정신이 아득해진다. 자살 미수가 아니라 진짜 죽음을 경험하게 되었다. 이승민은 그렇게 허우적거리며 의식이 끊겼다.

이승민은 눈을 떴다. 눈꺼풀이 열리며 화면이 보인다. 처음에는 상황을 인지하지 못했지만, 하얀 옷의 간호사가 보인다. 그렇다면 병원이라는 이야기인데… 그렇지! 이승민은 그제야 한강에서 뛰어내린 것을 기억해냈다. 그렇다면 성공이다.

더욱이 기절까지 했으니 그림이 아주 잘 그려졌다. 간호사가 깨어난 이승민을 보고 말했다.

"학생, 정신이 들어?"

무슨 말을 해야 할까? 연기를 더 해야겠지?

"여, 여기는 처, 천국인가요?"

"여긴 병원 응급실이야. 학생, 그러면 못써. 아무리 힘들어도 부모님을 생각해야지. 곧 어머니가 도착할거야."

당신이 뭘 안다고. 아무튼 성공했다. 그때, 응급실로 이승민의 어머니가 뛰어 들어왔다. 어머니는 이승민의 얼굴을 거칠게 만지면서 오열했다. '승민아, 왜?'라는 말을 반복한다. 일단 정신이 나간 척 연기하기로 하자. 이승민은 눈을 감고 고개를 돌렸다. 연기를 하려고 했는데 잠이 들었다.

아버지의 목소리가 들린다. 깜박 졸았나 보다. 얼마의 시간이 지났을까? 의사가 아버지께 상황을 설명한다.

"물에 빠졌지만 지나가던 유람선에 의해 구조가 빨랐습니다. 다행히 특별한 외상은 없습니다."

"아무런 외상이 없다면 퇴원해도 되는 겁니까?"

역시 아버지답다. 하지만 이승민은 안다. 저 목소리는 분노를 꽉꽉 누르고 있는 것이다.

"글쎄, 환자가 자살을 시도했기 때문에 정식으로 입원해서 신경정신과에서 검사를 받아보면 어떨까 생각합니다."

"일단 아이가 깨어나면 결정하겠지만, 동네에도 큰 병원이 있으니 그쪽으로 가는 것이 편할 것 같습니다."

'내가 일어나야 상황이 진행되겠군.'

눈을 스르르 뜨고, 목소리에 힘을 뺐다.

"아… 아버지."

"그래 승민아. 몸은 괜찮은 거냐?"

"모… 모르겠어요."

"이런 못난 자식! 누가…"

아버지가 화를 내려고 한다. 하지만 곧 이성을 찾은 듯

하다.

"집에 가도 되겠니? 이야기는 집에서 하자."

이승민은 힘없이 고개를 끄덕였다. 의사의 만류에도 불구하고 아버지는 그날 밤으로 퇴원 시켰다. 집에 와서 아버지의 질문 공세가 시작되었다. 작전대로 결국 자살이유를 말하지 않았다. 아버지는 끈질기게 물었지만 어머니는 강경한 태도로 아버지를 말렸다. 자살 시도한 아이에게 더 괴로움을 주지 말라는 것이다. 아버지는 이제 홀로 이유를 찾으려고 할 것이다.

그날 밤 아버지는 비상체제를 선언했다. 행복한 비상령, 당분간 아침 점호는 없다.

7

자살 시도 후 주말은 실컷 잤다. 아침에 점호를 받지 않으니 이렇게 행복할 수가 없다. 어머니는 당분간 학교에 가지 말고 집에서 쉬라고 했다. 당연히 매일 이렇게 뒹굴고 싶었지만 월요일에는 학교에 갔다. 자신이 집에서 나가야 아버지가 컴퓨터를 뒤질 것 아닌가? 이승민은 마우스를 알코올을 이용해서 깨끗이 닦아놓았다. 만약 아버지가 컴퓨터를 뒤진다면 지문이 생길 것이다.

심리상담소와 병원에서는 고역이었다. 일부러 바보짓을 할 수도 없는 것 아닌가? 이승민은 무거운 군장을 메고 운동장을 도는 상상, 공승민에게 따귀를 맞는 상상을 하며 검사에 응했다. 하지만 이런 것은 조작할 수 없는지 심리상담소와 병원의 호르몬 검사가 모두 정상이 나왔다. 정상이니 당연한 결과지만 이게 문제가 되지는 않겠지? 다행하게도 병원에서도 드물지만 이런 케이스가 있다고 했다.

오늘은 수요일. 수업시간에 평소와 같이 허리를 꼿꼿이 세우고 듣고 있었다. 요즘 담임선생이 창문에 자주 보인다. 내가 창문을 보면 눈을 돌리고, 자리를 피한다. 평소에 하던 대로 해야지 역시 칠칠치 못하다. 왜 저런지 금방 알 수 있다. 아마 아버지가 학교에 왔다 갔을 것이다. 자신 반 학생의 자살 미수 소식을 듣고 관찰하기 위하여 저렇게 왔다 갔다 하는 것이다. 오늘은 예감이 좋다. 아버지가 컴퓨터를 뒤질 것 같은 기분이 든다.

역시나 집에 가니 마우스에 지문이 묻어 있다. 아버지가 컴퓨터를 뒤졌고, 절망 일기와 동영상을 복사해서 부대로 가져갔을 것이다. 아버지 부대의 보안병이 비밀번호를 풀 것이고 아버지는 아들이 한강다리 위에서 뛰어내린 원인을 알아낼 것이다. 이제 공승민이 언제, 어떻게 되는지 기다리면 되는 것이다.

공승민은 신그린과 사랑에 빠져서 그런지 요즘에 나타나지 않는다. 습관이 무섭다고 매일 따귀를 맞다가 뜸하니 오히려 불안해진다. 작전이 실패로 돌아갈까 봐 걱정이다.

아버지 입장에서 생각해 보자. 언제, 어떤 방법으로 자식의 아픔을 복수할까? 일단 아버지가 컴퓨터를 뒤진 후 일주일이 지났음에도 경찰이 학교에 나타나지 않은 것은 좋은 소식이다. 아버지는 정상적인 방법, 학교나 경찰에 알려서 해결하는 방법을 선택하지 않은 것이다. 그리고 아버지는 요즘 밤늦게 귀가하는 경우가 많았다. 평생을 철두철미한 시간계획에 의해 살았던 아버지가 늦는다는 것은 있을 수 없는 일이다. 분명히 공승민을 처벌할 작전을 짜고 있는 것이다. 아들의 복수를 위해 철두철미하게 준비하는 것이다. 본인이 안전하면서도 공승민을 처벌할 방법을 고안할 것이다.

주말. 밖에 나갔다 들어오자 아버지가 마당에서 공사를 하고 있었다. 대문 옆 벽돌로 쌓은 기둥을 손보고 있었다.

평소 아버지는 자신이 일을 할 때, 아들이 당연히 와서 도와야 한다고 생각한다. 귀찮았지만 이승민은 아버지에게 다가갔다.

"아버지, 뭐 하세요? 제가 무슨 일을 해야 할까요?"

"여기 대문 벽돌이 떨어졌어. 됐다. 넌 들어가라."

웬일로 그냥 넘어갈까? 이승민은 아버지가 딴소리를 할까봐 빨리 집으로 들어갔다. 이승민은 샤워를 했다. 아버지가 평소와는 다르다. 물론 표면적으로 자신이 자살 시도를 하고, 공승민에게 괴롭힘을 당하고 있으니 아들을 생각해서 들어가라고 했을지도 모른다.

아니면 무얼까? 저녁을 먹고 마당으로 나갔다. 대문 한쪽에 기둥을 손보고 남은 붉은색 벽돌이 쌓여 있었다. 아버지 성격상 남은 벽돌을 쌓아둘 리 없는데 이상했다. 벽돌에서 묘한 위화감이 느껴졌다.

8

이승민은 늦은 밤까지 휴대폰 게임에 몰두하고 있었다. 역시 게임은 늦은 밤에 해야 제 맛이다. 이렇게 신나게 게임을 할 수 있는 것은 아버지 당직 날짜가 갑자기 바뀐 때문이다. 군대에서는 가끔 일이 터져 당직이 바뀌는 날이 있는데 그렇다면 신나게 놀아줘야 맛이다. 요즘 어머니도 신경을 쓰지 않으니 신나게 게임을 했다. 그렇지 않아도 이승민은 요즘 신이 났다. 자살 미수 이후 아버지가 자신을 잘 건들지 않기 때문이었다. 원래 아버지의 당직날에도 밤 11시에는 취침에 들어가야 했고, 어머니는 그것을 보고해야 했다. 요즘에 아버지건 어머니건 건들지 않아서 좋았다. 천적 공승민만 없어지면 소원이 없을 텐데.

밤 11시가 넘어가자 멀리서 자동차 소리가 들렸다. 이 동네는 단독주택 단지라 자동차 소리가 잘 들렸다. 특히, 아버지의 10년 된 경유차는 더욱 그랬다. 이승민은 재빨리 형광등을 껐다. 이게 바로 조건 반사인가? 평소 아버지에 민감하게 반응하는 자신이 싫었다. 아버지의 당직이 다시 변경된 걸까? 그냥 아버지와 마주치기 싫어 다시 불을 켜지 않았다. 자동차는 집 앞을 지나갔다. 아버지가 아닌가? 생각하는 찰나 멀리서 차가 멈추었다. 차문이 열렸다 닫히는 소리. 몸을 숨기고 창문으로 대문을 살폈다. 검은 옷을 입은 사내가 밖에서 담을 넘어왔다. 검은색 상하의에 검은색 모자에 장갑. 자신을 가린다고 했지만 이승민은 아버지인 것을 알 수 있다. 아버지가 왜 저런 복장을 했지?

아버지는 불 꺼진 집을 지그시 보더니 대문 옆에 쌓아둔 붉은 벽돌을 하나 집어 손가방에 넣고는 다시 담을 훌쩍 넘었다.

위화감이 생겼던 벽돌. 아버지가 왜 벽돌을 쌓아 두었는지 알았다. 저 벽돌을 이용해 공승민에게 물리적 처벌을 내리려는 것이다.

왠지 자신이 생각하던 대로 흘러가는 것 같아 기분이 좋았다. 창문을 열고 밖으로 나갔다. 아버지가 넘어간 담으로 가보니 아버지는 저 멀리 세워둔 자동차를 타고 있었다. 자동차는 이내 시끄러운 소리를 내며 멀리 사라졌다. 이제 새로운 삶이 시작될 수 있을까?

'힘내세요, 아버지. 공승민을 제발 보내버리세요. 우리 가족은 걱정하지 말고 확실히 해주란 말입니다.'

3부
벽돌 살인마의
정체

1-A

　남용성은 자신의 빈 잔에 소주를 따랐다. 힘없이 나오는 소주가 잔의 절반쯤 채워졌을 때, 병에서 또르르 방울이 떨어졌다.
　"이모, 여기 소주 한 병 더 주세요."
　순댓국집 할머니는 뒤뚱거리며 소주병을 하나 가져다가 남용성의 테이블에 올렸다.
　"옘병, 인생을 그렇게 힘들게 살아! 그냥 편안하게 살어."
　이모라 불리는 할머니는 술이 취하면 욕이 나온다. 영

업 시작 후 손님들과 한 잔, 두 잔 마시면서 술을 즐긴다. 남용성은 특별히 대꾸할 말이 생각나지 않아 그냥 미소를 지으며 소주병을 집었다.

"시방 더 마시려면 알아서 갖다 먹어!"

할머니는 다시 뒤뚱거리며 술 마시던 테이블로 갔다. 남용성의 테이블에는 같이 마시는 사람이 없다. 37살에 혼자 술 마시는 사람이 어디 흔하겠는가? 자기 자신을 보지 않아도 알 수 있었다. 할머니가 보기에 어깨가 가라앉고 얼굴에는 근심이 가득할 것이다.

처음 술집에 혼자 왔을 때에는 세상이 다 무너진 줄 알았다. 그게 벌써 2년 전의 일이다. 결혼한 지 4년 차, 여느 젊은이들처럼 처음 3년은 피임을 하였다. 그 후, 임신 계획을 세우고 1년 동안 자연임신이 되지 않아 찾은 병원에서 청천 벽력같은 판결을 받았다.

'정자희소증'

의사는 정자의 숫자가 적고, 운동성도 떨어진 상태라고 했다. 여태 임신이 되지 않았던 것은 남용성에게 문제가 있었던 것이다.

정자희소증 판결에 아내는 근심이 가득한 얼굴로 의사에게 물었다.

"그럼 우리 부부사이에서는 임신이 불가능한 건가요?"

동그란 금테 안경에 유난히 코가 뾰족한 의사는 까칠해 보였다. 의사는 아내의 질문에는 대답하지 않고, 남용성을 돌아봤다.

"남편 분께서는 술 담배를 하십니까?"

당연히 한다. 술과 담배는 뗄레야 뗄 수 없는 관계이다. 술만 즐기며, 담배를 피우지 않는 사람은 없을 것이고, 담배만 피우는 사람도 적을 것이다. 하지만 임신이 불가능하다는 판정을 내린 지금 상황에서는 자신이 죄인이자 불임의 원인이 된 것이다. 남용성은 대답 없이 죄지은 사람처럼 고개를 숙였다. 의사는 뜻을 알아들었는지 말을 이었다.

"스트레스도 정자희소증의 주요 원인이 되지만, 술 담배는 치명적입니다. 특히, 담배가 정자를 줄인다는 연구논문은 세계적으로도 많이 발표되었습니다."

남용성은 술 담배보다 스트레스라는 단어에 더 주목하고 싶었다. 남용성의 직업은 고등학교 교사로 5년 연속 고등학교 3학년 담임교사를 했다. 고3 담임은 학생들과 마찬가지로 아침에 등교해서 밤 10시에 퇴근했다. 그렇게 쌓인 스트레스가 이만저만이 아니었다. 남용성은 도망갈 수 있는 길을 찾는 것처럼 작게 속삭였다.

"스트레스가 많은 직업을 갖고 있어요."

의사는 작은 변명조차 허용하지 않는 철옹성 같은 목소리를 냈다.

"지금부터 술 담배를 끊어야 합니다. 극히 일부 사례이긴 하지만 정자희소증인 사람이 다시 정상 수치로 돌아온 경우가 있습니다."

아내는 야속한 눈빛으로 남용성을 보았다. 술과 담배를 그렇게 하니 그렇지 라는 표정이었다. 남용성의 마음속에서 불쾌함이 꿈틀거리며 피어났다. 아내는 그런 남편의 마음은 모른 채 다시 의사에게 물었다.

"그럼 남편의 치료를 먼저 해야 한다는 것인가요?"

의사는 코에 걸친 안경을 손가락으로 밀어 올렸다.

"글쎄, 술 담배를 끊는 것은 치료가 아니라 자신의 건강을 지키는 일이겠죠. 두 분의 경우에는 자연임신이 힘들지 않을까 생각됩니다. 정자희소증이라도 자연임신이 불가능한 것은 아니지만 벌써 1년 동안 임신이 되지 않았으니 두 분에게는 시험관 시술을 권유하겠습니다."

아내는 얼굴에 더욱 먹구름이 끼었다.

"시험관 시술은 어떻게 해야 하는 것입니까? 비용이 비싸다고 하던데요."

"지금 두 분에게는 난임 사유가 충분하기 때문에 국가에서 일부분 지원을 받을 수 있습니다."

"그래요? 얼마나 들죠?"

의사는 남용성의 얼굴을 힐끗 보더니 다시 아내에게 고개를 돌렸다.

"두 분 같은 경우는 남편분의 정자에 문제가 있기 때문에 건강한 정자만 선별하는 미세조작 시술법이 필요합니다. 비용이 일반시술과 달리 조금 더 비싸죠. 그리고 시술을 하더라도 먼저 남편분은 술 담배를 끊고 건강한 정자가 많이 만들어질 수 있는 몸을 만들어야 합니다. 그리고 가격은…"

남용성은 자리를 박차고 일어났다. 남용성의 안에서 꿈틀거리던 불쾌함이 폭발했다. 난임 사유가 부실한 정자 때문이라고 적나라하게 말하는 의사의 눈길이나 자신의 충격은 생각지도 않고 임신과 돈 이야기만 하는 아내가 미웠다. 당장 주먹으로 의사의 뾰족한 코를 뭉개버리고 싶었지만, 주먹을 세차게 쥘 수밖에 없었다.

"그깟 애 없으면 어떻다고. 나와!"

남용성은 상담실 문을 거칠게 밀면서 밖으로 나왔다.

머리가 지끈거리고 입안이 텁텁했다. 이것을 해결하는 것은 단 하나, 남용성의 뇌는 니코틴을 요구했다. 남용성은 주머니에 있는 담배를 꺼냈다. 잠시 주춤했지만 스스로에게 변명했다.

"담배도 행복하게 피면 도움이 된다고."

병원 입구 옆에 있는 흡연실에서 담배를 피우고 있자니 아내가 빨개진 얼굴로 나왔다. 남용성은 신경질적으로 담배를 비벼 끄고 흡연실에서 나왔다. 아내는 한심하다는 표정으로 남용성을 보았다. 아내의 목소리가 날카로웠다.

"왜 그래? 미쳤어?"

아내의 질문에 어떻게 대답해야 할까? 남용성은 지금 위로를 받고 싶었다. 남자로써 사형선고나 마찬가지인 '정자희소증' 즉, 고자 판정을 받았기 때문이다. 하지만 그것을 아내에게 바란 것이 문제일까? 아내는 왜 자신이 더 화를 낼까? 아내에게도 임신 불가능이란 판정이 충격이겠지만, 오는 말이 고와야 가는 말도 곱다.

"몰라서 물어?"

"그래. 몰라. 의사가 임신하려면 술 담배를 끊어야 한다고 했는데 그걸 못 참고 벌써 담배질이야?"

"내 문제는 술 담배가 아니라 직장에서 오는 스트레스라고!"

"그럼 학교에서 고3 담임을 하지 말았어야지."

누가 고3 담임을 하고 싶어서 하나? 집에만 있으니 직장 일을 이해할 수 없지. 부부싸움이 매번 그렇다. 상대방에게 책임을 돌리고 인신공격도 서슴지 않게 된다.

"당신 때문이라고! 스트레스의 원인 중 상당수는 당신의 바가지야!"

아내는 더 이상 말을 하지 못했다. 다만 눈물을 글썽이는 것이 화가 서러움으로 변한 것 같았다. 하지만 남용성도 남자에게 사형선고나 다름없는 판결을 받았기 때문에 아내를 위로해 줄 여유가 없었다. 뇌는 니코틴에 이어서 알코올을 요구했다.

"먼저 들어가. 나 술 한 잔하고 들어갈게."

무작정 택시를 타고 학교 근처의 먹자골목으로 갔다. 평소 술을 같이 하는 동료, 친구들에게 연락을 해 보았지만 시간이 되는 사람들이 없었다. 혼자 술집에 들어가는 것이 부끄러웠지만 용기 내어 평소 2차로 즐겨가던 순댓국집을 가게 되었다. 순댓국에 소주를 마시며 이런 저런 생각을 했다. 혼자만의 시간을 보내니 조금은 위로가 되었다. 그렇게 혼자서 찾게 된 술집이고, 그 후 자주 드나

들게 된 것이다.

그렇게 1년을 더 지냈지만 임신은 되지 않았다. 뭐, 씨 없는 수박이 꽃을 피우기는 쉽지 않겠지만 말이다. 결국 아내의 설득에 넘어가 시험관 시술을 받기로 했다. 시험관 시술은 여러 가지 조건이 맞아야 했다. 그냥 뚝딱 이루어지는 것이 아니었다. 난자 채취를 위하여 호르몬 주사를 맞아야 했고, 건강한 정자를 선별하여 난자에 넣어 시험관에서 수정해 주어야 했다. 이렇게 시험관에서 배아를 발생시키고 일주일 후에 자궁에 착상을 시켜야 임신이 되는 것이다.

첫 시험관 시술부터 문제가 생겼다. 하필 배아를 착상하는 날이 가을 체육대회 날이었다. 물론 고등학교 3학년은 체육대회에 참여하지 않았지만 운동장이 시끄러워 이날은 학교 근처 공원에 가서 졸업앨범 사진을 찍었다. 아내는 혼자 병원에 가기 싫으니 동행을 요구했다.

"오늘 오후에 배아 착상하러 가는데 조퇴할 수 없어?"

"곤란한데. 오늘은 학생들 졸업사진을 찍는단 말이야."

"그게 당신이랑 무슨 상관이야? 학생들 프로필 사진을 찍는다면서?"

그건 맞는 말이다. 학생들 프로필 사진을 찍기 때문에

자신이 없어도 큰 문제는 없었다. 하지만 그동안 매일 10시까지 야자감독을 하는 고난의 시간이 있었다. 이날은 학교에서 답답한 고3 생활을 보상받는 날이었다. 남용성은 한낮의 공원에서 가을을 만끽하고 싶었다. 그리고 저녁에는 간절히 기다리던 회식을 하기로 했기 때문이다.

일단 병원에 같이 가서 시술 후 회식에 참여해도 되지만 아내는 남용성이 술 마시고 들어오는 것을 싫어했다. 분명히 회식에 참여한다고 하면 발끈할 것이다. 애초에 그럴 싹을 막아야 한다. 단체 사진은 지난번에 찍었지만 거짓말을 했다.

"단체 사진도 찍는단 말이야. 졸업앨범에 담임이 없다면 우리 반 학생들이 얼마나 서운하겠어?"

아내는 더 이상 말이 없었다. 남용성은 아내의 어깨를 감싸 안았다.

"잘 다녀와. 의사가 자기도 스트레스를 받지 말라고 했잖아."

"알았어. 그럼 오늘은 집에 일찍 와?"

"아니, 졸업 사진 찍고, 회식이 있어."

회식이란 말에 아내가 남용성을 가슴을 밀쳤다. 아내는 회식이란 소리만 들어도 신경질적으로 변했다.

"그 놈의 회식! 오늘 같은 날 꼭 회식을 해야겠어!"

"할 수 없잖아. 회식은 가끔 있는 일인데, 하필 오늘이 병원 가는 날이니 어떡해?"

"이건 우리 일이야, 우리 가정을 위한 일이라고! 어쩌면 평생 한 번 있을 일인데 회식을 꼭 해야겠어?"

남용성은 짜증이 올라왔다. 겨우 이까짓 일로 이렇게 닦달하면 애 낳으면 얼마나 괴롭힐까?

"내 직장 일이야. 직장은 평생 다녀야 한다고. 회식도 업무의 연장인 거 몰라? 애 낳으러 가는 것도 아니고 이 정도는 혼자서 해 줘야 하는 것 아니야?"

"지금 이 상태가 된 것 자체가 자기 책임이라고. 의사가 분명히 술 담배 끊으라고 한 거 기억 안 나? 근데 회식을 하겠다고?"

아내는 불임의 책임을 정자희소증인 자신에게 돌리고 있다. 자신이 정자희소증이 된 것은 아내가 주는 스트레스 책임도 있다.

"아이 씨, 그 얘기 더는 하지 말라고 했지!"

"뭐가! 그럼 내 잘못이야? 병원에서도 분명히 당신이 문제라고 했다고."

결혼생활이 길어질수록 성관계의 횟수가 점점 줄어들고

있었다. 아내의 몸을 보면 결코 좋은 몸매라고 할 수는 없을 것이다. 남용성은 자신의 정자의 생성이 줄어드는 이유를 아내에게 돌리고 싶었다. 남용성은 화가 나서 해서는 안 될 말이 튀어나오고 말았다.

"내 책임만은 아니야. 당신 몸을 보라고! 내가 성욕이 생기겠어?"

짝!

순간 별이 번쩍했다. 아내는 제자리에 주저앉아 무릎을 감싸고 울기 시작했다. 아니, 따귀를 자기가 때리고 울긴 왜 운단 말인가?

"이놈의 집구석!"

남용성은 가방을 챙겨 밖으로 나왔다. 원래 회식 때, 폭음을 하곤 했지만 그날은 더욱 그랬다. 혹시 아내가 배아 착상을 포기하고 병원에 가지 않을까 걱정됐지만 남용성은 하루살이처럼 술을 들이부었다. 다행히 아내는 혼자서 병원에 갔다. 하지만 그날 부부싸움이 불행의 전조가 되었을까? 4주 후 병원에서 착상이 이루어지지 않았다는 소식을 받았다. 의사는 아무것도 아닌 듯 말했다.

"안타깝지만 이번에는 착상이 이루어지지 않았습니다. 이번에 시험관에서 만들어진 두 분의 수정란은 C급으로

C급은 수정될 확률이 20%도 되질 않습니다."

아내는 충격이 큰지 아무 말이 없었다. 남용성은 고등학교에서 물리를 가르친다. 대학에서 일반생물학을 배웠지만 수정란에 등급이 있다는 말을 처음 들었다.

"수정란에 등급이 있다는 소리는 처음 들었습니다. 수정란의 등급은 어떻게 판정하는 겁니까?"

의사는 설명을 할 요량인지 기대던 의자에서 등을 떼었다.

"정자와 난자가 만난 것이 수정란입니다. 이는 세포분열을 하는데 3번 분열하면 세포가 8개가 보이는 8세포기가 됩니다. 이때 8개가 정확히 보이면 A급, 6~7개가 보이면 B급, 5개 이하면 C급으로 등급을 매깁니다. 아무래도 세포분열이 정확히 일어난 것이 착상이 잘 되겠죠."

"그럼 A등급의 수정란을 만들려면 어떡해야 합니까?"

"아직 의학적으로 밝혀진 것은 없지만, 건강한 정자와 난자가 필수적입니다. 한데 술 담배를 계속 하시나요?"

이런, 괜히 벌집을 건드린 꼴이 되었다. 아내는 술 담배 때문에 수정란의 등급이 낮다는 소리를 분명히 할 것이다.

"술 담배를 반드시 끊으셔야 합니다. 아니, 끊지 못하시더라도 다음 정자를 채취할 때까지 만이라도 금연, 금주하고 운동하시면 좋을 것 같습니다. 물론 아내분도 스트레스를 줄이고 운동하셔서 건강한 몸을 만드는 것이 중요합니다. 5~6개월 후 다시 시도해 보시죠."

아내와 금연과 금주를 약속했다. 하지만 어디 술 담배를 쉽게 끊을 수 있다면 그것이 술이고 담배겠는가? 학교에서 쉬는 시간에 담배 피우는 동료를 따라가 한 대씩 얻어 피웠다. 하루 3개비 정도 피웠는데 아내는 그것을 귀신같이 알아냈다. 다음은 궐련형 전자담배로 바꾸었다. 궐련형 전자담배는 냄새가 거의 없어 쉽게 들키지 않았다.

하지만 남용성의 만행을 하늘이 보고 있었다. 하늘은 남용성에게 천벌을 내렸다. 두 번째 수정란도 C등급을 맞았고, 착상은 되지 않았다. 이제 더 이상 물러날 곳이 없었다. 남용성은 독한 마음을 가지고 다음 정자 채취까지 금연, 금주를 했다. 결과를 보상하듯 세 번째는 A등급의 수정란이었다. 그리고 착상 또한 잘 이루어졌고, 초음파 사진에는 예쁜 아기집이 보였다. 즐거운 마음에 축배를 들고 담배를 피웠다. 아내도 기쁜지 그때만은 모른 척 해 주었다. 하지만 샴페인을 너무 빨리 터뜨렸을까?

8주째 방문한 병원에서 아이의 심장소리가 들리지 않는

다고 했다.

"계류유산입니다. 아기집은 보이나 태아가 정상 발생되지 않았어요. 시험관 시술에서 많이 있는 일입니다."

그럼 아예 착상되지나 말지, 사람 괜히 기분 좋게 만들어 놓고.

횟술을 마시고, 담배를 피웠다. 그렇게 술에 절어 살던 어느 날, 아내는 편지를 써 놓고 친정으로 가버렸다. 편지의 끝에는 이혼이라는 단어가 쓰여 있었다. 남용성의 나이 36세, 겨울 방학의 일이었다.

* * *

3월 2일. 새 학기의 시작이지만 남용성의 마음은 기쁘지만은 않았다. 지난 겨울방학에 이혼을 완료했기 때문이었다. 가정만은 지키고 싶었건만 아내의 뜻은 완고했다. 사실 이혼하여 아내와 헤어지는 것이 슬픈 것이 아니라 교사라는 신분 때문에 사회적으로 보는 눈이 두려웠는지도 모르겠다. 30살에 결혼해서 7년을 살았다. 둘 사이에 아이가 없는 만큼 숙려기간 1개월은 순식간에 지나가 버렸다.

아내는 이혼요구의 첫 번째 이유로 술, 담배를 끊지 못하는 점을 들었다. 2세를 만들기 위하여 술 담배를 참지 못하는 모습에서 아이를 낳아도 힘든 상황이 빤히 보이기 때문이라고 했다.

두 번째 이유는 사랑받는 새로운 삶을 다시 시작하고 싶다고 했다. 당신의 눈빛에서 사랑을 볼 수 없다고 했다. 아내는 육체적 관계를 말하는 것일까? 하긴 언젠가부터 육체적 관계가 없었다. 아마 정자희소증의 판정을 받은 직후였을 것이다. 남용성은 남자로써 몸과 마음이 모두 망가져 버렸다.

2월. 이혼을 완료한 후, 직장에 이혼 사실을 숨길 수 없어 교장실로 내려갔다.

"교장선생님, 아내와 이혼했습니다."

"그래요?"

교장의 눈은 반짝였다. 무엇을 보기에 교장은 반짝이는 눈빛을 보이는 것일까?

"이유는 묻지 않겠습니다. 뭐, 사람이 헤어지는데 특별한 이유가 있을 리도 만무하니까요. 그냥 힘내시라고 말씀드리고 싶네요."

"이해해 주셔서 감사합니다."

교장은 자신의 찻잔을 들었다.

"남용성 선생, 차 좀 들어요."

남용성은 찻잔을 들어 입에 댔다. 인삼향이 났다.

"그나저나 애는 없었죠?"

저번에 시험관 시술한다고 연가도 냈었는데 그새 기억에서 사라졌나보다.

"…네."

"사는 곳은 어디입니까?"

"이혼하고 전셋집 정리해서 ○○동에 원룸 하나 얻었습니다."

"잘하셨네요. 앞으로 어쩌실 겁니까?"

"네? 무슨 말씀을 하시는 건지…….."

"그래도 새 학기가 시작하는데 근무는 하셔야 할 것 아닙니까? 무슨 하고 싶은 업무라도 있습니까?"

맞다. 학교는 3월부터 시작하기 때문에 담임이면 담임, 부장이면 부장을 맡아야 한다. 남용성은 8년간 3학년 담임을 해서 그런지 담임은 지겨워졌다. 절대적 인사권을 가진 교장에게 말하면 요구를 들어줄 수도 있다.

"3학년 담임을 8년을 해왔습니다. 담임은 이제 그만하고 싶습니다만……."

"그래요. 남용성 선생 정도면 담임은 하지 말아야죠. 그

래서 말인데요…….ˮ

교장은 인삼차를 마시면서 눈을 반짝였다. 아까 그 눈빛이었다.

"남용성 선생, 3학년 경험도 많고 하니, 올해 3학년 부장을 맡아주세요.ˮ

예상 밖의 전개다. 남용성은 부장경력이 전무했다. 교직생활 9년차에 부장을 맡을 기회가 온 것이다. 원래 같았으면 좋은 기회라 생각했겠지만 지금은 이혼 충격으로 에너지의 원천이 빠져나간 것처럼 힘이 나지 않았다.

"교장선생님, 감사하지만 이제 제 몸은 휴식이 필요한 것 같습니다.ˮ

교장은 노타임으로 받아쳤다. 첫 대화부터 이 상황을 노렸나 보다.

"학교에서 쉴 곳이 어디 있습니까? 어차피 담임을 안 하려면 교무기획, 학생부 선생인데 거기가 더 힘든 거 남용성 선생도 알 거 아닙니까? 한데 3학년은 입시지도 이외의 업무는 없잖아요. 남선생님 해오던 것 그대로 하면 되는 거예요.ˮ

생각해 보니 그렇다. 수년간 해온 3학년 입시지도를 그대로 하면 되는 거였다. 오히려 부장을 하니 학급 학생들

추천서를 쓰지 않아 더 여유가 있을 것이다.

"그럼… 그럴까요?"

"이제 혼자라면서 집에 있으면 뭐합니까? 그냥 학교에서 운동도 하고 아이들 야간 자율학습 관리만 하면 되는 것 아니겠습니까?"

"그럼 그렇게 하겠습니다."

그렇게 남용성은 올해 충덕 고등학교 3학년 부장의 보직을 받았다. 이제 혼자가 되었으니 부장을 맡아서 학교에 뼈를 묻으면 어떠리.

요즘 교사들은 학교에서 담임 업무를 기피한다. 그중 입시지도에 부담이 있는 고3은 더했다. 그래서 경력에 밀려 젊은 교사들, 새로 전입 온 교사들로 담임이 꾸려졌다. 충덕 고등학교 3학년은 8개 반이 있다. 3학년에 젊은 여교사가 6명이 배정되었다. 남용성보다 나이가 많은 사람은 거의 원로급인 남교사 두 명뿐이었다. 그나마 자신보다 나이가 적은 교사들이 많아 학년 운영을 무난히 할 수 있을 것 같았다.

오늘은 개학 후 첫 모의고사 실시 전날이다. 매년 그랬듯이 3학년 담임교사 단합을 위한 회식을 실시하였다. 매일 늦은 밤, 홀로 맥주를 마셨는데 오늘은 외로움에서 벗어날 수 있을 것 같았다.

젊은 여교사들은 파스타를 원했지만, 원로교사의 입김으로 메뉴는 삼겹살에 소주로 결정되었다. 불판에 삼겹살이 올려지고 소주잔에 술이 채워졌다. 강의식 원로교사가 소주와 맥주를 섞어 만든 폭탄주를 남용성에게 건넸다.

"남 부장, 3학년 부장의 힘든 직책을 맡았으니 고생 좀 해. 이건 힘내라는 의미의 술잔이야."

"좋습니다. 저 다음은 강 선생님 차례예요."

뭐, 술로 긴 밤을 지새우는데 소맥 한잔쯤이야. 그것이 신호탄이 되었다.

"남 부장, 시원 시원하구만. 그럼 다음은 누가 마실까?"

분위기가 올라 모든 교사가 차례차례 소맥을 들이켰다. 3학년 담임이 된 후 일주일간의 긴장감과 스트레스가 불을 지폈다. 술이 오르자 술이 술을 불렀다. 이어진 2차는 치맥으로, 다음은 노래방으로 늦은 밤까지 음주가무를 즐겼다. 남용성은 우울한 나날을 보내다가 젊은이들과 북적대니 즐거웠다. 아내와 이혼 후 처음 느껴본 활기였다. 그중에 제일 젊은 송나영은 노래방에서 학생들이나 부를 법한 노래를 부르며 몸을 흔들었다. 여학생들이 축제 때 아이돌을 따라 하는 것 같았다.

남용성은 노래방 한쪽에서 맥주를 마시며 춤사위를 감상하였다. 즐거웠다. 수년간 느끼지 못했던 즐거움이란 느낌이 가슴속에서 피어났다. 앞으로 학교생활이 즐거울 것 같았다.

2-B

충덕 고등학교 3학년 공승민 학생이 학교 옆 공원에서 변사체로 발견되었다. 새벽에 공원에서 운동하던 할아버지가 처음 발견하고는 경찰에 신고하였다. 피해자는 바닥에 엎드려 있었고, 후두부에 충격을 받았는지 상처가 있었다. 거기서 나온 붉은 피가 바닥에 작은 원을 그렸다. 주변 산책로에서 조금 벗어난 수풀에서 벽돌이 발견되었다. 건물 외벽을 장식하는 검붉은 벽돌이었다. 흔히 공사장에서 쓰는 하얀 벽돌보다는 강도가 강한 적벽돌이다. 벽돌은 흙과 나뭇잎이 뒤덮여 있었지만, 벽돌 모서리에 붉은 선혈도 분명히 보였다.

검시관은 사후경직 상태를 보건대 밤 12시에서 새벽 2시 사이에 사망했다고 했다. 시체의 자세와 시반, 피 묻은 벽돌이 발견된 정황으로 1차적 사인은 벽돌로 후두부를 내리쳤고 그 충격과 출혈로 사망에 이른 것 같다고 했다. 이런 류의 사망 사고는 많다. 일명 퍽치기. 어린 학생들이 유흥비를 마련하기 위해 저지르는 일이 많다.

장한결 형사는 그의 상사인 하광현 팀장에게 말했다.

"팀장님, 어떻게 보세요? 그냥 단순 퍽치기 사건과 정황이 너무 비슷하네요."

하광현 팀장은 팔짱을 끼고 변사체를 내려다보고 있었다. 하광현 팀장은 공원 옆쪽으로 멀리 보이는 학교 건물을 가리키며 특유의 중저음으로 말했다.

"변사자 신원이 이 학교 학생이라고 했지?"

"네, 지금 입고 있는 옷이 교복이라고 합니다. 주변에 같은 교복을 입은 학생들이 지나가서 알았습니다. 교복에 공승민이라는 이름이 새겨져 있어 서둘러 신원파악을 진행하고 있을 것입니다."

"좋아. 일단 공원 CCTV를 분석하고, 주변 탐문을 시작하자고."

"팀장님, 궁금한 게 있는데 학생이 학생을 퍽치기 할까요?"

맞는 말이다. 학생들이 용의자라면 이 교복을 모를 리 없다. 장한결 형사는 수사에 특별한 재능을 보이지는 않지만 이처럼 감각적이고 발산적 사고가 뛰어났다. 하광현 팀장은 십여 년간 수사를 하다 보니 정석으로 사건을 보기만 해서 지금 정황도 퍽치기로 단정하고 수사에 임했을지도 모른다. 그런 면에서 하광현 팀장은 장한결 형사를 높이 사고 곁에 두고 있었다.

"음, 일리가 있네. 하지만 이 공원은 밤에 인적이 없고 어두워서 잘 보이지 않았을 가능성도 있겠지."

"피해자의 지갑은 없었지만 스마트폰은 주머니에 그대로 있었습니다. 퍽치기라면 고가의 스마트폰을 가져갈 가능성이 많습니다."

"그럼 자네는 어떻게 수사해야 한다고 생각하나?"

"원한관계 쪽으로 생각해 봐야 할 것입니다."

"원한? 학생이 누구에게 원한을 산단 말인가?"

"요즘 학생들은 무서워졌답니다. 교복 입고 담배를 피우는데 경찰이 지나가도 그냥 피운다고 합니다. 저 학생 머리카락 색을 보세요."

변사자의 머리카락은 옅지만 갈색을 띠고 있었다.

"염색을 했구먼."

"맞아요. 학교가 아무리 자유로워도 염색은 금지하고 있을 겁니다. 저 공승민이라는 학생은 학교에서 날라리가 분명합니다."

어리숙한 추리지만 묘하게 설득력이 있다. 양아치들의 싸움과 원한으로 볼 수도 있을 것이다.

"오케이. 자네 말대로 CCTV와 탐문은 다른 팀에게 맡기고 우리는 학교로 가서 원한관계 수사를 진행해 보자고."

장한결은 손목시계를 보았다. 아침 8시가 되고 있었다. 통제를 하고 있다지만 사건 현장으로 사람들이 하나 둘 모이고 있었다. 그리고 공원이 충덕 고등학교 옆이라 교복 입은 학생도 많이 보이기 시작했다.

"팀장님, 사람들이 모이고 있네요. 감식과에서도 초동조사가 끝난 것 같으니 변사자를 옮겨야 하지 않을까요?"

하광현도 폴리스라인 밖에 모여 있는 사람들을 보았다. 잠시 후, 사람들 사이에서 시끄러운 소란이 일어났다. 울며불며 난리치는 중년의 여자를 순경이 제지하고 있었다. 여자는 변사자의 이름을 외치며 울고 있었다. 직감적으로 어머니인 것을 알았다.

"장 형사, 저 여자가 어머니인 것 같네. 조용히 데리고 와서 변사자 신원확인을 하자고."

장 형사는 제지하는 순경에게 가서 여자를 데리고 왔

다. 여자는 천으로 덮여 있는 시체를 보자 바닥에 주저앉았다. 여자는 넋이 나간 사람처럼 중얼거렸다.

"어, 어제 스, 승민이가 지, 집에 승민이가 들어오지 않았어요. 아, 아니겠지?"

하광현은 장한결에게 턱짓으로 변사자를 가리켰다. 덮여있는 천을 거두어 얼굴을 확인 시키라는 것이다. 장한결은 천을 들추고 변사자의 얼굴을 보였다. 여자는 얼굴을 확인하자마자 시체로 달려들었다.

"아악, 승민아. 승민아."

장한결이 여자를 붙잡자 이내 힘이 빠지면서 기절하였다. 가까운 사람의 갑작스런 사망 소식을 들었을 때의 전형적인 모습이다. 하광현은 혼란스러운 상황에도 침착함을 잃지 않았다.

"사망자가 학생이라 학교에서 조사해야 할 텐데 시끄럽겠어. 일단 자네는 김 형사와 함께 그 어머니를 병원으로 옮기고 기초 조사를 하게나. 난 학교 관계자를 만나고 학교에서의 조사를 준비할 테니 가능한 빨리 학교로 오도록 해."

"네, 알겠습니다."

장한결 형사는 구급차를 타고 기절한 어머니를 병원으

로 데려갔다. 어머니는 깨서 난리를 치다가 기절하다가를
반복했다. 오늘은 어머니에게 정보를 알아내기 힘들 것이
다. 아들이 죽었으니, 더군다나 사고가 아닌 누군가에 의
해 죽음을 당했으니 얼마나 충격이 클까?

그래도 어머니의 입에서는 같은 학교의 이승민이라는
이름이 자주 나왔다.

"그 놈이야. 이승민. 그 놈이 우리 승민이를 죽인거야.
그렇게 중학교 때부터 우리 아들을 괴롭히더니 결국 이
사달을 만들었네."

어머니는 그렇게 오열하였다. 어머니에게서는 이승민이
라는 이름 외에는 더 이상 건질 것이 없어 보였다. 장한
결은 어머니를 김 형사에게 맡기고 학교로 갔다.

1층 교장실 옆에 학교운영위원회의실이 있었다. 거기에
임시 수사본부를 차렸다. 충덕 고등학교 교장은 탕비실에
있는 모든 것을 자유롭게 사용해도 되지만 가능한 사건을
빨리 처리해달라고 했다. 장한결 형사는 사 온 우유와 코
코아 가루를 탕비실에 놓았다. 학생들에게는 커피보다 코
코아가 어울렸기 때문이다. 준비를 마친 장한결은 창문
밖을 보고 있는 하광현 팀장에게 말했다.

"팀장님, 조사 우선순위를 정하셨나요? 역시 어머니에

게서 나온 이승민을 먼저 조사해야 할까요?"

하광현 팀장은 돌아서서 잠시 생각하더니 말했다.

"아니지. 피해자인 공승민 담임선생부터 시작하자고. 가장 핵심인물은 주변에서부터 몰아가는 게 정석이야. 일단 이승민에 대한 정보를 모으는 것이 중요해."

"아, 그렇군요. 네, 알겠습니다."

"한데, 피해자 어머님께 부검은 허락받았나?"

"넋이 나가 있어 아직 말은 못 했습니다. 정신을 차리면 김 형사가 허락받기로 했습니다. 근데 이거 부검이 꼭 필요한가요?"

"글쎄, 범인을 금방 잡는다면 필요 없겠지."

"그럼 우리가 빨리 잡자고요."

"좋아. 그럼 시작하자고."

3-A

송나영은 3학년 1반 담임이다. 학년 교무실에서 부장 바로 앞자리이다. 고개를 들면 꽂아놓은 책들 사이로 송나영의 옆모습이 보인다. 남용성은 미친 짓이라고 자신을 꾸짖었지만, 어느새 책꽂이의 위치를 변경하여 송나영의 모습이 잘 보이도록 하였다. 첫 회식 때, 노래방에서 춤추는 모습이 각인되어 자꾸 시선이 갔다.

송나영은 휴대용 마이크를 이용하여 수업을 하였다. 송나영이 옆 교실에서 수업할 때면 카랑카랑한 목소리가 교실의 틈을 파고 들어왔다. 그럴 때면 남용성은 자신의 수업에 열중하는 것보다 옆 교실에서 들리는 목소리에 더 귀를 기울였다. 점점 자신의 관심이 송나영에게 쏠리고 있음을 느꼈다. 송나영이 탁자에서 커피를 타 마시고 있어서 자연스레 다가갔다.

"송나영 선생님 어때요? 중학교에서 전입 오신지 한 달쯤 되었는데 중학교 때보다 가르치기는 수월한가요?"

"그럼요. 누구도 중학생들을 이길 수 없어요. 요즘 중학교 애들은 상상 이상이라니까요. 북한 김정은이 중2 애들이 무서워서 쳐들어오지 못한다는 말까지 있어요."

"하하하, 재미있는 표현이네요. 잘 적응하시니 다행이에요."

"한데 부장님. 저희 반에 공승민이라고 있잖아요. 그 애 정체가 뭐에요?"

공승민, 처음 고등학교에 올라 왔을 때 유명한 말썽꾸러기였지만 지금은 많이 얌전해졌다.

"무슨 잘못을 했습니까? 고1때는 염색에 파마, 귀까지 뚫고 심했죠. 지금은 염색이 약간 남아있긴 하지만 파마도 풀고 귀걸이도 안 하고 마음을 잡은 것 같던데."

"그런 문제라기보다 제가 젊어서 그런지 조금 만만하게 보는 것 같아서요."

남용성은 속으로 욱했다. 감히 우리 송나영 선생을 만만히 보다니.

"교사를 만만하게 보면 안 되죠. 제가 불러다가 따끔하게 혼내겠습니다."

송나영은 서둘러 손을 내저었다.

"그런 게 아니에요. 제가 잘 해결하겠습니다."

어쩜 저리 마음도 천사 같을까? 남용성은 다음 시간 수업 준비를 하지 않았지만 송나영과 잡담하느라 시간가는 줄 몰랐다. 그까짓 수업, 자습시키면 그만이라고 생각했다.

4월 초, 중국에서 넘어오는 미세먼지와 초미세먼지의 위력은 막강했다. 미세먼지가 기관지병을 유발하고 초미세먼지가 암을 일으킨다는 뉴스는 프로야구 경기까지 중지시켰다. 학교에서도 많은 변화가 있었는데 미세먼지가 나쁨인 날에는 야외 체육수업이 금지되었고, 초등학교는 휴교까지 검토했다.

남용성은 교무실 창밖으로 검은 하늘을 바라보았다. 며칠째 미세먼지 수치가 나쁨이다. 특히, 오늘은 미세먼지 농도가 매우 나쁨 수치까지 올라가고 초미세먼지 경보가 내린 날이다. 하루 종일 어둡고 뿌연 하늘을 바라보고 있자니 답답해서 볼멘소리를 했다.

"따뜻한 봄날인데 이게 뭐야! 정부에서는 고등어를 튀기지 말고, 노후 경유차를 폐차하라고 하는데 정작 문제인 중국에게는 왜 아무 말 못하냐고."

뒤에서 강의식 원로교사가 거들었다.

"요즘에는 수업을 조금만 해도 목이 따끔거려. 예전엔 하루 5~6시간도 거뜬했는데 말이야."

미세먼지 영향도 있겠지만 늙어서 그런 것은 본인만 모르는 것일까? 학생들은 늙은 선생님들을 싫어했지만 남용성 부장에게는 꼭 필요한 존재였다. 원로교사는 정년이 5년 정도 남았다. 가정의 아이들은 다 키워 대학교를 다니거나 회사를 다닌다. 집에 가도 할 일이 없으니 다들 싫어하는 토요일이나 매일 밤 10시까지 남아 자습 감독을 해주니 고마운 사람이다. 장단을 맞춰줘야 한다.

"아이고, 강 선생님 쉬엄쉬엄 하세요. 마이크도 사용하지 않고 그렇게 열정적으로 수업을 하시니 목이 남아날 리가 없죠."

"정년이 얼마 남지 않았는데 수업이라도 열심히 하지 않으면 학생들한테 금방 듣기 싫은 소릴 들을 걸?"

맞는 말이다. 남용성도 젊었을 때는 여학생들에게 인기도 있었고, 수업시간에는 말만으로도 학생들의 집중을 이끌어낼 수 있었던 시절이 있었다. 하지만 30대 중반이 넘어가고 아랫배가 나오기 시작하자 아저씨 취급을 당했다.

"그러게요. 강 선생님처럼 저도 파이팅 해야겠어요."

"아, 오늘 같은 날에는 삼겹살의 기름으로 목에 낀 미세먼지를 싹 걷어내야 하는데 말이야."

원로교사의 말에 옆자리 여선생이 동조했다.

"강 선생님께서 소주 이야기 하니 알코올이 더 당기네요."

남용성도 마찬가지 마음이었다. 송나영이랑 다시 술을 즐기고 싶었다. 그때였다. 남용성 자리의 사무용 전화기가 울렸다.

"감사합니다. 3학년부 남용성입니다. 무엇을 도와드릴까요?"

-교장입니다.

전화기 저편에서 묵직한 목소리가 흘러나왔다.

"예, 교장선생님. 무슨 일 이십니까?"

-오늘 미세먼지도 매우 나쁨이고, 초미세먼지 경보가 내렸으니 학생들 야간 자율학습을 취소하고 빨리 귀가 시키는 것이 어떨까요?

이게 무슨 소리인가? 미세먼지 때문에 야간 자율학습을 하지 말라니.

"교장 선생님, 다시 말씀 해주십시오. 오늘 야자를 하지 말라는 말씀이십니까?"

-그래요. 며칠 동안 미세먼지가 심했잖아요. 특히, 오늘은 경보가 내렸고요. 환절기이기도 하고 학생들의 몸에 축적된 병이 발현될지 모릅니다. 학생들이 학교에서 병이 발생한다면 누가 책임집니까? 오늘은 보내자고요.

허허, 간절히 원하면 우주가 소원을 들어준다나?

"네, 교장선생님 생각이 그러시다면 그렇게 하겠습니다."

전화를 내려놓고 남용성은 강의식 원로교사를 보았다.

"강 선생님. 교장 선생님께서 미세먼지 때문에 오늘 야자를 하지 말라고 하십니다."

"허허, 내 교직 경력 30년 만에 미세먼지 때문에 야자를 안 하는 경우가 생기는구먼. 그럼 저녁에는 삼겹살에 소주나 먹으러 가자고."

남용성은 강의식 원로교사를 보면서 앞자리의 송나영을 힐끗 보았다. 지금 자신의 말을 들었는지 말았는지 컴퓨터 화면에 집중하고 있었다. 남용성은 애가 탔다. 다른 모든 선생은 안 가도 좋다. 송나영이 빠진 회식은 팥 없는 찐빵과 다름이 없었다.

남용성은 5반 담임인 홍서린을 공략하기로 했다. 홍서린은 젊은 여교사로 작년에 같이 3학년 담임을 했고, 술을 좋아했다. 무엇보다도 기간제 교사이기 때문에 부장인 자신의 요구를 거절하지 못했다.

"홍서린 선생님, 오늘도 한 번 달려야지?"

다행인지 홍서린은 적극 동조했다.

"부장님 당연하죠. 삼겹살 맛있는 집 알아요. 그리로 가시죠."

다음은 고맙게도 강의식 원로교사가 나섰다. 가려운 곳을 잘도 긁어 준다.

"그거 좋구만, 각 반 선생들 참여 여부를 말해봐. 1반 송나영 선생부터!"

남용성은 긴장된 눈빛으로 송나영을 보았다. 송나영은

잠시 뜸들이더니 부끄러운 듯 말했다.

"저번에 너무 취해서 이제 술 끊었단 말이에요."

"허허, 술을 끊을 수 있다면 얼마나 좋겠나."

"그럼 전 조금만 마실 거예요."

남용성은 뛸 듯이 기뻤다. 술이라는 것이 조절할 수 있는 것이라면 얼마나 좋을까? 송나영은 몇 잔 들어가면 또 버릇이 나올 것이다. 결국 분위기에 휩쓸려 모든 선생님들이 회식에 참여하기로 하였다. 남용성은 담임선생들에게 소리쳤다. 괜히 힘이 났다.

"자, 그럼 담임 선생님들. 학생들에게는 반드시 집으로 돌아가라고 해주시고, 이따 회식자리에서 봅시다."

홍서린이 알려준 회식장소는 별실로 되어 있어 신발을 벗고 들어가는 좌식 자리다. 남용성이 가장 좋아하는 유형의 장소다. 테이블에 의자가 있다면 자리를 쉽게 움직이지 못하기 때문이었다.

당연한 것처럼 원로 교사 두 명이 같은 테이블에 나란히 앉았다. 영감님들은 술을 홀짝홀짝 잘도 마시기 때문에 젊은 여교사들은 피할 것이다. 그럼 영감님들의 시중은 자신이 들어야 했기 때문에 재빨리 홍서린에게 말했다.

"홍서린 선생님, 여기 앉아."

수더분한 성격인지 홍서린은 짧게 '네'하고 영감님들 맞은편에 앉았다. 더욱 고마운 것은 친한 장은하 선생을 데리고 간 것이다. 남용성은 빠른 눈치로 여교사들을 차례차례 앉히고 송나영 옆자리에 앉는 것에 성공했다. 어차피 영감님들 빼면 자신만 남교사이기 때문에 특별히 이상한 눈으로 보지는 않을 것이다.

화학에서 활성화 에너지 장벽이란 것이 있다. 이 활성화 에너지 장벽을 넘어서야 비로소 반응이 일어나는 것이다. 남용성은 술 취하는 것도 활성화 에너지와 관련 있다고 생각했다. 술을 조금씩 마시다보면 어느새 활성화 에너지 장벽을 넘게 되고 그때부터는 술이 술을 먹는다.

송나영의 활성화 에너지 장벽을 어떻게 넘게 할 것인가? 화학에서는 방법이 있다. 효소를 처리하면 활성화 에너지 장벽이 낮아진다. 남용성은 젊었을 때 마시던 폭탄주 제조법을 떠올리고는 벨을 눌렀다. 폭탄주가 효소의 역할을 하여 활성화 에너지 장벽을 낮춰줄 것이다. 잠시 후, 서빙하는 아주머니가 왔을 때 콜라를 주문했다.

"여기 콜라 두 병 주시고, 맥주 글라스 새 걸로 두 개만 주세요."

강의식 원로 교사가 의아한 표정으로 물었다.

"남 부장, 오늘 콜라 마시게?"

"아니요. 강 선생님, '고진감래주' 아세요?"

"그게 뭔가? 폭탄주야?"

"폭탄주까지는 아닙니다. 그럼 오늘 고생하는 강의식 선생님께 특별히 제조해 보겠습니다."

남용성은 맥주잔에 소주잔을 넣고는 콜라를 반쯤 따랐다. 그리고 그 위에 소주잔을 한 개 더 올리고 소주를 따랐다. 그리고 여느 폭탄주처럼 맥주를 부었다. 남용성이 잔을 위로 들어올렸다. 소주잔 사이에 검은 콜라가 노란색 맥주 속으로 비춰 보였다.

"이 술의 이름이 왜 '고진감래'인지는 마셔보면 압니다. 그리고 일반 소맥보다 약해요. 이유는 소주잔이 2개나 들어가 전체 술의 양도 적을 뿐더러 알코올이 포함되지 않은 콜라가 있기 때문이죠."

남용성은 술잔을 강의식 원로교사에게 건넸다.

"허허, 내 술을 40년간 마셨지만 이런 술은 또 처음이구먼."

"강 선생님, 이 술은 천천히 마셔야 합니다. 그래야 고진감래를 알 수 있어요."

"그럼 왜 고진감래인지 알아볼까?"

강의식 원로교사는 술잔을 입으로 가져가 천천히 마셨다. 소맥이 거의 다 들어갔을 무렵 술잔이 기울어지며 두 소주잔이 분리되어 사이에 있는 콜라가 나왔다.

"허허허, 왜 고진감래인지 알겠구먼. 쓴 것이 다하면 단 것이 나온다. 허허허, 이름 한 번 기가 막히게 지었구먼."

남용성도 신이 났다.

"강의식 선생님의 오랜 교육 경력에 이제 좋은 일만 있길 기대하면서 만들었습니다."

"이 사람, 갖다 붙이기는. 어서 한 잔 더 말아서 젊은 선생들에게도 맛을 보여주게나."

남용성은 고진감래주를 두 잔씩 말았다. 술을 좋아하고 호기심 많은 사람들부터 한 잔씩 마시면서 감탄사를 내뱉었다. 결국 송나영도 고진감래주를 마셨고, 그것이 효소가 되어 활성화 에너지 언덕을 넘게 했다.

그 날도 즐거운 술자리의 연속이었다. 대부분의 교사들이 2차가 끝나고 빠진 반면 송나영은 술에 취에 노래방에 가자며 남용성의 팔에 매달렸다. 그녀가 매달린 팔을 타고 야릇한 느낌이 전해졌다. 취기가 확 달아나며 아랫도리에 힘이 들어갔다. 수년간 없었던 힘이 솟아났다. 고목나무에 꽃이 피는 것일까?

남은 교사 몇이 노래방에 갔다. 젊은 교사들은 신나는 음악에 미친 듯 흔들어댔다. 남용성은 맥주를 마시며 송나영의 춤사위를 관찰했다. 아니 다른 사람들은 보이지 않고, 송나영만 보였다고 해야 할 것이다.

잘 놀던 송나영이 남용성에게 와서 손을 잡아끌었다. 물론 잡은 손에서도 찌릿한 느낌을 받았다. 남용성은 노래방에서 춤을 춘 적이 없었다. 경박스러워 보일까봐 춤을 추지 않았었는데 사람들이 왜 이렇게 노래방에서 몸을 흔드는지 오늘에야 깨닫게 되었다.

송나영의 손을 맞잡고 방방 뛰었다. 술의 취기는 점점 사라졌고, 이혼으로 쌓였던 스트레스가 날아가는 것 같았다. 자신을 억누르고 있던 무언가가 사라지고 알 수 없는 힘이 샘솟기 시작했다. 남용성은 회식이 끝나고 자신의 원룸으로 들어와 자위행위를 했다. 송나영의 춤사위를 상상하니 쾌감이 극에 달했다. 이게 몇 년 만인지 모르겠다. 고목나무에 꽃이 폈다. '정자희소증'은 이제 안녕이다.

4-B

장한결 형사는 수사를 위하여 충덕고 교감에게 공승민 학생의 담임 선생님을 불러달라고 했다. 교감이 임시수사실을 나간 후 중년의 남성과 젊은 여성이 들어왔다. 남성이 자신을 소개했다.

"저는 3학년 부장인 남용성입니다. 여기는 공승민 학생의 담임 송나영 선생님이고요. 송나영 선생이 힘들어해서 같이 왔습니다. 괜찮겠죠?"

송나영 선생은 많이 울었는지 눈이 퉁퉁 부어 있고, 힘이 없어 보였다. 담임반 학생이 죽었으니 당연한 반응일까? 같이 온 남용성 부장은 하관이 좁고 매부리코라 속줍아 보이는 스타일이었고, 볼록한 배와 검정색 슬리퍼, 팔토시는 전형적인 학교 선생님 이미지를 보여주었다. 그런데 학년 부장과 학년 담임 관계가, 더군다나 살인사건 수사에 같이 올 수 있는 관계일까? 장한결은 뒤의 하광현을 보자 고개를 끄덕였다. 장한결은 미소를 지으며 다시 고개를 앞으로 돌렸다.

"그럼요. 앉으세요."

평소 수사하던 대로 하광현 팀장은 뒤에서 지켜보고 장한결이 나섰다. 우락부락한 이미지의 하광현 팀장은 뒤에서 있는 것만으로 조사를 받는 사람들에게 압박을 준다.

장한결은 반대로 편안한 이미지만 주면 된다. 적당한 때가 되면 하광현 팀장이 나설 것이다. 장한결은 명함을 두장 꺼내 테이블 위에 올렸다.

"중부서 장한결 형사입니다. 먼저 차 한 잔 해야겠죠? 두 분, 어떤 차를 드시겠습니까?"

장한결의 질문에 남용성은 고개를 숙이고 있는 송나영에게 물었다.

"저는 블랙커피를 부탁드립니다. 송나영 선생, 무슨 차 드실래요?"

"같은 거요."

송나영 선생은 모기 같은 작은 소리로 대답했다. 장한결은 탕비실로 가서 블랙커피 스틱 두 개를 잘라 커피를 탔다. 두 잔을 앞에 두자 남용성 부장은 종이컵을 집어 커피를 입에 가져갔다.

"그럼 두 선생님께 질문하겠습니다. 사망한 공승민에 대해 알려주시겠어요? 그러니까 친구관계나 학생의 성격, 태도 같은 거 말입니다."

남용성 부장이 송나영 선생의 눈치를 보면서 말했다.

"죽은 사람 욕하기는 그렇지만… 공승민은 행실이 좋다고 말할 수는 없습니다."

남용성 부장의 말에 송나영 선생의 눈빛이 날카로워졌다. 남용성은 어깨가 움츠러들었지만 말을 멈추지는 않았다.

"그러니까 제 말은요, 학교의 학생은 두 부류로 나눌 수 있습니다. 학교의 규칙에 순종적인 학생과 그렇지 않은 학생으로요. 공승민은 누가 말해도 후자라고 할 수 있어요."

송나영은 자신의 담임 반 학생을 험담해서 그런지 변명했다.

"부장님, 학생을 그렇게만 평가하면 어떡해요? 공승민은 규칙을 잘 지키지는 않지만 친구들 사이에서는 의리 있는 아이고, 제가 느끼기는 마음속이 착한 아이라고요."

"송나영 선생은 모르겠지만 중학교 때는 알아주는 날라리였답니다. 지금은 조금 얌전해졌다지만 1학년 때는 정말 물불가리지 않는 학생이었다고요."

"지난 일이 뭐가 중요해요. 현재가 중요하죠."

남용성은 슬슬 화가 나는지 얼굴이 빨갛게 달아올랐다.

"그런 놈이 그렇게 대듭니까? 송나영 선생도 그 놈한테 욕먹었잖아요!"

"선생님! 죽은 학생에게 예의 좀 지키시죠."

"송나영 선생은 그런 놈이 뭐가 좋다고 감싼답니까?"

그냥 두었다가는 두 사람의 싸움이 될 것 같아 장한결이 나섰다.

"선생님들, 알겠습니다. 조금 진정하시죠."

두 선생은 더 말하려다 입술을 꽉 다문 후 커피로 손을 가져갔다. 장한결이 뒤의 하광현을 돌아보자 턱을 내밀었다. 계속 하라는 신호였다.

"혹시, 공승민에게 원한을 가질 만한 사람이 있을까요? 예를 들면 친구관계 말이에요."

남용성 부장은 모른다는 듯이 고개를 좌우로 흔들었다. 송나영 선생도 마찬가지였다.

"그럼 친하게 지내는 친구는 있나요? 혹시 공승민에게 여자 친구가 있나요?"

여자 친구라는 말에 송나영 선생의 얼굴빛이 미세하게 변했다. 불쾌함이었다. 남용성 부장은 그런 송나영 선생을 한 번 보더니 말했다.

"요즘 같이 붙어 다니는 여학생이 있기는 합니다. 3학년 5반이고 이름은 신그린이라고 합니다."

장한결은 여자 친구의 이름을 메모지에 기록했다. 여자 친구라면 깊은 사정을 알지도 모른다.

장한결은 하광현을 돌아보며 코를 만졌다. 공승민 어머니에게 나온 이승민을 물어보겠다는 신호였다. 하광현은 대답 대신 조용히 고개를 끄덕였다.

"선생님들, 이승민이라는 학생을 아시나요?"

남용성 부장은 처음 듣는 듯 고개를 갸웃거렸다.

"우리 학교 학생이에요? 저는 잘 모르겠습니다."

"5반의 조용한 학생이에요."

송나영은 아는지 대답했다.

"그 학생은 어떻습니까? 공승민과 친한가요?"

"당돌한 면이 있었어요. 그 전까지는 존재도 모르는 학생이었죠. 공승민과 친한지는 모르겠습니다."

"어떤 면에서 당돌함을 느끼셨죠?"

"어느 날 수업 중에 제가 학생들을 훈계 좀 했어요. 제가 학생들을 원숭이라고 지칭했는데 그 학생이 벌떡 일어나더니 인간에게 원숭이라고 하다니 인격모독이라고 했어요."

남용성 부장이 더 궁금한지 물었다.

"그래서 송나영 선생은 어떻게 했나요?"

"사과했죠. 학생에게 원숭이라고 했으니 인격모독이 맞잖아요."

당돌함이 있다는 것 이외에는 이승민에 대한 어떠한 정보도 얻을 수 없었다. 공승민의 어머니는 왜 이승민의 이름을 계속 말했을까? 남용성 부장과 송나영 선생은 아까의 말다툼으로 껄끄러운 것 같아 더는 영양가가 있는 이야기는 나오지 않을 것 같았다. 먼저 남용성 부장을 보내기로 했다.

"그럼 남용성 부장선생님께서는 여자 친구인 신그린 학생을 불러 주시겠습니까? 이제 더는 오시지 않으셔도 됩니다. 그리고 담임 선생님에게는 몇 가지 더 물어볼 것이 있으니 잠시 기다려 주시기 바랍니다."

남용성 부장은 의자에서 일어서서 송나영 선생을 바라보다 고개를 돌려 장한결 형사를 보았다.

"한데 공승민을 죽인 사람이 벽돌 살인마가 맞기는 맞는 건가요?"

"선생님도 소문을 듣고 그러신가 본데 아직 확실한 건 없습니다. 벽돌이 발견되고 두부외상이 발견되어 벽돌로 가격한 것을 예측하는 수준입니다."

"그렇군요. 그럼 전 올라가서 신그린 학생을 내려 보내겠습니다."

남용성 부장은 일어서서 송나영 선생의 뒷모습을 잠

시 보다 나갔다. 이후 송나영 담임선생에게 몇 가지 질문
했지만 공승민 사망에 대한 단서를 더 이상 얻을 수 없었
다. 송나영 선생을 보내고 신그린 학생이 아직 등교 전이
라고 해서 먼저 학생부장의 면담을 진행했다. 짙은 검은
색 뿔테안경을 쓴 학생부장 선생은 재밌는 이야기를 해주
었다.

"한번은 이승민이 공승민에게 폭력을 당한다면서 학생부
에 찾아왔어요. 공승민 자식, 1학년 때부터 술 마시고 담
배 피우고, 다른 학교랑 싸움하는 등 말썽을 부렸기에 잘
됐다 싶었죠. 하지만 공승민은 억울하다며 결백을 주장했
고 오히려 중학교 때 자신이 학교폭력의 피해자라고 했어
요. 중학교에 연락해보니 정말로 그랬습니다. 이승민의 폭
력에 공승민은 심한 상처를 입었고, 이승민은 강제 전학
을 당했죠. 외모는 공승민이 날라리였지만 사실은 이승민
이 악질이었던 겁니다. 그러고 보니 이승민의 존재를 그
때 처음 느꼈어요. 우리 학교에 저런 학생이 있었나? 왜
있잖아요. 어둠 속의 악마. 한 번도 자신을 드러내지 않고
뒤에서 일을 처리하는.

아무튼 공승민 어머니가 와서 난리를 쳤고, 이승민의
부모가 무릎을 꿇어 일단락되었는데 그 난리 통에도 이승

민은 표정 하나 변하지 않았다는 겁니다. 무슨 초월한 존재처럼요. 한데 공승민의 죽음과 이승민이 관련이 되어 있는 건가요?"

아무튼 이승민과 공승민의 사이는 좋지 않은 것 같았다. 용의자로 가능성이 있다. 말 많은 학생부장에게 이승민에 대한 많은 정보를 얻었지만 수사상 비밀이 새어 나간다면 큰일이다. 하광현 형사도 걱정됐는지 자리로 왔다.

"학생 부장님, 지금 하셨던 말은 어디서 하면 안 됩니다."

"뭐, 재밌는 이야기라고 하겠어요."

학생부장은 야릇한 미소를 지었다. 전형적으로 말하기를 좋아하는 인상이다. 하광현의 중저음이 한 단계 더 내려갔다.

"어디 가서 이승민 이야기 했다가 기사라도 난다면 무고죄 당할 수 있어요. 아니지, 이승민은 미성년자니까 아동폭력인가?"

아동폭력이란 말에 학생부장의 안색이 변했다.

"제가 무슨 말을 한다고 그럽니까?"

학생부장은 당분간 입 다물 것이다. 학생부장이 나가자 하광현의 스마트폰이 울렸다. 주변을 탐문하던 팀에게 연락이 왔다. 하광현 팀장은 전화로 짧게 보고를 받았다. 전화를 끊은 하광현 팀장이 특유의 중저음으로 말했다.

"목격자가 있어. 어젯밤에 공원에서 운동하던 젊은 남자가 공승민을 보았다네. 공승민은 껄렁해 보이는 여럿과 술을 마셨다고 하는군. 남자는 공승민이 패거리들과 공원에서 자주 술을 마신다고 했어. 그럼 술을 마시고 집에 돌아가던 도중에 당했다는 것인데 이것에 대해 장 형사는 어떻게 생각하나?"

"가능성이 너무 많습니다. 같이 마시던 친구와 싸워서 그랬을지도 모르고, 평소에 원한이 있던 누군가가 따라가다 그랬을지도 모릅니다. 그리고 가능성은 낮지만 진짜 퍽치기를 당했을지도 모르고요."

"음. 밤이 조금만 깊어도 그 공원은 인적이 드물어진다는군. 그 남자 이외에는 현재까지 목격자는 없어. 그리고 공원에 CCTV는 많지 않고, 그마저도 피해자가 쓰러져 있는 곳을 비추는 CCTV는 없다는군."

"그 넓은 공원을 모두 커버하기는 예산이 부족하겠지요. CCTV에는 용의자로 보이는 사람이 발견되지 않았답니까?"

"CCTV 조사팀의 정확한 보고를 들어봐야 하겠지만, 용의자로 특정할만한 인물은 아직 인가 봐. 그냥 운동하는 사람들이 대부분이라네."

"그렇다면 원한 관계일 가능성이 더 높겠네요."

"왜 그렇지?"

"CCTV에 이렇다 할 용의자가 찍히지 않았다면 CCTV를 피하면서 공격한 것이 아닐까요?"

"일리가 있어. 단순 퍽치기는 여러 명이 몰려다닐 가능성이 있지. 그런 놈들이라면 CCTV에 분명히 찍혔을 거야."

그때 신그린이 담임선생인 홍서린 선생과 조사실로 들어왔다. 신그린은 많이 울었는지 송나영 선생과 마찬가지로 눈이 퉁퉁 부어 있었다. 여자 친구 신그린 조사는 신통치 않았다. 가장 많은 단서를 얻을 줄 알았는데, 어제 같이 술을 마신 학생 중 한 명 이름이 김찬영이라는 것만 알 수 있었다. 신그린과 같이 온 홍서린 선생 반에 이승민이 있다고 하였다.

"마침 잘 됐네요. 홍서린 선생님께서 이승민 학생을 데리고 와 주시겠어요?"

드디어 오늘의 하이라이트! 가장 강력한 용의자가 될 가능성이 있는 이승민을 만났다. 잠시 후 홍서린 선생은 이승민을 데리고 왔다.

이승민은 왜소한 몸이었지만 자세가 꼿꼿하고, 당당했다. 깡패들도 형사들을 보면 주눅 들기 마련인데 이승민의 눈빛에서는 강렬함이 느껴졌다. 공승민을 아느냐는 질문에 이승민은 당당한 눈빛으로 말했다.

"형사님, 전혀 접점이 없을 것 같은 저를 여기로 부른 이유나 알려주시죠. 그래야 저도 무엇을 말해야 할지 알 것 아닙니까?"

이승민은 송나영 선생의 말대로 당돌한 면이 있었다. 아니면 학생부장 말대로 어둠속의 악마일까?

"좋아."

장한결 형사는 공승민 어머니와 학생부장 선생에게 들은 학교폭력 이야기를 했다. 하지만 이승민은 그 말이 사실이 아니라 오히려 자신이 피해자라고 주장했다. 형사들은 많은 가해자와 피해자를 만난다. 이승민의 태도는 피해자의 것이 아니었다. 하광현 팀장도 이상한 느낌을 받았는지 압박을 가하기 시작했다. 이승민은 가해자에게서 오는 느낌은 없었지만 피해자의 느낌도 없는 이상한 느낌이었다.

이 야릇한 느낌은 오히려 우연히 따라온 담임에게서 확

인할 수 있었다. 이승민을 보내고 온 홍서린 선생은 이승민 학생이 자신의 반인데 학기 초에 한강 마포대교에서 뛰어내려 자살을 시도했다고 했다. 이상한 점은 군인인 이승민 아버지가 절대 비밀이라며 아들의 자살 시도 사실을 숨겼단다.

홍서린 교사를 내보낸 후 하광현 팀장은 수사본부에 연락해 이승민 아버지의 알리바이 조사를 지시했다.

5-A

남용성은 아침 일찍 일어났다. 전날 과음을 했는데도 피곤한 기색이 전혀 없었다. 학교로 출근하는 길의 반대편이지만 스타벅스 드라이브스루에 갔다. 송나영이 좋아하는 커피를 사기 위함이었다. 송나영 것만 사면 오해를 사기 때문에 3학년 모든 교사의 커피를 샀다. 무려 5만 원이란 거금이 깨졌지만 송나영의 미소를 볼 수 있다면 족했다. 커피캐리어를 양손에 든 남용성은 즐거운 상상을 하며 교무실 문을 힘껏 열었다.

"안녕하세요!"

교무실에 들어가니 선생님들은 어제 회식의 과음으로

초죽음 상태였다. 송나영도 마찬가지였다.

"여러분, 제가 진한 커피를 사왔으니 한 잔씩 드세요."

송나영이 남용성의 손에 들린 스타벅스를 보고는 반색하고 달려왔다.

"오, 스타벅스네요. 부장님 센스 짱!"

남용성은 송나영의 즐거워하는 모습을 보니 먼 길을 돌았지만 잘 했다고 생각했다. 짙게 그린 눈 화장이 무색할 정도로 눈이 예쁜 호를 그렸다. 송나영은 천사 그 자체였다.

"자, 어제의 피로를 뒤로하고 힘내서 하루를 시작하자고요."

1교시 수업을 마치고 교무실로 들어오자 송나영이 얼굴을 붉히고 있었다. 그 앞에 1반의 공승민이 불량하게 서 있었다. 송나영은 공승민을 째려보며 말했다.

"너 빨리 핸드폰 가져와. 어디서 공기계를 내고 발뺌을 하는 거야?"

공승민이 휴대폰을 제출하지 않은 것이다. 으레 날라리 학생들은 핸드폰을 죽어라 내지 않는다. 작동하지 않는 공기계를 내거나, 안 가져왔다고 우기기 마련이다.

"집에 있어요."

"뭐! 오늘만 집에 있다는 것이 말이 돼?"

"깜빡하고 안 가져왔다니까요."

"너 자꾸 거짓말 할래?"

"선생님은 왜 제 말을 믿지 않아요?"

송나영은 어이가 없는지 입술이 일그러졌다.

"어머니, 집에 계시지?"

"네."

"네가 어디까지 거짓말을 하나 보자."

송나영은 전화기를 들어 어디론가 전화를 걸었다. 보나 마나 공승민 집일 것이다.

"네, 여보세요? 공승민 학생 어머님이신가요? 오늘 승 민이가 핸드폰을 가져가지 않았다고 하는데 맞나요?"

공승민의 얼굴에 긴장감이 서렸다. 과연 승민이 어머니 가 아들을 위하여 거짓말을 할 것인가가 문제였다.

"집에 있다고요? 책상 위에요? 알겠어요."

공승민은 얼굴이 평온하게 변했지만 송나영도 만만치 않았다. 예쁜 얼굴이 엉망으로 변했다. 왜 저렇게 핸드폰 하나에 연연하는지 모르겠다. 송나영이 남용성을 보며 말 했다.

"부장님, 잠시 외출하고 오겠습니다."

"네? 외출이요? 어디를……"

"담임으로 더 이상 두고 볼 수 없어요. 이 녀석에게 본 때를 보여주겠습니다. 분명히 핸드폰을 내지 않았는데 집에 있다니요. 얘네 집에 가서 책상 위에 있다는 핸드폰을 제 눈으로 직접 확인해야겠어요."

송나영의 극단적 행동에 공승민의 얼굴은 빨갛게 달아올랐다. 집에 가서 확인하는 것은 예상하지 못했을 것이다.

"너 다시 한 번 기회를 줄 테니 빨리 불어. 안 그러면 집으로 가서 핸드폰을 확인할 거야. 어머니가 널 위해 거짓말을 해주었는데 집에 가서 핸드폰이 안 나오면 너희 어머니가 더 곤란해지는 거야."

공승민은 주먹을 꽉 쥐고, 이를 악물고 있었다. 남용성은 자리에서 일어섰다.

'공승민도 예전에 꽤 놀았다고 하는데 설마 여선생을 때리지는 않겠지?'

혹시나 몰라서 일어서서 둘이 대치하는 사이에 다가가섰다. 남용성은 송나영을 말리고 싶었다. 왜 이렇게 핸드폰에 연연하는 겁니까? 천사 같은 얼굴이 망가지잖아요. 송나영은 무섭지도 않은지 공승민의 팔을 잡아끌었다.

"빨리 가자고. 집에 가서 네 핸드폰이 있나 확인하자. 어서 앞장 서."

"…물함에 있어요."

"뭐라고?"

"사물함에 핸드폰이 있다고요."

공승민도 더 이상은 안 되겠는지 항복을 선언했다. 남용성은 다행이라고 생각하고 자리로 돌아와 털썩 앉았다. 하지만 송나영은 멈추지 않았다.

"네가 아침에 등교하면서 핸드폰을 사용하는 것을 내가 봤는데 거짓말을 해? 당장 무릎 꿇어."

'무릎 꿇으라고요? 송나영 선생님 위험해요. 요즘 시대에 신체적 가혹행위는 큰일 난단 말입니다.'

무릎 꿇으라는 말에 공승민도 자존심이 상하는지 반발했다.

"그깟 핸드폰 하나 내지 않았다고 무릎까지 꿇라니요. 너무한 것 아니에요?"

"그깟 핸드폰? 난 핸드폰 하나 가지고 그러는 것이 아니야. 넌 담임인 나에게 거짓말을 했어. 어서 꿇지 못해!"

"아 씨, 못 꿇어요. 그래서 어쩌라고요?"

남용성은 둘 사이를 말리기 위해 다시 일어났다. 하지

197

만 일은 터지고 말았다. 송나영이 공승민의 따귀를 때리고 만 것이다.

순간 교무실에 정적이 흘렀다. 옛날이야 학생들 따귀 때리는 것이 일상이었을지 모르지만 지금은 아니다. 학생인권조례가 시행되고 어떠한 신체적 폭행이나 가혹행위를 금지하고 있다.

그것보다 공승민도 덤빌지 모르니 남용성은 빠르게 다가가 공승민의 양팔을 잡았다.

"에이 시발! 미친년이 때리고 지랄이야."

공승민은 남용성이 잡고 있는 팔을 힘껏 풀어내더니 교무실 밖으로 뛰쳐나갔다. 송나영도 무너져 내렸다. 자리에 털썩 주저앉아 얼굴을 묻더니 소리 내어 울기 시작했다. 이 사달을 어떻게 해결한단 말인가? 더 큰일은 한 시간 후에 벌어졌다. 공승민이 그의 어머니를 대동하여 학교를 방문한 것이다. 요즘 세상에 학부모가 갑이라고 멧돼지 같은 어머니는 교무실을 박차고 들어와 소리쳤다.

"송나영 선생이 누구야? 감히 폭력을 행사해?"

다행스럽게도 송나영은 실컷 울더니 머리가 아프다며 조퇴했다. 저 멧돼지 같은 여자에게 나의 천사가 당할 뻔했다. 남용성은 또다시 일어서서 멧돼지 앞으로 달려갔다.

다른 교사의 문제라면 뒷짐 지고 있었겠지만 문제의 발단은 그의 천사 송나영이었다.

"어머님, 3학년 부장 남용성입니다. 일단 진정하시죠."

"됐고! 송나영 선생 어디 있어요?"

교무실에 있는 교사들이 걱정스런 얼굴로 둘을 바라보았다. 시계를 바라보니 수업 마치기 5분 전이다. 종이 치고 학생들까지 나오면 송나영 선생의 입장은 더 난처해질 것이다.

"일단 어머님, 진정하세요. 저기 옆에 상담실이 있으니 거기로 가시죠."

"필요 없어요. 빨리 송나영 선생 데려와요. 아님 교장실로 갑니다."

"어머님, 진정하시고요. 일단 사무실에서 이야기 하시죠."

남용성은 멧돼지 어머니를 끌다시피 데리고 나갔다. 상담실에 데리고 가서 일단 의자에 앉혔다.

"어머님, 일단 죄송합니다. 학년에서 발생한 문제이니 학년 부장의 책임도 큽니다."

그래도 학년부장이라는 사람이 연신 고개를 숙이니 어머님도 마음이 조금 누그러졌는지 더는 흥분하지 않았다.

"학년부장 선생님이 뭐가 죄가 있나요? 그나저나 송나영 선생은 어디 있나요?"

일단 폭행을 한 송나영 선생이 무조건 불리하다. 송나영 선생을 살리고 봐야 한다. 이럴 때는 학생의 죄도 크니 같이 징계를 받는 작전으로 나가야 한다.

"지금 송나영 선생도 충격을 받아서 병원에 갔습니다."

어머니는 헛 하면서 비웃음을 내뱉었다. 어이가 없다는 표정이었다.

"가해자가 병원에 가다니 교장실로 가야겠군요. 아니 바로 교육청으로 가는 것이 낫겠네요."

멧돼지같이 생겨서는 머리가 좋았다. 자기 애가 옆에서 빤히 보고 있는데 저런 소리가 나올까 모르겠다.

"아까 승민이가 나가면서 욕을 했어요. 젊은 여교사라 그런지 학생에게 욕설을 듣고 충격을 받았나 봐요."

욕 이야기는 부모에게 하지 않았는지 어머니는 승민이를 돌아보았다. 공승민은 인상을 쓰며 소리쳤다.

"그럼 기분 나쁘게 따귀를 때리는데 어떡해!"

"아무리 그래도 학생에게 미친년 소리를 들으면 충격을 받기 마련이죠."

어머니는 잠시 생각하는가 싶더니 일어서며 말했다.

"그럼 할 수 없네요. 학교에서도 이렇게 나온다면 법정 싸움이라도 하는 수밖에 없죠. 우리 애는 학교폭력 피해자로 일단 학교는 안 보내고 집에 있겠습니다. 법적으로 그래도 되겠죠?"

생각보다 세게 나온다. 공승민은 중학교 때 날라리였다는데 이런 상황을 많이 겪었을 것이다. 상황을 정말 잘 이용한다. 남용성은 자신의 천사를 위해 무릎을 꿇기로 했다.

"어머님. 저를 봐서 용서해 주시죠."

남용성은 어머니 앞에서 무릎을 꿇었다. 멧돼지 어머니는 남용성 부장의 행동에 자신이 이겼다는 듯이 입 꼬리가 살짝 올라갔다.

"젊은 선생이 핸드폰 하나로 폭행까지 하다니 이건 분명히 문제가 있습니다. 요즘 세상에 폭력이라니요. 선생님도 아시죠? 폭행은 4대 비위로 바로 파면될 수 있다는 것을요."

설교의 시작이다. 자신이 이겼다고 생각하기 때문이다. 보통 이렇게 일을 마무리 할 수 있을 것이다.

"네, 그럼요. 제가 앞으로 이런 일이 다시는 없도록 송나영 선생을 확실히 교육하겠습니다."

"부장님 때문에 이번 한 번만 참겠어요. 그리고 이제 일어서세요."

남용성은 일어서며 공승민의 얼굴을 보았다. 의기양양한 표정에 거들먹거리며 다리를 흔들고 있다. 송나영만 아니었다면 철저하게 괴롭혀줄 텐데 말이다.

"그나저나 이번 일 때문에 우리 애가 피해를 보지 않을까 걱정이에요."

이 멧돼지야! 그러면 이런 행동을 해서는 안 되지. 저기 당신 아들의 거들먹거림을 보쇼! 당신도 늙으면 아들에게 퇴물 취급받을 것이요, 라고 소리치고 싶었다.

"그건 걱정하지 마세요. 아무런 피해가 없도록 하겠습니다. 그건 제가 책임지겠습니다. 한데 젊은 여선생이라……"

송나영도 이대로는 공승민을 용서할 수 없을 것이다. 남용성의 생각을 꿰뚫어 보았는지 멧돼지 어머니가 아들의 등짝에 스매싱을 매겼다.

"이놈아, 도대체 언제 철들래?"

"아, 아퍼."

"너도 욕한 건 잘못했으니 내일 선생님께 사과해!"

"……"

공승민이 대답이 없자 솥뚜껑 같은 손이 다시 올라갔다.

"알았어. 사과하면 되잖아."

그렇게 나의 천사를 보호했다. 교직생활 15년 만에 무릎도 꿇어봤지만 기분이 나쁘기는커녕 상쾌했다. 어머니를 보내고 남용성은 교무실로 돌아갔다. 교무실의 젊은 여선생들이 일제히 박수를 쳤다.

"부장님, 멋있었어요."

"학부모에 맞서서 우리 선생님들을 보호해 주시다니 감동이에요."

"송나영 선생한테는 제가 전화할게요."

남용성은 어리둥절했다. 송나영을 보호하려고 했을 뿐인데 영웅이 되어버렸다.

밤 9시쯤 퇴근하는데 송나영에게 전화가 왔다. 술을 마셨는지 혀 꼬부라진 소리가 났다. 기분이 나빠서 한 잔 했다고 했다. 심하게 과음한 것 같았다.

"송나영 선생님, 어디에요? 빨리 집에 들어가셔야죠?"

"딸꾹! 부장님이 무릎까지 꿇었다면서요?"

송나영은 술이 취해 발음이 샜다.

"그게 중요한 게 아닙니다. 지금 어디에요?"

"××동 …에요."

"송나영 선생! 누구 바꿔 봐요. 옆에 사람 있어요?"

송나영이 알아들었는지 잠시 후 다른 남자의 목소리가 나왔다.

"여보세요."

"누구십니까?"

"아, 여기 ××동 블루바(bar)입니다. 지금 여자 분이 혼자 계신데 많이 취하셨어요."

나의 천사가 혼자 취하다니 늑대가 붙기 전에 빨리 구하러 가야겠다.

"네. 당장 데리러 가겠습니다."

남용성은 핸들을 급히 돌렸다. 차로 10분 정도 걸리는 길이지만 마음이 급해서 그런지 천릿길 같았다. 급할 때 신호가 걸린다고 한 블록마다 신호가 걸렸다. 만취해 있는 송나영을 생각하니 조급함이 더욱 앞섰다.

'아, 머피의 법칙인가 왜 이렇게 신호가 걸리는 거야. 우리 송나영 선생이 만취해서 쓰러져 있을 텐데 누가 업어 가면 어쩌… 잠깐, 업는다고?'

남용성은 문득 만취한 송나영을 자신이 업어야 한다는 생각이 들었다. 살을 접촉한다니 심장이 최신 스포츠카 엔진이 된 것 마냥 뛰기 시작했다. 자신의 심장 소리가 들릴 리는 없겠지만 실제 심장 고동소리가 들리기 시작했다.

나쁜 생각을 하면 안 돼! 송나영은 동료란 말이야. 감히 내가 넘볼 수 있는 상대가 아니야! 신호가 초록불로 바뀌었다. 남용성은 고개를 절레절레 흔들며 엑셀을 힘차게 밟았다.

블루바(bar)가 있는 건물 차도에 무단 주차했다. 차를 끌고 가든 말든 상관없다. 술집은 4층에 있었다. 엘리베이터를 보니 현재 8층에 있어서 비상계단을 뛰어올랐다. 평소 같았으면 숨이 차겠지만 지금은 아드레날린이 충만한 상태였다.

술집 문을 밀고 들어갔지만 금방 찾을 수 없었다. 바에 서 있던 남자 바텐더가 턱으로 엎드려 있던 여자를 가리켰다. 이미 취해서 쓰러진 듯했다. 테이블에는 거의 다 마신 양주병이 있었다.

"송나영 선생님, 정신 차려 보세요. 저 왔습니다."

송나영은 괴로운 신음소리를 내며 몸을 일으켰다. 눈동자가 풀려 있었지만 남용성의 눈에는 귀여울 뿐이었다.

"어! 부짱님 와써요."

의자에서 일어서는 송나영이 비틀거려 재빨리 팔을 잡

아 부축했다. 남용성은 바텐더를 보며 물었다.

"여기 얼마에요?"

"18만 원입니다."

바텐더는 야릇한 미소를 지으며 대답했다. 어서 좋은 곳으로 데리고 가라는 표정이었다. 남용성은 한 손으로 송나영을 붙잡고 한 손으로 카드를 꺼내 바텐더에게 내밀었다.

"송나영 선생, 정신 차려보세요."

"으으윽~ 부짱님 저 안 취해써요. 노래방 가요."

"집이 어디에요? 집에 데려다 줄게요."

"시러 시러, 노래방 가요."

하지만 송나영은 막무가내였다. 남용성의 팔에 바짝 매달려 노래방을 외쳤다. 송나영의 가슴에서 뭉클한 느낌이 팔을 통해 전해졌다. 남용성은 재빨리 주변을 돌아봤다. 학교에서 먼 곳이었지만 혹시나 둘을 보는 사람이 있나 확인했다.

아무도 없음을 확인하고 노래방을 찾았다. 송나영을 어떻게 하려는 것이 아니라고 다짐하고 노래방 간판이 반짝이는 빌딩으로 들어갔다. 노래방은 현대식으로 술을 시켜 마실 수 있었다.

"부짱님 한잔 더 해요~"

"괜찮겠어요? 이미 많이 취하셨는데요."

"저 술 쎄요."

송나영은 남용성의 얼굴에 가까이 대고 말했다. 송나영의 입김이 얼굴에 닿았다. 뜨거운 알코올 냄새에 남용성은 확 달아올랐다. 에라, 모르겠다는 심정으로 15만 원짜리 양주 세트를 시켰다. 빠르게 서빙이 이루어졌다. 송나영은 서빙하는 사람들이 술을 나르든 말든 몸을 흔들며 노래를 불렀다. 남용성은 양주를 따서 잔에 따른 후 단숨에 비웠다. 따끔한 느낌이 목구멍을 통해 식도로 전해졌다. 술을 과하게 마시면 안 되지만 오늘 같은 날은 이성을 날려 버릴 필요가 있다. 남용성은 다시 한 잔을 따라 입에 털어버렸다.

노래를 마친 송나영이 남용성의 옆자리에 와서 앉았다. 송나영은 취기가 있었지만 술을 보고 반색을 했다.

"오, 수리다 술."

남용성은 송나영의 술잔과 자신의 잔에 양주를 따랐다. 송나영은 술잔을 들고는 앞으로 내밀었다.

"부짱님 껀배."

남용성이 잔을 들자 자신의 잔을 부딪치고는 빨간 입술

로 가져갔다. 남용성도 술을 비웠다. 일단 오늘 있었던 일이 괴로운 것 같으니 위로를 했다.

"송나영 선생, 오늘 일은 잊으세요. 꼭 그런 놈이 한 명 걸리기 마련이에요. 내일 공승민이 사과를 하러 올 겁니다. 그냥 사과받고 잊으세요."

"나쁜 놈!"

남용성은 순간 자신에게 한 소린가 했지만 그것이 공승민을 두고 말한 것임을 깨달았다. 송나영은 흔들리는 손으로 양주병을 들고는 자신의 잔에 술을 따랐다. 옆으로 새는 술이 더 많았다. 송나영은 다시 술을 입에 털어 넣더니 말했다.

"부짱님 노래 하께요."

송나영은 리모컨을 이용해 겨우 노래를 찍더니 비틀거리며 앞으로 나갔다. 이별의 노래였다. 매일 밝은 노래를 불렀던 송나영이 발라드를 부르기 시작했다. 남용성도 알코올의 기운이 올라오는지 시야가 흔들리기 시작했다.

송나영은 눈물을 흘리며 노래를 불렀다. 학교에서 있었던 일이 그렇게 슬펐나 생각했지만 이내 그 충격적인 속내를 알게 되었다. 송나영은 간주 때, 공승민의 이름을 외쳤다.

"공승민 나쁜 노옴. 내 맘도 모르고. 나쁜 노~옴."

혹시…… 말도 안 되는 생각이 머릿속에서 만들어졌다.

송나영은 학생인 공승민을 좋아한 것이란 말인가? 공승민은 19살, 송나영은 27살. 무려 8살이나 차이가 났다. 아무리 송나영이 어려 보이지만 공승민은 학생이다. 나의 천사가 다른 사람을 좋아한다니 말이 안 된다. 남용성은 울컥하여 양주를 연거푸 따라 마셨다. 남용성의 마음을 아는지 마는지 노래를 마친 송나영은 비틀거리면서 들어와 남용성 옆에 앉았다. 그러더니 풀썩 쓰러져 남용성의 품에 안겼다.

송나영의 머리에서 향긋한 냄새가 올라왔다. 술기운이 향기와 어울려 더 몽롱한 상태로 이끌었다. 남용성은 코를 송나영의 머리에 대고 크게 숨을 마셨다. 그때였다. 송나영이 고개를 들었다. 눈이 마주치자 송나영은 눈을 감았다. 앵두 같은 입술이 바로 앞에 있었다. 그때까지만 해도 참아야 한다는 이성이 조금은 있었다. 하지만 잠시 후, 송나영의 말에 남용성의 이성은 순식간에 증발해 버리고 말았다.

"승민아, 키스해 줘."

송나영은 정말로 학생을 좋아한 것이다. 남용성은 반발

심에 입술을 갖다 댔다. 송나영은 공승민으로 생각하고 키스하고 있겠지만 그걸 생각할 틈이 없었다. 분노는 부드러운 입술에 순식간에 녹아내렸다. 너무 황홀한 기분을 오랜만에 느꼈다. 남용성은 송나영에게 팔을 두르고 본격적으로 입술을 탐닉했다.

남용성은 자신의 차를 대리운전 시켜 송나영이 자취하는 ○○아파트로 출발했다. 한 치 앞도 예상할 수 없지만 그냥 운명에 맡기기로 했다. 자신의 무릎을 베고 새근새근 자고 있는 송나영의 검은 흑발을 쓰다듬었다. 이제 남용성을 자제 시킬 수 있는 것은 없었다. 오히려 공승민으로 착각하는 지금의 상황을 적극적으로 이용하리라 마음먹었다.

차를 아파트 지하주차장에 세우니 송나영이 부스스 일어섰다. 아직 취해 있긴 했지만 정신이 들었나 보다.

"부짱님? 여기가 어디에용?"

"송나영 선생이 살고 있는 아파트 주차장이에요."

"딸국, 집에 왔구나. 그럼 빠빠이."

송나영은 비틀거리며 차에서 내렸다. 남용성은 서둘러 대리기사에게 대리비를 쥐어주고 송나영의 팔을 부축했다. 송나영은 술에 취했지만 혼자 갈 수 있다며 잡은 팔

210

을 뿌리쳤다.

"혼자 갈 수 있어용."

그냥 밀어붙이고 송나영의 집으로 들어갈 수도 있지만, 지금 송나영은 남용성을 인지하고 있다. 까딱 잘못 했다가는 성범죄자가 될 수 있다. 교사는 성범죄 벌금형만 받아도 파면 당한다. 지금은 냉정하게 생각해야 한다. 재빨리 주위를 돌아보고 비상계단을 찾았다. 다음을 기약해야한다.

"송나영 선생! 정신 들어요? 집이 몇 호에요?"

"딸꾹, 204호. 그럼 진짜루 가니다."

"그래요. 잘 가요."

송나영이 엘리베이터 버튼을 누르고 기다릴 때, 남용성은 비상계단을 뛰어올라갔다. 2층이라 다행이었다. 숨이 가빠왔지만 비밀번호를 알아내야 한다. 계단을 뛰어올라 2층에 도착함과 동시에 띵 소리가 나며 엘리베이터가 열렸다.

남용성은 문 뒤에 숨었다가 송나영이 엘리베이터에서 내려 비틀거리며 현관으로 갔을 때, 코너에 몸을 숨겼다. 비밀번호 누르는 것을 몰래 보기 위해서였다.

송나영은 현관 앞에서 위태롭게 서서 현관 비밀번호를

눌렀다. 몸이 가려 보이지 않았다.

띠링띠링

문이 열리지 않았다. 술에 취해 잘못 누른 것이다. 남용성은 발걸음 소리를 죽이고 송나영의 뒤로 갔다. 자세를 낮추고 비밀번호 누르는 손을 살폈다.

954521

띠링. 이번에는 문이 열렸다. 남용성은 빨리 뒷걸음쳐서 코너에 몸을 숨겼다. 안 들키고 비밀번호를 알아냈다. 비밀번호를 잊을까봐 스마트폰을 꺼내서 메모장에 여섯 자리 숫자를 적었다. 남용성도 자신이 왜 비밀번호를 알아냈는지 모른다. 그냥 주차장에서 자신을 뿌리쳤을 때, 억울한 마음이 들어서 현관 비밀번호를 알아내자는 마음이 생겼다. 자신이 점점 미친 짓을 하는 것을 알았지만 남용성은 자신을 통제할 자신이 있었다.

다음날 초췌한 모습이긴 했지만 송나영은 정상적으로 출근했다. 헛개가 들어간 숙취해소 음료를 남용성의 책상에 올리고는 애써 밝은 모습으로 말했다.

"부장님, 어제 감사합니다."

감사는 여러 가지 의미일 것이다. 공승민의 멧돼지 같은 어머니를 막아준 것, 술값으로 거금 33만 원을 낸 것,

그리고 술시중을 들어준 것 등등이 될 것이다.

"그래요. 괜찮습니다. 컨디션은 괜찮습니까?"

"히히, 생각보다 버틸 만해요."

미소 짓는 빨간 입술을 보자 어제 키스가 생각났다. 송나영은 키스한 것을 기억이나 할까? 이렇게 미소로 대할 수 있는 것은 키스의 기억이 없기 때문일 것이다. 꿈속에서 좋아하는 공승민과 밀회를 즐긴 줄 알겠지. 그래서 저렇게 쌩쌩할 것이다.

"그래요. 저를 봐서라도 이따 공승민 오면 너그럽게 용서해 주세요."

"네, 다시 한 번 감사해요."

송나영은 꾸벅 인사하고 자기 자리로 돌아갔다. 눈을 들어 송나영을 보자 못 다한 화장이 있는지 책상에 놓여 있는 작은 거울을 보며 연신 얼굴에 무언가 찍어 발랐다.

공승민은 조례가 시작되기 전에 실실거리며 교무실에 찾아왔다. 남자들은 단순하다. 아마 따귀 맞은 것도 어제부로 잊었을 것이다. 공승민은 송나영 앞에 서서 머리를 긁적이며 말했다.

"선생님, 어제 욕은 단순히 화가 나서 나온 거예요."

송나영은 자리에서 일어섰다. 높은 굽을 신고 있었지만

공승민이 머리 하나가 더 컸다. 남용성은 둘 사이가 갈라지길 바라면서 '다시 따귀를 날려버려' 주문을 외웠다.

하지만 남용성의 바람은 산산조각 났다. 송나영은 공승민의 두 손을 맞잡았다.

"어제 손을 댄 선생님이 더 잘못했지. 미안하다."

부끄러운 듯이 공승민의 볼이 빨갛게 물들었다.

"아니에요. 아무튼 죄송해요."

송나영은 손을 놓았지만 행복에 겨운 표정으로 말했다.

"승민아. 선생님이 사과하는 의미로 오늘 저녁에 햄버거 사줄게."

"오~ 진짜요?"

"그럼. 학교 앞에 롯데리아 있잖아. 거기서 먹고 오면 야자시간에 맞출 수 있겠지?"

공승민은 아이처럼 좋아했다. 그 모습을 보는 송나영의 눈이 반달모양으로 변했다.

"좋아요."

송나영이 일탈을 시작했다. 이 상황을 다른 교사들이 보면 학생과의 단순한 화해로 보겠지만 남용성의 눈에만 진실이 보였다. 송나영은 아슬아슬 자신이 좋아하는 남학생과 줄타기를 시작하려고 하는 것이다.

8살 연하의 학생을 좋아하는 여교사, 10살 연하의 여교사를 좋아하는 이혼남. 누가 더 문제일까? 남용성은 자문해 보았지만 답을 쉽게 내릴 수 없었다.

6-B

장한결과 하광현 팀장은 조사실에서 신문을 준비하고 있었다. 군인인 이승민의 아버지는 사건이 있었던 밤에 당직이 아니었다. 그리고 형사들이 집으로 찾아오자 모든 것을 포기하고 자신의 죄를 시인했다. 수사본부에서는 용의자 검거의 결정적 역할을 한 장한결과 하광현 팀장에게 신문과 조사를 맡겼다.

의자에 꼿꼿이 앉아 있는 아버지는 키는 작았지만 단단한 모습을 보였다. 일반조사와 마찬가지로 하광현이 뒤에 있고 장한결이 앉아 조사를 시작했다.

"이름과 주소를 말씀해 주세요."

"이달수. ○○시 ○○구 ○○동 ○○번지."

"네, 좋습니다. 이달수 씨는 5월 10일 새벽 2시경 충덕고등학교 3학년 공승민 학생을 살해하였습니까?"

굉장히 직설적인 질문에도 이달수의 자세는 무너지지

않았다.

"네, 그렇습니다. 하지만 시간은 12시 경이었던 것으로 기억합니다."

아마 뒤통수를 가격했을 당시 바로 즉사하지는 않았을 것이다. 피를 흘리다가 나중에 죽었다면 말이 된다. 2시간 정도의 차이는 무시할 수 있을 것이다.

"살해 도구는 무엇입니까?"

"벽돌입니다."

"이달수 씨는 공승민을 알고 있었습니까?"

"그렇습니다."

"살해한 이유가 무엇입니까?"

살해 이유를 물었을 때, 이달수의 눈에 힘이 들어가는 것을 느꼈다. 이달수는 꼿꼿한 자세로 이유를 또박또박 말했다.

"복수입니다."

"복수요? 누구에 대한 복수입니까?"

"글쎄, 어디서부터 설명을 해야 할까요. 제가 가져온 파일도 있긴 한데."

그때 뒤에 있던 하광현 팀장이 나섰다.

"본인이 살해했다는 사실을 인정하셨으니 딱딱하게 진행

하지 말고 편안하게 하고 싶은 이야기를 해 보시죠. 그냥 시간 순서대로 말해주시면 좋을 것 같습니다."

"좋습니다. 두 분 형사님은 자식이 있습니까?"

장한결은 고개를 흔들었다. 하광현 팀장은 7살짜리 딸이 있다.

"저는 7살짜리 딸이 있습니다."

"그 딸을 누가 죽인다면 형사님은 아버지로서 무슨 행동을 하겠습니까?"

장한결은 자식이 없어서 그 느낌을 정확히는 모르겠지만 생각하기도 싫은 문제였다. 하광현 팀장은 차고 있는 권총을 꺼냈다.

"질문하니 대답해 주겠습니다. 이 총에는 여섯 발의 총알이 들어갑니다. 먼저 무릎에 두 방, 팔꿈치에 두 방을 쏴서 괴로움을 준 후 양 눈알에 한 방씩 박아주겠습니다. 대답이 되었나요?"

이달수는 고개를 끄덕였다.

"충분합니다. 저는 군인으로 몇 가지 규칙을 정하고 살고 있었습니다. 그 중 가족을 내 몸처럼 사랑하고 지키는 것이 포함되어 있습니다. 지난 4월 27일, 둘째 아들이 마포대교에서 뛰어내려 자살을 시도했어요. 아들은 자살이유를 말하지 않았지만 컴퓨터에서 제가 가지고 온 파일이 발견되었습니다. 아들은 중학교 때부터 공승민에게 괴롭힘을 당하고 있었어요. 고등학교 들어와서는 매일 따귀를 맞았답니다. 아들은 제게 도움의 손길을 보냈지만 저는 그것을 묵살한 꼴이 되었죠. 아들의 아픔을 몰라준 아버지도 잘못이 있지만 원인 제공자는 공승민입니다. 글쎄, 이름이 같다는 이유로 중학교 때부터 괴롭혔다는 것이 말이 된다고 생각하세요? 공승민이 살아있는 한 우리 아들은 언제고 다시 자살할지 모릅니다. 그래서 그 원인을 없애버리기로 한 것입니다."

"그 마음 이해합니다. 하지만 아직 아들은 죽지 않았어요. 다른 방법으로 해결할 수도 있었을 겁니다."

"맞아요. 하지만 아들을 외면한 죄를 그렇게라도 용서받고 싶었습니다."

하광현 팀장은 더 이상 말하고 싶지 않은지 장한결의 어깨를 한 손으로 눌렀다. 다시 조사를 시작하라는 뜻이다.

"5월 10일, 아니 범행을 하려고 했던 날은 9일이 되겠죠. 그때 상황을 자세히 설명해 주시겠습니까?"

"저는 공승민이 자살시도의 원인인 것을 알고는 범행을

마음먹었습니다. 공승민을 어떻게 단죄할지 작전을 짜기 위하여 며칠 동안 미행했습니다. 공승민은 날라리 양아치로 그 껄렁거리는 친구들끼리 자주 어울렸습니다. 특히, 그 공원을 잘 다녀서 범행 장소를 거기로 정했습니다. CCTV도 별로 없고 산책로가 아닌 곳으로 다닌다면 CCTV에 걸리지 않았기 때문이었습니다.

그리고 방법도 정했죠. 대문 기둥을 적벽돌로 쌓았기 때문에 공사를 핑계로 벽돌도 준비했습니다. 적절한 때만 기다렸죠. 마침 공승민은 그날 공원에서 친구들과 술판을 벌였습니다. 그날 벌을 내리기로 마음을 먹었습니다. 집에다는 당직이 급하게 바뀌었다고 말하고는 대문 옆에 쌓아둔 벽돌을 가지고 왔습니다."

"잠깐!" 뒤에서 조용히 듣고 있던 하광현이 말을 끊었다.

"벽돌은 어떤 벽돌입니까? 벽돌의 종류 말입니다."

"적벽돌입니다. 건물 외장재로 쓰이는 검붉은 벽돌이지요."

"알겠습니다. 계속하시죠."

이달수는 비장한 자세로 다시 이야기를 시작했다.

"공승민은 거의 12시가 될 때까지 술을 마시다가 친구들과 헤어져 혼자가 되었습니다. 공원을 통해 집으로 가는 것 같았습니다. 그리고 아시다시피 벽돌로 뒤통수를 내리쳤죠. 벽돌은 미리 준비해 둔 구덩이에 넣고 숨겼습니다. 그리고 사람을 죽였다는 마음에 밤새 차를 타고 드라이브를 했습니다."

아들을 사랑하는 아버지의 분노를 알 수 있는 사건이었다. 가시고기의 부성애, 하지만 철저히 계획된 살인이다. 아들 때문이라는 합당한 이유가 있지만 계획된 살인으로 중형은 면치 못할 것이다. 장한결은 조금이라도 구해주고 싶은 마음이 생겼다.

"자, 이달수 씨, 다시 한 번 묻겠습니다. 아들의 자살 때문에 분노에 휩싸여 이성을 잃고 벽돌로 내리친 것 아닙니까? 그러니까 우발적이냐는 거죠."

"죽어도 좋다고 생각했습니다."

이런 바보 같은 아버지 같으니라고. 남아있는 자식들을 생각하라고요.

"이달수 씨, 변호사를 써서 다시 한 번 조사를 받으세요."

"저는 군인입니다. 변명하지 않겠습니다."

"그래도……"

"장 형사! 조사 안 하고 뭐하나? 네가 변호사야, 형사야?"

하광현 팀장은 팔짱을 풀고 와서는 책상 앞으로 와서 의자에 앉았다. 방금 전 자기 딸을 죽인 자의 눈알에 총알을 박는다고 말해놓고는 어쩜 저리 야박한지.

"죄송해요. 하지만……"

"그게 아니라 장 형사, 지금 이달수 씨가 말한 것에서 이상한 점 못 찾았나?"

"네? 무슨?"

하광현 팀장은 이달수에게로 몸을 돌려 물었다.

"이달수 씨, 아까 범행에 사용된 벽돌을 어떻게 했다고 했습니까? 다시 말씀해주십시오."

"범행도구를 숨겨야 안 들킬 줄 알고 미리 구덩이를 파놓고 거기에 숨겼습니다."

"구덩이에 벽돌을 넣고 어떻게 했습니까? 그냥 됐습니까?"

"아닙니다. 벽돌을 찾지 못하도록 흙으로 덮었습니다."

장한결은 하광현 형사가 말한 모순점을 깨달았다.

헙!

자신도 모르게 손으로 입을 막았다. 사건 현장에서는

벽돌이 산책로에서 1미터 정도 떨어진 수풀에서 발견되었다. 그리 찾기 어렵지 않았었다.

하광현 형사는 확인하는 듯이 다시 물었다.

"잘 기억해 보세요. 벽돌을 땅에 묻은 것이 확실합니까?"

"몇 번을 물어도 확실합니다. 저는 거짓말을 하지 않습니다. 범행도구를 찾지 못하면 안 잡힐 줄 알고 벽돌을 숨겼습니다."

벽돌이 저절로 밖으로 나왔을 리가 없다. 누군가 벽돌을 밖으로 빼낸 것이다. 이렇게 되면 2시간의 범행 시간과 사망시간 차이도 의심스럽다.

"이달수 씨, 혹시 공범이 있나요?"

"그럴 리가요. 아들의 복수는 저 혼자만으로 충분합니다."

외관상으로 사망 이유가 확실해 보이고 용의자도 범행을 시인하여 부검도 없이 사건을 마무리하려고 했는데 큰일 날 뻔 했다.

"이달수 씨, 아무래도 변호사를 선임하는 것이 좋을 것 같습니다."

이달수는 두 형사의 동요에 어리둥절하며 여태 무너지

지 않았던 허리에 힘을 뺐다.

7-A

4월 초. 개교기념일이 연결되어 토, 일, 월 3일을 쉬는 연휴가 생겼다. 하지만 고등학교 3학년은 휴가란 없다. 남용성은 본인이 토요일 감독을 할 테니 연휴동안 고향집에 내려갈 사람은 내려가라고 했다.

교사들은 부장의 배려에 감사하다고 했지만 거기에는 남용성의 은밀한 욕구를 채우려는 속셈이 있었다. 보기 좋게 송나영이 걸려들었다.

"그럼 나도 오랜만에 고향집에 가봐야겠다. 부장님 감사합니다."

"송나영 선생님은 본가가 어딥니까?"

"대전이에요. 상대적으로 가까운 곳이죠."

"그렇군요. 그럼 금요일 밤에 가서 월요일에 오는 겁니까?"

"그렇게 오래 있으면 시집가라는 소리만 듣죠. 토요일 아침에 출발해서 일요일 저녁에 올라올 예정입니다."

"그래요. 잘 다녀오세요."

토요일. 남용성은 학교에 출근했다. 자기주도학습 감독을 위해서다. 옛날에는 거의 모든 학생들이 토요일에 나왔는데 요즘 시대는 아니다. 오늘은 면학실과 교실 한 개 해서 80여 명의 학생만 나왔을 뿐이다. 남용성은 등교한 학생들 출석체크를 한 후 면학분위기를 만들고는 교무실로 왔다. 오늘은 송나영 얼굴을 보지 못해 쓸쓸했지만 오후에 더 큰 작전을 실행해야 하니 아쉬움을 뒤로 했다. 남용성은 송나영 자리로 와서 의자를 뒤로 뺐다. 송나영처럼 예쁜 이미지가 떠오를만한 산뜻한 분홍색 방석이 있었다.

남용성은 방석을 손으로 더듬기 시작했다. 부드러운 털실이 마치 실제 엉덩이를 만지는 느낌을 들게 했다.

'이 방석에 그 귀여운 엉덩이를 받치고 있다는 것이지?'

송나영 엉덩이를 생각하자 아랫도리에서 힘이 솟아났다. 정자희소증 판정과 이혼 즈음에 성욕이 없었는데 요즘에는 아침마다 활기찼다. 확실하게 고목나무가 살아났다. 이상하게도 송나영을 상상하면 급속도로 욕구가 솟아났다. 이제 의자 앞에 무릎을 꿇고 방석에 얼굴을 파묻었다. 평소 꽉 끼인 청바지를 입어 볼록하게 튀어나온 엉덩이를 상상하며 숨을 크게 들이마셨다. 그리고 얼굴을 서서히 좌우로 문질렀다.

남용성은 더 이상 참지 못했다. 방석을 들고 남자 화장실로 달려갔다. 화장실이 모두 비워져 있었다. 문고리를 돌려 화장실 출입 유리문을 잠갔다. 가장 안쪽 칸으로 들어가 방석을 얼굴에 문지르며 자위행위를 하였다. 그동안 정자희소증이란 마음의 벽 때문에 남자로서의 기능을 상실했었는데 송나영 덕분에 벽을 허물 수가 있었다.

"공승민이 뭐가 좋다고… 으윽."

이성이 돌아오자 걱정이 되었다. 자신의 이런 행동은 정상이 아니다. 남용성은 자신이 점점 이상해지는 것을 느꼈다. 하지만 철저히 통제하면 문제없을 것이라 생각하고는 화장실을 나왔다.

토요일 자습은 저녁 5시까지 이루어진다. 학생들을 보내고 남용성도 퇴근 준비를 하였다. 오늘은 자신이 살고 있는 원룸 오피스텔이 아닌 송나영의 아파트로 향했다. 송나영이 없는 틈을 노려 집에 들어가 보기로 했다. 혹시나 모를 사고에 대비하기 위하여 아파트 근처 상가주차장에 차를 주차한 후 걸어갔다.

204호 문 앞이다. 바로 비밀번호를 누르는 실수를 범해서는 안 된다. 송나영은 시골집에 간다고 했지만 혹시 집에 있을 가능성도 생각해야 한다. 남용성은 벨을 누르고 빠르게 비상계단으로 가서 숨었다. 한참이 지나도 기척이 없었다. 이와 같이 한 번 더 확인하고 비밀번호를 눌러 안으로 들어갔다.

일단 하얀 면장갑을 꼈다. 범죄자가 된 것 같지만 자신의 안전을 위해서는 무엇이라도 해야 한다고 생각했다. 송나영이 사는 아파트는 20평짜리다. 부모님이 전세를 해 주셨다고 하는데 자신이 살고 있는 5천만 원짜리 오피스텔보다 훨씬 좋다는 생각이 들었다.

송나영은 정리를 잘 하지 않는 스타일로 보인다. 식탁 위에는 언제 먹었는지 칼로리가 낮은 컵라면 빈 용기가 있었다. 거실 소파에는 봄 외투가 널브러져 있고, 바닥에도 이런저런 물건들이 돌아다니고 있었다. 침실로 들어갔다. 한쪽에 공주풍으로 꾸며진 침대가 있고 오늘 벗어놓은 듯 한 팬티와 브래지어가 올려져 있었다. 당장 가져다가 얼굴을 비비고 싶었지만 스마트폰을 꺼내 사진을 먼저 찍었다. 나갈 때, 원상복구를 하기 위해서였다.

팬티를 들고는 침대에 누웠다. 먼저 외관을 관찰했다. 미키마우스 캐릭터가 그려진 주황색 팬티였다. 물론 브래지어도 동일한 세트였다. 도도한 그녀가 이런 귀여운 팬티를 입고 다닌다니 상상만 해도 미소가 지어졌다. 다음은 그녀의 은밀한 곳이 닿았던 부분을 코에 가져갔다. 시큼한 냄새가 났다. 물론 이 냄새가 남용성을 황홀한 곳으로 이끌어 줄 것이다.

다시 침대에서 내려와 옷을 하나하나 벗었다. 런닝에 팬티까지 모두 벗은 후 다시 침대로 들어갔다. 부드러운 이불에 온몸을 비볐다. 팬티를 코에 대고 손으로 성기를 잡았다. 잠시 후, 뇌에서 하얀 점이 생기더니 그 점이 서서히 확대되었다. 극도의 쾌감이 온몸을 감쌌다. 생전 처음 느끼는 황홀감에 이 짓을 두 번 더 하고 멈출 수 있었다.

사정한 휴지를 가져온 가방에 넣고는 옷을 입었다. 핸드폰 사진을 보며 침대 위를 원상복구 시켰다. 팬티와 브래지어도 원래의 모습으로 되돌려 놓았다.

이제 송나영이 어떻게 사는지 알아볼 차례다. 남용성은 물건을 뒤지기 시작했다. 물론 물건을 뒤지기 전에 사진 찍기부터 시작했다. 화장대를 뒤질 때 일기장이 나왔다. 남용성은 거실 소파에 앉아 천천히 읽기 시작했다.

우리 반에 공승민이라는 학생이 있다. 키가 180은 넘어

보이고, 웃을 때 보조개가 깊게 파인다. 조금 놀던 학생이라고 하지만 나쁜 남자에게 더 끌리는 법이다. 고등학교로 옮기길 잘했다. 원숭이 같던 중학생들을 보다가 잘생긴 남학생들을 보니 행복하다. 학교에 출근하기 힘든 것이 아니라 오히려 빨리 가고 싶다.

남용성은 손으로 자신의 가슴을 쥐었다. 예상대로 송나영은 학급 학생인 공승민을 좋아한다. 저번에 술 취해서 확인했지만, 다시 이렇게 확인하니 심장을 찌르듯이 아팠다. 이것은 질투심이겠지? 일기는 다음으로 이어졌다.

야자시간에 상담을 핑계로 공승민을 불렀다. 집에서 가져온 코코아와 특별히 산 초콜릿도 주었다. 상담시간은 2시간 동안 지속되었다. 중학교 때 사귀었던 여자 친구 이야기를 할 때는 가슴이 찌르르 하고 울렸다. 다행인 것은 지금 여자 친구가 없다는 것이다. 나와 8살 차이인데 이루어질 수 있을까? 어머! 내가 이런 상상을 해도 되는 걸까?

남용성은 헛웃음이 터져 나왔다. 송나영이 말도 안 되는 상상을 하고 있기 때문이다. 애들이 보기에는 당신은 그냥 선생님일 뿐이라고요. 어서 환상에서 빠져나오라고!

난 평소에 승민이의 휴대폰을 철저히 체크해 왔다. 부끄러운 이야기지만 비밀번호 패턴도 알아냈다. 그리고 메시지와 통화 목록을 확인했다. 페이스북, 인스타그램도 확인하고 싶지만 접속 기록이 남을 것 같아서 그만 두었다. 메시지와 통화 목록에 특별한 여학생이 등장하지 않았기 때문이다.

하지만 어제 핸드폰을 제출하지 않았다. 이유는 뻔하다. 썸을 타는 여자가 생긴 것이다. 여자의 직감은 무시 못 한다. 우리 학교에 공승민이 관심을 갖는 여자아이가 있는 것이다.

나를 버리고 여자 친구를 사귄다는 생각에 분노가 폭발하여 따귀를 때리고 말았다. 승민이는 나를 미친년이라고 하며 밖으로 뛰쳐나갔다. 이것이 실연의 아픔인가?

서러움이 터져 올라 자리에 엎드려 펑펑 울었다. 하지만 현실과 다르게 그날 밤 난 공승민과 키스하는 꿈을 꿨다. 너무 생생한 느낌이었다. 구름 속을 걸어가는 느낌이었다. 전날 많은 술을 마셨지만 아침에 가뿐하게 일어났다. 이게 사랑의 힘이겠지?

공승민은 조례시간 전에 부끄러운 듯 다가와 죄송하다고 했다. 난 두 손을 잡아 주었다. 승민이의 얇은 입술이 보였다. 어제 밤새 날 홀렸던 입술이다.

'그래, 앞으로 선생님을 속상하게 하면 안 돼.'

저녁에 사과하는 의미로 햄버거를 사준다고 하니 뛸 듯이 기뻐했다. 이것으로 된 거다. 행복한 생활은 다시 시작되는 듯하다.

남용성은 읽던 일기장을 바닥에 내팽개쳤다. 이성보다 분노가 앞선 탓이었다. 키스는 나랑 한 것인데 그걸 공승민으로 착각하다니 단단히 미쳤다. 송나영은 이성적 생각을 하는 두뇌가 없는 것일까? 공승민은 미성년자고, 가르치는 학생이다. 해서는 안 되는 범죄를 저지르고 있는 것이다. 송나영이 빨리 허황된 꿈을 깨달아야 할 텐데….

남용성은 늦은 밤까지 있다가 미리 찍어두었던 사진을 보면서 처음 아파트에 들어왔을 때처럼 돌려놓고 나왔다. 공승민 때문에 기분이 나빴지만 귀여운 미키마우스 브래지어와 팬티만 생각하기로 하였다.

그 후 남용성은 차량용 위치추적기를 구입해서 송나영 차량의 아래 부착했다. 위치 추적기는 송나영 차량의 위치를 스마트폰으로 실시간 확인할 수 있었다. 송나영의 차량 위치를 보면서 아파트에 드나들 수 있는 것이다. 그 때마다 음란한 짓과 송나영이 쓴 일기를 읽었다. 어떤 때는 편의점에서 맥주와 간단한 음식을 사가서 자신의 집처럼 편안하게 보내기도 했다. 어느덧 남용성의 머리는 송나영이 차지하고 말았다. 송나영에 대한 삐뚤어진 사랑과 연적 공승민에 대한 증오가 동시에 커지고 있었다.

8-B

수사본부에 살해도구인 벽돌의 위치 문제를 제기했다. 더불어 공승민의 부검 영장을 발부받아 부검을 실시했고, 다시 수사를 시작했다.

장한결 형사는 이달수 씨가 복수의 마음을 먹게 한 절망 일기와 동영상을 검토했다. 절망 일기 자체의 진위 여부를 알 수 없지만 이승민 학생은 공승민에게 괴롭힘 당하는 영상을 찍어두어 증거를 확실히 모았다. 영상을 본 하광현 팀장이 불만에 섞인 목소리로 말했다.

"이 자식은 저렇게 증거를 모았으면 경찰에 신고할 것이지 죽긴 왜 죽으려고 해. 애먼 아버지만 잡게 생겼네."

"그러게요. 이상하긴 하네요. 자살을 위해 증거를 모은다는 것도 이상하고요. 뭔가 다른 꿍꿍이가 있는 것이 아닐까요?"

"경찰을 못 믿거나 아버지가 말한 대로 여러 번 자신의 상황을 신고했지만 그때마다 자신이 가해자가 되고, 아무도 구해주지 않아서 그랬겠지."

"한데 팀장님, 이달수가 숨겨둔 벽돌을 누가 꺼냈을까요? 벽돌을 숨겨둔 것은 사실일까요?"

"자네도 느꼈을 테지만 이달수가 거짓말을 하는 것 같지는 않았어."

이달수의 말대로 땅속에 숨겨둔 벽돌을 누가 꺼낼 수 있을까? 논리적으로는 벽돌을 숨겨둔 것을 본 사람이 꺼낼 수 있다.

"그럼 이달수가 벽돌로 내리칠 때 숨어서 목격했을 가능성이 높겠네요."

"아마 그럴 가능성이 높겠지. 한데 목격자는 왜 경찰에 신고하지 않고 땅을 파서 벽돌을 꺼내 놓았을까?"

"혹시 이달수 씨가 말하지 못하는 공범일까요?"

"그런 공범은 누가 있겠나?"

"혹시 말이죠. 이승민의 어머니가 가능성이 있습니다.

자식의 자살에 책임을 느끼는 것은 아버지뿐만 아니라 어머니도 느낄 테니까요."

"그런데 어머니가 공범이라면 중요 살해도구인 벽돌을 꺼낼 리가 없지 않겠나?"

아버지, 어머니가 자신의 아들을 죽음으로 몰아넣은 공승민을 처단하기로 했다손 치자. 아버지, 어머니는 살인을 하는 것이므로 서로의 알리바이가 되어야 하고 있는 증거도 숨겨줘야 한다.

"그건 그렇네요."

"그래도 어머니가 아버지를 배신할 수도 있는 거겠지. 그 가능성도 열어두고 수사하자고."

"넵, 그나저나 팀장님. 이승민 학생의 컴퓨터를 뒤져보고 싶습니다."

"컴퓨터는 왜?"

"그냥 증거를 수집할라치면 이것만 있을 것 같지 않아서요."

"좋아. 그 어머니도 만날 겸 가보자고."

이달수 씨 집은 단독주택 단지에 있었다. 단지 내 집은 제각각 모양이 달랐는데 띄엄띄엄 있어 그런지 주위가 조용했다. 그리고 보니 단지와 충덕 고등학교 사이에 있는 공원이 공승민이 사망한 곳이었다.

저쪽에서 시끄러운 소리가 들렸다. 고등학생처럼 보이는 학생 세 명이 한 집 앞에서 소란을 피우고 있었다. 바로 이달수의 집이었다.

"팀장님, 저기가 이달수 씨 집인데요?"

"그래? 저 놈들은 뭔데 저기서 시끄럽게 떠들고 있지?"

차를 길에 세우고 그들에게 다가갔다. 셋의 머리카락 색깔은 화려한 원색이었고, 귀걸이와 체인 같은 목걸이를 걸고 있었다. 불량스러워 보이는 그들은 대문을 발로 차고, 돌을 집 안쪽으로 던지고 있었다. '살인자 나와!', '이승민 너도 죽어라' 등 욕설을 하는 것으로 보아 이달수가 공승민을 살해한 것 때문인 것 같았다. 하광현 팀장이 셋에게 소리쳤다.

"야! 너희들 뭐야!"

하광현 팀장의 외모는 위협적이었지만 학생들도 아드레날린으로 흥분했는지 두려워하지 않고 다가왔다.

"아저씨는 뭔데 상관이세요? 다치기 싫으면 가던 길 계속 가시라고요."

하광현 팀장은 수갑을 꺼내 오른손으로 들었다. 수갑은 찰캉 소리를 내며 흔들거렸다. 수갑을 본 학생들의 눈빛이 순식간에 겁을 먹고는 흔들렸다. 하광현 팀장은 이에 굴하지 않고 위협하는 중저음을 내뱉었다.

"저기 창문이 깨져 있는 것은 너희가 던진 돌 때문이고, 대문이 부서져 있는 것은 너희가 발로 찼기 때문이겠지. 형법 366조 재물손괴죄. 3년 이하의 징역 또는 700만 원 이하의 벌금! 너희를 현행 재물손괴범으로 체포해줄 까?"

아이들은 경찰인 것을 눈치 채고는 어깨와 목소리가 움츠러들었다.

"저 집 아저씨가 우리 친구 공승민을 죽였단 말이에요. 그것도 벽돌로 뒤통수를 쳐서요."

학생들의 반발에도 하광현 팀장은 위협적인 중저음을 계속 쏟아냈다.

"그래서 복수라도 하겠다고 이렇게 달려왔나? 그리고 그 아저씨는 경찰서에 잡혀 있어서 이 집에는 없을 텐데 누구한테 복수한다는 거야?"

아이들은 할 말이 없는지 서로의 눈치만 보았다.

"그 아저씨 아들인 이승민에게 복수하려고?"

"그게… 걔가…"

하광현 팀장은 얼버무리는 한 학생의 멱살을 잡았다.

"옳지, 너희가 이승민을 지속적으로 괴롭힌 놈들이구나."

"아, 아니에요. 우리는 몰라요."

하광현 팀장은 멱살을 잡고 있는 우락부락한 손으로 학생을 세차게 밀쳤다.

"어서 꺼져! 다음에 이런 일이 있다면 그때는 진짜 체포될 줄 알아!"

아이들은 뒤로 돌아 줄행랑쳤다. 장한결이 뒤에서 다가왔다.

"오~ 팀장님이 웬일로 정의의 편에 서서 행동하셨나요?"

"정의라니. 저 놈들은 실제 재물손괴죄에 해당 돼."

하광현 팀장은 그리 말했지만 살인자의 가족이 받는 고통을 알고 해결해 주려는 마음이 있었을 것이다. 그도 그럴 것이 이달수 씨의 집 담장에는 라커스프레이로 '살인자의 집', '벽돌 살인마 떠나라' 등 온통 악의적인 말들이 쓰여 있었다.

"어떻게 알고들 저렇게 찾아오는지 모르겠네요."

"우리가 이달수를 체포했을 때, 동네 사람들이 많이 있었지 않은가? 그리고 공승민의 어머니가 경찰서에서도 그리 난리를 쳤는데 여기라고 안 왔었겠나?"

"그렇겠네요."

반쯤 부서져 있는 대문의 벨을 눌렀다. 안에 사람이 있어도 지금 같은 일이 많아 경계를 하고 있을 것이다. 현관에서 중학생 정도의 여학생이 나왔다. 아마 창밖으로 상황을 지켜보고 있었을 것이다. 지금은 자신이 나갈 때임을 알고 경찰 신분증을 꺼내며 장한결 형사가 소리쳤다.

"안녕. 우리는 중부경찰서에서 나온 형사들이란다. 들어가도 되겠지?"

여학생이 눈이 퉁퉁 부은 것이 집안에서 공포에 떨며 울고 있었을 것이다. 학교 갈 시간에 집에 있는 이유를 알 것 같았다.

"……"

"집안에 어머니 계시니?"

여학생은 고개를 절레절레 흔들었다.

"그런 이승민 학생은 있니?"

"…네."

"일단 들어가서 얘기하자."

아이가 머뭇거렸지만 하광현 형사는 대문을 벌컥 밀고

는 안으로 들어갔다.

"우리는 이야기만 하러 온 것이 아니야. 아버지 생각하면 적극 협조해야지."

하광현 팀장은 성큼성큼 걸어 정원을 지나 거실로 들어갔다. 거실에는 학교 임시조사실에서 만난 이승민이 서 있었다. 그때도 그랬지만 적의가 차 있는 눈빛이었다.

"이승민 학생. 어머님은 어디 가셨니?"

"글쎄요. 변호사라도 선임하러 가셨겠죠."

"일단 네 방은 어디니? 거기서 이야기 좀 하자."

이승민은 말없이 자신의 방으로 들어갔다. 문을 닫지 않는 것이 들어오라는 뜻 같았다. 컴퓨터 게임을 했는지 모니터 화면에 게임이 켜져 있었다. 아버지가 살인범으로 경찰에 잡혔는데 게임을 하고 있다니 요즘 아이들의 정신 세계를 이해할 수 없었다. 하광현 팀장도 화가 났는지 나오는 목소리가 좋지 않았다.

"이승민 학생! 아버지는 너를 위해 살인도 마다치 않는데 너는 지금 게임을 하고 있었나?"

하광현 팀장의 말은 위협적이었지만 이승민도 굴하지 않았다.

"그럼 제가 무엇을 해야 하나요?"

"그래도 게임은 아니지."

"아버지가 날 위해 공승민을 죽였다는 것은 거짓말이에요. 아버지는 아버지 자신을 위해 공승민을 죽인 것입니다. 아버지는 어머니나 자식들을 자신의 소유로 생각하고 있어요. 그 평화로운 가정을 깨뜨린 공승민을 처단했을 뿐이죠. 이제 아버지 때문에 우리는 여기서 살 수도 없어요. 살인자 가족이 되었으니 멀리 떠나야겠죠. 당연히 학교도 갈 수 없어 동생과 저는 이렇게 집에만 있는 것입니다."

오해를 해도 단단히 오해를 하고 있다. 장한결 형사도 어렸을 적부터 사사건건 실수를 나무라는 아버지가 어려웠지만 이렇게까지 삐뚤어지지는 않았었다. 아마 군인인 이달수 씨는 일반 아버지들보다 더욱 강한 규율을 정했을 테니 방황기의 이승민은 그렇게 느낄 수도 있을 거란 생각이 들었다.

장한결 형사도 얼굴이 달아오를 것 같았지만 일단 말렸다.

"자, 팀장님. 오늘 말싸움하려고 온 것은 아니잖아요. 빨리 조사를 시작해야죠."

"흥. 난 담배 한 대 피우고 여동생에게 어머니 알리바이를 물어볼 테니 자네가 컴퓨터와 저 아이를 조사하게."

"네, 그렇게 하겠습니다."

하광현 팀장이 담배를 꺼내며 밖으로 나갔다. 마당에서 담배를 피우는 하광현 팀장이 보였다.

"좋아, 잠시 컴퓨터를 봐도 될까? 네가 거부하더라도 사건 발단에 중요한 자료가 있었기 때문에 영장을 발부받아 다시 올 수도 있어."

이승민은 두 손으로 컴퓨터의 의자를 가리켰다. 장한결 형사는 의자에 앉아 이승민에게 말했다.

"아버지가 네가 쓴 절망 일기와 공승민이 폭행하는 영상을 경찰에 제출했는데 그것부터 보여줄래?"

이승민은 대답하지 않고, 마우스를 조작하더니 특정 폴더로 들어갔다. 거기에는 절망 일기라는 한글 파일과 동영상 파일이 네 개가 있었다. 동영상 파일의 제목은 공승민, 물리1, 물리2, 물리3이라고 되어 있었다. 공승민이라는 파일은 이미 봤던 공승민이 이승민을 폭행하는 영상일 테고, 물리는 어떤 파일일까?

"이승민 학생, 여기 물리라고 되어있는 파일은 뭐지?"

"아, 그건……"

이승민은 머뭇거렸다.

"봐도 되겠지?"

물리1이라는 파일을 실행하자 화장실이 나왔다. 이미 공승민이 폭행하는 동영상에서 보았던 화장실인데 안쪽 칸 변기에 남자가 있었다. 남자는 화장실에서 자위를 하고 있었다. 화면 속의 남자 얼굴을 어디서 봤다는 생각이 들었는데 바로 기억이 났다. 남자는 충덕 고등학교 3학년 부장인 남용성으로 송나영 선생과 같이 들어왔던 남자였다. 세 개의 영상이 찍힌 날짜는 달랐는데 분홍색 방석을 들고 있는 것은 똑같았다. 영상 속의 남용성은 공승민에게 욕설 비슷한 것을 했는데 시간이 뒤로 갈수록 욕설은 점점 강해졌다. 마지막 영상에서 남용성은 공승민에게 과도한 분노를 표출했다.

'개새끼 공승민! 죽여 버리겠어! 공승민이 감히 나에게 까불어? 언젠가 내가 진짜로 죽여 버리겠어. 그리고 다시 송나영을 찾겠어! 크윽.'

왜 남용성 부장은 공승민에게 분노를 표출했을까? 그리고 엉뚱한 송나영 선생 이름이 나올까? 송나영은 공승민 학생의 담임교사였다. 실체는 알 수 없지만 이상한 감정이 마음속에서 솟아났다. 짙은 안개가 갑자기 피어올라 시야를 모두 가린 느낌이었다.

"이 영상은 뭐지?"

"공승민이 화장실에서 자주 따귀를 때려서 거기서 증거를 잡으려고 몰래카메라를 설치했는데 거기에서 녹화된 영상이에요."

"이건 범죄야. 화장실 몰래카메라는 질이 좋지 않은 범죄라고."

"알고 있어요. 하지만 저도 죽으려고 마음먹고 찍은 겁니다."

어쩌면 사건에 중요한 자료가 될 것 같은 예감이 들었다.

"좋다. 이 영상을 누구에게 보여준 적 있니?"

"아니요. 저에겐 보여줄 친구도 없어요."

장한결 형사는 가져온 USB메모리에 세 개의 영상을 복사했다.

"그 영상은 왜 가져가시죠?"

"혹시나 해서야. 네게 피해는 안 가게 할 테니 걱정하지 말고. 한데 넌 사건이 있던 밤에 집에 있었다고 했는데 알리바이를 증명해줄 사람 있니?"

"어머니와 동생이 집에 있었어요. 12시쯤에 스마트폰으로 게임을 하고 있었는데 어머니가 들어와서 불 끄고 자라고 했었습니다."

　가족은 알리바이 증명에 도움이 되지 않는다. 하지만 어머니가 12시 쯤 방으로 들어왔었다고? 그렇다면 어머니의 알리바이가 간접적으로 증명되는 것일까?

　"네 방에서는 마당과 대문이 훤히 보이는데 그 날 무슨 일이 없었니?"

　"이왕 이렇게 됐으니 말씀드리죠. 밤 11시쯤 아버지 자동차 소리가 들렸어요. 동네가 조용해서 소리가 잘 들려요. 특히, 소음이 큰 아버지 경유차 소리는 금방 알아채죠. 저는 아버지와 마주치는 것이 싫어서 불을 끄고 누웠어요. 한데 자동차가 집 앞을 지나가는 것이 아니겠어요? 차는 저 멀리서 멈췄고, 무슨 일인가 창문으로 가서 몰래 봤더니 아버지가 온통 검정 옷을 입고 담을 넘어와 벽돌 하나를 가방에 넣어서 갔어요."

　이승민은 창문 밖으로 보이는 대문을 가리켰다.

　"저기 대문 기둥 옆에 쌓여 있는 빨간색 벽돌입니다."

　대문 기둥은 적벽 돌로 되어 있었는데 그 옆에 십여 개의 적벽돌이 쌓여 있었다. 아버지 이달수가 증언한 그대로다.

　"그래 알았다. 힘든 기간이겠지만 이겨내길 바란다. 그리고 특별히 생각나는 일 있으면 전화하고."

장한결은 자신의 명함을 책상 위에 올려두었다.

9-A

따뜻한 봄이 오자 모든 것이 아름답다. 봄의 소식을 알리듯 벚꽃은 흰 자태를 자랑했다. 학교에서도 뭐가 즐거운지 학생들의 얼굴에는 웃음이 만발했다. 새로운 만남이 시작된 지 한 달 반이 지났으니 학생들 사이에도 사랑이 싹텄을 것이다.

하지만 따스한 봄과는 다르게 웃음이 사라진 교사들이 있었다. 바로 남용성, 홍서린, 송나영이었다. 홍서린은 알 수 없는 고민에 빠진 사람처럼 얼굴에 우환이 가득했다. 남용성은 그것을 눈치 채고 있었지만 자신도 고민에 빠져 있어 남을 돌볼 여유가 없었다.

송나영은 아침에 창문을 보며 커피를 마시는 것이 일상이 되었다. 다른 사람 눈에야 젊은 여교사의 티타임으로 보이겠지만 남용성은 송나영이 무엇을 보는지 알고 있다. 바로 공승민이다. 교무실 창문으로는 교문과 운동장이 보이기 때문에 등교하는 학생들이 보인다.

어느 날부터인가 송나영의 얼굴은 천사가 아니라 마녀로 변해 있었다. 짙은 눈 화장이 더욱 살기를 돋보이게 만들었다. 남용성도 그 이유를 알고 있다. 바로 공승민이 여자 친구가 생긴 것이다.

어느 날, 창밖을 보는 송나영의 눈빛이 심상치 않아 창문을 보았는데 공승민 옆에는 예쁜 여학생이 있었다. 남용성도 알고 있는 학생이다. 5반의 신그린 학생이다. 신그린은 모범생인데 공승민 같은 놈을 사귀다니 보는 눈도 없다. 학생들이 사귀는 것이야 아무 문제도 되지 않는데 남용성에게는 문제였다. 천사 같은 송나영의 얼굴에서 미소를 빼앗아 가 버렸다. 우울함에 빠진 송나영은 일절의 회식에 참여하지 않았다. 참여하더라도 술은 마시지 않고 금방 집으로 가 버렸다. 주말에도 외출은 극도로 제한하였다. 스마트폰으로 차량 위치를 확인하면 항상 아파트 주차장이다. 송나영이 외출을 안 하니 아파트에 들어갈 수 없었다. 남용성은 아파트에 가지 못해 욕구불만이 쌓여만 갔다.

사진으로 찍어둔 미키마우스 팬티와 브래지어를 이용했지만 감각의 역치는 높아져만 갔다. 오감을 이용하다가 시각만 이용하니 될 것도 되지 않았다.

할 수 없이 주말에 학교에 나가 애꿎은 분홍색 방석을 들고 화장실로 갔다. 하지만 방석은 더 이상 즐거움이 되지 않았다. 동일한 자극은 더 이상 반응을 일으키지 않았다. 다시 정자희소증으로 돌아가는 것일까? 그건 안 된다. 다시 죽은 고목나무로 돌아갈 수는 없다. 남용성은 송나영의 실체와 마주하고 싶었다. 반달모양의 눈으로 웃는 송나영이 그리웠다. 술 취해 남용성에게 매달리는 모습이, 흥에 겨워 흔들던 몸 사위가 그리워졌다.

"개새끼 공승민! 죽여 버리겠어! 공승민이 감히 나에게 까불어? 언젠가 내가 진짜로 죽여 버리겠어. 그리고 다시 송나영을 찾겠어! 크윽."

쾌감은 작았다. 정액도 찔끔 나왔다. 보지 않아도 알 수 있었다. 바로 정자희소증으로 돌아간 것이다. 남용성은 살의를 느꼈다. 모든 것을 원래대로 돌려놓아야 한다. 그 원흉은 누가 뭐래도 공승민이다. 공승민을 죽여 버리면 모든 것이 되돌아 올 것이다.

'공승민을 죽이자. 하지만 내가 살인범으로 걸려 들어가면 아무 소용없다. 난 이성적인 사람이다. 물리 교사다. 세상의 이치를 아는 물리를 가르치는 교사다. 절대 잡혀갈 물증을 남기면 안 된다.'

공승민을 죽이기로 마음먹은 다음날부터 그를 미행하기 시작했다. 공승민이 자신을 알아보면 안 되므로 미니 쌍안경을 준비했다. 과학실에 있었던 조류 관찰용 쌍안경이었다.

공승민에게 쌍안경을 이용해서 멀리서부터 찬찬히 다가갔다. 당연한 이야기지만 살인 사건이 일어나면 경찰의 수사가 시작되고 수많은 블랙박스와 CCTV가 증인의 눈이 될 것이다. 그것을 피할 철저한 조사가 필요하다.

공승민의 행동반경은 단순했다. 학교, 학원, 집이었다. 가끔 학교를 마치고 신그린과 늦은 시간까지 학교 옆 공원에서 데이트를 했다. 공원은 야산을 개간하여 만들어 밤 11시가 지나면 인적이 드물어졌다. 또한, 공승민은 인적이 드문 공원을 다른 용도로도 사용했다. 바로 양아치들과 술을 마시는 것이었다. 얼굴을 아는 놈도 있었지만, 모르는 놈이 더 많았다. 하지만 행색을 보면 정상적인 가정에서 자란 놈들은 아니라는 것을 알았다.

양아치들이 술파티를 거하게 벌인다. 젊은 혈기 때문인지 소주를 병째 들고 나발을 분다. 이를 이용하면 살인을 할 수 있을 것 같다. 알코올은 무작정 많이 마실 수 있는 것이 아니다. 치사량이 있을 것이다.

남용성은 집으로 돌아와 컴퓨터를 켰다. 맥주 한 캔을 따서 시원하게 들이켰다. 인터넷 검색창에 알코올 치사량을 검색했다. 혈중 농도 0.4~0.5 퍼센트가 치사량이다. 우리가 소위 알고 있는 0.08 퍼센트 이상이 운전면허 취소 수치이니 넉넉히 여섯 배 정도면 죽는 것이다. 혈중 농도이기 때문에 이를 환산하면 1킬로그램 당 6.3 밀리리터로 생맥주 21잔이나 와인 4병 정도라고 생각하면 된다. 그 많은 술을 어떻게 마시게 하냐고? 그럴 필요가 없다. 주사기를 사용해 순수 에탄올을 혈관에 직접 넣을 것이다. 직접 넣는다면 25그램이면 충분하다. 공승민은 친구들과 술을 마셨으니 부검을 한다고 해도 과음으로 인한 사망 판정이 내릴 것이다. 주사기와 에탄올은 과학실에 널려있다. 이제 살인 방법을 찾았으니 혈관 주사 놓는 법을 연습하면 끝이다.

정맥주사는 팔이 접히는 곳에 연습을 했다. 병원에서 눈치로 배운 방법을 기억했다. 먼저 고무줄을 이용해 팔 위쪽을 묶자 혈관이 부풀어 올랐다. 바늘을 부푼 혈관에 꽂자 바늘을 타고 혈액이 주사기로 올라왔다. 선무당이 사람 잡는다고 단번에 성공했다. 하지만 기뻐하기에는 이르다. 아무리 주사를 잘 놓아도 팔에 주사 자국이 남았다.

시체 외관을 본다면 팔에 있는 주사 자국은 들킬 가능성이 높았다. 인터넷 검색을 하자 팔 혈관을 찾기 힘든 사람은 발등에 놓는다고 했다. 발등에 자국이 생긴다 치고 시체를 엎어 놓는다면 아래쪽에 시반이 생긴다고 하니 주사 자국을 가릴 수도 있을 것이다.

"좋아. 발등에 놓자."

발등에 놓는 연습은 고통이 수반되었다. 혈관은 잘 보이지만 혈관 지름이 작아서 많은 시도를 해야 했다. 공원에서 운동하는 척하면서 CCTV도 점검했다. 사람들이 운동하는 곳곳에 CCTV가 설치되어 있었지만 나무와 수풀이 우거진 곳으로 움직인다면 적당히 피할 수 있을 것이다.

이제 실행에 옮기기만 하면 된다. 그래도 남용성은 신중하게 접근했다. 쌍안경을 이용하여 철저하게 감시했다. 그렇게 기회를 엿보던 어느 날, 자주 눈에 띄는 사내가 있었다. 처음에는 그냥 운동하는 남자로 치부했는데 이상하게 공승민 주위를 맴돌았다. 학교 교문 밖에서부터 공승민을 따라다녔다. 이상한 낌새를 느껴 이번에는 그 남자를 미행했다. 남자는 공원에서 운동하는 척 공승민을 관찰하고 있었다. 무슨 일인지 모르겠지만 저 남자가 공승민을 따라다니면 살인 계획을 실행하기 곤란하다. 어떡하지…

하지만 살인의 기회는 우연히, 그리고 행운처럼 찾아왔다. 한낮의 열기가 가득한 5월의 어느 날이었다. 살인 계획에 장애물로 여긴 남자가 오히려 도움이 되었다.

그날, 생일파티를 하는지 공승민 패거리는 늦은 밤까지 공원에서 술을 마셨다. 하나 둘, 패거리들이 집으로 가고 공승민도 마지막 남은 친구들과 인사를 했다. 비틀거리는 정도로 보니 술이 평소보다 더 취한 것을 알 수 있었다. 공승민은 갈지자를 넘어 온몸을 비틀거리며 공원을 가로지르고 있었다.

남용성은 오늘이 기회라 생각하고 가방에 넣어둔 주사기를 꺼내들었다. 주사기 안에는 에탄올 25그램이 들어있었다. 만취한 공승민을 밀어 넘어뜨리고 에탄올을 혈관에 넣으려는 계획이다. 남용성이 나가려는 그때였다. 반대편 수풀 속에서 사람의 형상이 움직였다. 나가려던 남용성은 몸을 멈추고, 다시 풀숲에 몸을 숨기고 상황을 감시하였다. 수풀 저편에서 나온 사람은 항상 공승민 주변을 돌던 남자였다. 남자는 온통 검은 옷에 검은 모자와 마스크로 무장했지만 남용성은 누군지 눈치 챌 수 있었다. 평소 유심히 관찰을 해서 그런지 한 눈에 공승민을 따라다니는 남자인 것을 알 수 있었다. 남자는 공승민의 뒤를 천천히 따라가다가 손가방에서 벽돌을 꺼내 들었다. 남자가 공승민을 따라다닌 것은 자신과 같은 이유였다. 남자는 공승민을 처단하려는 것이었다. 남자는 주변에 누가 있는지 주변을 돌아보더니 들고 있던 벽돌을 하늘로 높이 들었다. 몇 번 머뭇거리던 남자는 마음을 먹었는지 흔들거리는 공승민의 뒤통수를 사정없이 가격했다.

공승민은 자리에 털썩 엎어졌고, 남자는 자신이 한 일에 놀랐는지 어깨를 심하게 들썩이다가 이내 정신을 차렸는지 다시 수풀로 들어가 공원 저편으로 도망갔다.

공승민이 죽었을까? 저 남자는 공승민에게 어떤 원한이 있는지 몰라도 나의 수고를 덜어주면 좋겠다. 일단 나무와 수풀을 헤치고 남자가 돌아간 쪽으로 달렸다. 본능이 저 남자가 누군지 따라가 보라고 시켰다. 남자는 미리 준비했는지 벽돌을 작은 구덩이에 넣고는 발로 주변의 흙을 밀어 구덩이를 메꾸었다. 살인에 사용된 흉기를 숨겨 범행을 은폐하려는 것이겠지. 그리고 주변을 돌아보며 CCTV를 피하는지 다시 수풀을 헤치고 나아갔다. 이제 차도가 있는 큰길로 나갈 것이다. 남용성도 지리에 밝아

CCTV 사각지역을 통해 도로로 나갔다. 이리 저리 살피자 남자가 나왔다. 남자는 큰 찻길을 가로질러 먹자골목으로 들어갔다.

남용성은 남자를 더 따라가고 싶었지만 중요한 일이 있었다. 바로 공승민을 처리해야 하기에 남자를 쫓는 것을 포기하고 다시 공원 풀숲으로 들어갔다. 공승민이 아직 쓰러져 있었으면 좋겠다.

수풀을 헤치고 잠복 장소로 가자 공승민은 계속 엎어져 있었다. 속으로 쾌재를 부르며 지켜봤다. 다리가 저렸지만 끈기 있게 쓰러져 있는 공승민을 관찰했다. 1시간이 더 지났지만 공승민은 움직임이 없었다. 인적이 거의 없어 발견하는 사람도 없었다.

가방에서 라텍스 장갑을 꺼내 끼고는 에탄올이 들어있는 주사기를 꺼냈다. 그리고는 공원을 지나가는 척하며 공승민에게 다가갔다. 만약 죽었다면 그대로 경찰에 신고하면 되고, 죽지 않았다면 남아 있는 숨통을 끊으면 그만이다.

공승민의 뒤통수에서 나온 피가 머리를 중심으로 작은 원을 그리고 있었다. 벽돌로 맞았으니 살기가 쉽지는 않을 것이다.

떨리는 손가락을 귀 뒤편에 댔다. 젠장. 맥이 느껴졌다. 남용성은 주변을 둘러본 후 신발을 벗겼다. 평소 연습한 대로 고무줄을 발목에 묶었다. 발등 정맥이 부풀었다. 평소 비타민제로 연습한대로 주사기 바늘을 혈관에 꽂았다. 바늘을 타고 피가 올라와 에탄올에 섞였다. 제대로 혈관에 꽂혔다는 증거다. 이제 실린더에 힘을 주어 에탄올을 서서히 넣었다.

"공승민 이놈아, 그렇게 날뛰더니 꼴좋다. 이제 송나영 선생은 내 것이다."

양말과 신발을 다시 신기고 자리에서 일어섰다. 뒤통수에서 흘러나온 피로 그려진 작은 원을 보니 마음이 한결 편해졌다. 그 남자가 누군지 모르겠지만 참 고마웠다. 뒤통수에서 이렇게 피가 나왔으니 경찰은 벽돌로 뒤통수를 가격한 그 남자를 찾을 것이고, 남자도 경찰이 오면 자신이 살인한 줄 알고 범행을 고백할 것이다.

"맥주나 한 잔 하고 자야겠군."

남용성은 집으로 돌아가려다 문득 살인 도구에 대한 생각이 들었다. 뉴스나 소설에서는 범행도구를 굉장히 중요하게 생각한다. 그 남자는 범행도구인 벽돌을 수풀 속 땅속에 묻었다. 땅 속에 묻은 벽돌은 경찰도 쉽게 찾지 못

할 것이다. 그렇게 범행도구를 찾지 못한 경찰이 수사 범위를 넓힌다면 자신에게 불똥이 튈 수도 있다. 자신의 범죄는 완벽했지만 숨겨 놓은 벽돌이 약간 찜찜했다.

"좋아, 경찰 놈들. 조금 도와주지."

남용성은 다시 CCTV를 피해 아까 남자가 벽돌을 묻은 자리로 갔다. 옆의 나뭇가지를 주워 땅을 팠다. 피와 흙으로 얼룩진 적벽돌이 있었다. 라텍스 장갑을 낀 손으로 벽돌을 집어 올렸다. 그리고 수색하면 금방 찾을 수 있는 산책로 근처에 던졌다. 이 정도면 벽돌을 금방 발견할 것이고, 경찰은 벽돌 살인마를 찾아다니겠지. 모든 것이 완벽하다. 남용성은 가벼운 마음으로 집으로 돌아왔다. 에탄올 주입 후 공승민이 어떻게 되었는지는 알 수 없다. 인터넷 정보에 의하면 수 분 안에 급성 알코올 중독으로 숨통이 끊어질 것이다. 심장은 멈추고 돌던 혈액은 중력에 의해 아래로 고일 것이다. 그럼 발등의 주사 자국도 발견하지 못하겠지. 이제 주사위는 던져졌으므로 상황이 잘 돌아가기를 기다리는 수밖에 없다.

집에 돌아와 샤워 후 냉장고의 맥주를 꺼내 마셨다. 속이 시원했다. 드디어 송나영 선생의 마음을 뺏은 공승민은 죽는 것이다. 과음한 상태에서 원한을 가진 누군가로

부터 뒤통수를 가격당하고, 발견하는 사람이 없어서 죽는
것이다.

"공승민 자식! 무슨 짓을 하고 다니길래 벽돌로 쳐 맞았
지? 흐흐, 그 남자가 누구든 참 고맙군."

남용성은 나머지 맥주를 털어 넣고는 잠자리에 들었다.

* * *

남용성은 다음날 긴장되는 마음으로 3학년 교무실로 들
어갔다. 이미 출근한 교사들은 남용성과 눈이 마주쳤지만
인사조차 하지 못했다. 사건이 벌써 알려졌는지 역시나
분위기가 무거웠다. 일단 평소대로 인사를 했다.

"안녕들 하세요? 왜 이렇게 교무실 분위기가 무거워
요?"

자리에 와서 앉자 강의식 원로 교사가 다가와 속삭였
다.

"남 부장, 큰일 났어. 3학년 공승민 학생이 공원에서 살
해되었다는 소문이 퍼지고 있네."

일단 놀라는 척이라도 해야겠지? 남용성은 자리를 박차
고 일어섰다.

"네!? 무슨 소리에요?"

남용성의 큰 목소리는 교무실의 정적을 깨뜨렸다. 그것을 필두로 선생님들이 저마다 한 소리씩 했다.

"아침부터 아이들 SNS가 난리가 났어요. 공원에서 우리 학교 학생이 살해되었는데 그게 3학년 1반의 공승민이랍니다."

"저는 출근하다가 봤어요. 학교 옆 공원 있잖아요. 거기에 경찰들이 깔렸고, 폴리스라인이 쳐져 있었어요."

"경찰에게 질문을 받은 학생도 있대요. 너희 학교에 공승민이라는 학생이 있냐고요."

그때, 교무실 문을 열고, 공승민 담임인 송나영이 들어왔다. 다른 선생님들 모두 고개를 숙였다. 송나영도 어색한 분위기를 알았는지 남용성에게 다가왔다.

"부장님, 무슨 일 있어요?"

도대체 이 소식을 어떻게 전하지? 가슴속에서 자꾸 웃음이 솟아올랐다. 남용성은 기쁨에 웃음이 나올까 입술을 꽉 깨물고 소식을 전했다.

"송나영 선생님, 놀라지 마세요. 선생님 반 학생인 공승민이 살해되었대요."

모든 사람이 그랬듯이 송나영은 처음에 이해하지 못한 듯 했다. 하지만 여러 선생님의 추가 설명을 듣고는 자신의 자리에 주저앉았다. 그리고 오열이 시작되었다.

'송나영 선생, 슬퍼하지 말아요. 공승민 같은 양아치는 죽어 마땅하잖아요.'

공승민 살해 사건은 점점 부풀려져서 망치 살인마가 충덕 고등학교 학생들을 노린다는 거대한 소문이 되었다. 아마 학생들의 SNS에서 이리 저리 돌아다니며 부풀려졌을 것이다. 학교에 학부모들의 문의 전화로 벨소리가 그치지 않았다.

아침에 형사가 학교로 찾아왔다. 우락부락한 얼굴로 보아 텔레비전에서 보던 강력계 형사임이 틀림없다. 교장선생님은 학교의 안정이 무엇보다 시급하다며 형사들에게 잘 협조해서 사건이 빨리 해결될 수 있도록 독려했다.

송나영은 생각보다 충격이 컸나 보다. 울고 또 울었다. 사랑하는 사람이 죽는다면 충격이 크겠지?

'송나영 선생은 선생님으로서 해서는 안 될 짓을 하고 있었어요. 그걸 제가 구해준 겁니다. 아마 사실을 알게 되면 절 좋아하게 될 거라고요.'

형사들의 조사는 오후에 시작되었다. 남용성은 사건의 진행 상황을 알아보기 위하여 송나영을 부축하는 척하며 임시수사실에 들어갔다. 공승민의 행실을 묻는 질문에 '양아치'라는 사실을 알리자 송나영은 공승민이 뭐가 그리 좋다고 편을 들었다. 그것 때문에 임시수사실에서 송나영과 언쟁을 했다. 역시 공승민을 죽여 버리길 잘 했다. 아마 공승민이 살아 있었다면 송나영은 미성년자 약취로 파면 당했을 것이다. 자신을 구해준 공로를 몰라주는 송나영이 미웠다. 하지만 여기 임시수사실에 들어온 목적도 실행해야겠지?

"한데 공승민을 죽인 사람이 벽돌 살인마가 맞기는 맞는 건가요?"

형사는 아직 정해진 것이 없다고 하지만 원한 관계를 질문하는 것으로 보아 벽돌 살인마를 뒤쫓고 있음이 확실했다. 벽돌을 꺼내 놓은 것이 신의 한 수였다.

하루 종일 송나영은 책상에 엎드려 있었다. 이제 고목나무 회생 작전을 실행하자. 남용성은 엎드려 있는 송나영을 불렀다.

"송나영 선생, 병가라도 내보는 것이 어때요?"

송나영은 느릿하게 몸을 세웠다.

"그래야겠어요. 도저히 학교에 있을 수가 없네요."

"그래요. 한 일주일 대전 본가라도 내려가서 푹 쉬세요. 그리고 빨리 회복하시어 1반에 남아있는 학생들을 돌봐야 하지 않겠어요?"

송나영도 그렇게 생각하는지 고개를 끄덕였다.

남용성은 속으로 쾌재를 불렀다. 병가 권유는 송나영을 걱정하는 마음도 있었지만, 송나영이 병가를 받고 대전본가로 내려간다면 송나영 아파트에 침입하여 그동안 참았던 욕구를 해소하기 위해서였다. 빨리 송나영의 방에 들어가서 미키마우스와 만나고 싶었다.

다음날. 교무실에 들어가자 강의식 원로교사가 다시 다가왔다.

"남 부장, 공승민의 살해범이 잡혔어."

"네? 누군데요?"

남용성은 진짜 궁금했다. 진짜 공승민을 살해한 사람은 자신이기 때문이었다. 아마 잡혔다는 범인은 벽돌로 뒤통수를 내리친 남자일 것이다.

"글쎄, 범인은 5반의 이승민 학생 아버지라는 거야. 근데 남 부장, 이승민을 아나?"

어쩐지 형사들이 조사실에서 이승민 이름을 말하더니만. 형사들의 정보력, 수사력도 대단하다는 것을 느꼈다.

"어, 어제 처음 알았어요. 그런데 어떻게 아셨어요?"

"온 학교에 소문이 퍼졌어. 어젯밤에 경찰이 이승민 아버지를 연행해 갔고, 공승민 어머니가 그 집에 가서 난리 치는 것을 애들이 목격했나 봐. 아이들의 SNS 정보력, 남 부장도 잘 알잖아."

"이유! 도대체 죽인 이유가 뭐랍니까?"

모든 교사들이 둘의 대화를 듣고 있었는데 이승민 담임 교사인 홍서린이 일어섰다.

"살인을 변호하는 것은 아니지만 공승민 학생이 이승민 학생을 지속적으로 괴롭혔나 봐요. 그것 때문에 이승민 학생이 자살 시도를 했어요. 아버지가 그것을 알고 복수 라도 했나 봐요."

남용성은 하늘에 감사함을 표시했다. 더할 나위 없는 시나리오였다. 아들을 왕따로 만든 놈을 벽돌로 내리쳐 죽인 아버지. 용의자가 잡혔으니 이제 자신의 범죄는 완전범죄가 되는 것이었다. 더욱 기쁜 일은 아침에 스마트폰으로 송나영의 차를 위치추적 해보니 차의 위치가 대전으로 나왔다. 어제, 늦은 밤에 대전으로 간 것이다. 송나영은 일주일 병가를 냈으므로 며칠간은 거기서 머물 것이다.

모든 것이 완벽하다. 범인도 잡혔겠다. 오늘은 아예 송나영의 침대에서 자기로 했다. 송나영 침대에서 잘 생각을 하자 거짓말처럼 아랫도리에 힘이 들어갔다.

10-B

　보통 부검은 일주일이 걸리지만 이틀 뒤, 일부분의 부검 결과를 수사 회의에서 발표했다. 이런 이례적인 조치는 부검 결과에서 사건을 송두리째 뒤집을 수 있는 결과가 나와서 일단 그것만이라도 발표하기로 결정한 것이다. 수사과장은 빠른 용의자 검거를 위하여 부검의를 수사본부 회의에 참석시켜 직접 발표 시켰다.

　무채색 느낌의 남자가 앞으로 나와 발표했다.

　"원래는 모든 검사를 마무리하고 발표해야 하지만 용의자가 송두리째 바뀔만한 결과가 나와서 이렇게 서둘러 발표 요청을 하게 되었습니다."

　남자는 마른침을 꿀꺽 삼키고 말을 이었다.

　"처음 발견된 변사자의 모습은 엎드려 있었고, 후두부에 상처가 있었습니다. 부탁한 벽돌에서 발견된 혈액도 변사자의 것이 맞습니다. 그래서 벽돌에 의한 충격으로 두개내출혈이 일어나고 그에 따른 사망으로 생각했습니다. 저는 두개내출혈을 찾기 위해 충격부분인 뒤통수를 찾았으나 그런 흔적은 찾을 수 없었습니다. 변사자가 흘린 피는 벽돌에 의한 열창, 즉 두피가 찢어져 발생한 것이었습니다."

부검의는 목이 마른지 단상 위에 있던 생수를 드르륵하고 뜯었다. 장한결은 옆자리의 하광현 팀장에게 속삭였다.

"팀장님, 이달수는 범인이 아니에요. 벽돌을 꺼낸 누군가가 진범임에 틀림없네요."

"그러게. 일단 사인을 들어보자고."

부검의는 물을 벌컥벌컥 마신 후 말을 이었다.

"열창의 크기는 사망으로 이어지기 힘듭니다. 그것에 이상함을 느껴 혈액검사를 시작했습니다. 피해자의 혈중 알코올 농도는 0.62퍼센트로 치사량 이상의 알코올을 섭취하였습니다. 즉, 사인은 급성알코올중독에 의한 사망입니다."

회의실 내에서는 웅성거리는 소리가 들리기 시작했다. 장한결은 손을 들고 질문하였다.

"그러니까 실제 변사자는 이달수에게 벽돌을 맞기 전에 술을 많이 마셨는데 그때 알코올을 과다 섭취했다는 겁니까?"

"그럴 리가 있다면 여기서 이렇게 말하지도 않겠죠. 혈중 알코올 농도 0.62퍼센트라는 것은 혈액 100밀리리터당 620밀리그램이 있다는 겁니다. 일반적으로 면허 취소 수치의 거의 8배나 되는 양입니다. 보통 기억을 못하는 만취도 0.2퍼센트 정도이니 술을 마셔서 저 수치에 도달하기는 거의 불가능합니다. 그래서 혹시 알코올을 정맥주사로 주입하지 않았을까 피부를 검사하였습니다. 역시나 발등에서 주삿바늘 자국이 발견되었고, 주사자국 주변 조직에서 에탄올이 검출되었습니다. 누군가 에탄올을 정맥주사 한 것이 확실합니다."

부검의의 말을 듣던 한 형사가 손을 들고 질문했다.

"용의자 이달수는 본인이 벽돌로 내리친 것을 자백했고 살해 의도도 있었음이 밝혀졌습니다. 혹시 급하게 부검하느라 뇌에서 죽음에 이를만한 증거를 못 찾을 수도 있는 것 아닙니까? 이미 죽은 시체에 에탄올을 주입한 것은 아닐까요?"

"그럴 리 없습니다. 일단 변사자가 죽었다면 심장이 멈추고 혈액이 응고되어 에탄올을 주입해도 온몸으로 퍼지지 않습니다. 결론은 변사자는 그 때까지 확실히 살아 있었다는 것입니다. 이 변사자의 실제 살인자는 벽돌로 내리친 사람이 아니라 에탄올을 주입한 사람이 되는 것입니다. 저는 이를 100퍼센트 증명하기 위하여 돌아가면 위장 안의 에탄올을 검사해서 술의 종류를 알아낼 것입니다. 그리고 혈액 내 에탄올을 정밀 검사할 것입니다. 외부에서 에탄올을 주입했다면 위의 에탄올과 미세하게나마 성분이 다를 것이고, 그것으로 술의 종류도 특정할 수 있을 것입니다. 아무래도 도수가 높은 양주겠지요. 양주마다 물질의 차이는 있을 겁니다."

장한결은 다시 질문했다.

"에탄올을 주입했다면 사망에 이르는 시간은 어떻게 됩니까?"

"거의 수 분 안에 이루어졌을 것입니다."

"사망시간은 나왔습니까?"

"네, 시체가 빨리 발견되었고, 외적 요인이 정확해서 금방 사망시간을 추정할 수 있었습니다. 사망은 새벽 1시 30분이고 오차는 30분 안팎입니다."

부검의가 나가고 회의가 지속되었다. 이달수는 아들의 복수를 위하여 공승민을 살해하기로 계획하였다. 벽돌로 뒤통수를 쳤지만 처음 남에게 상해를 입히는 이달수의 손에서 힘이 빠졌을 것이다. 사망에 이르기까지 충격이 없었지만 공승민은 뇌진탕으로 쓰러졌고, 또 다른 범인은 에탄올을 주입하여 살해한 것이다.

수사과장은 앞에서 큰 소리로 외쳤다.

"뻔하네. 실제 범인은 발등에 정맥주사로 에탄올을 주입해서 죽였어. 주사기는 문방구에서 살 수 있는 것처럼 금방 준비할 수 있는 것이 아니야. 또 다른 범인도 그날 밤 살인을 준비했던 거야. 그럼 다 정해졌네. 이달수처럼 공승민에게 원한이 있는 용의자를 특정해 봐."

형사들이 자신의 생각을 차례차례 말하기 시작했다. 결국 이승민과 그 가족을 가장 큰 용의자로 생각했다.

장한결도 용의자는 평소 왕따를 당했던 이승민이 가장 큰 가능성으로 보였다. 자신이 자살을 시도할 정도의 괴롭힘을 준 공승민을 직접 처단하려고 했던 것이다. 마침 아버지가 벽돌로 기절시켜 주었으니 에탄올을 주입하기도 쉬웠을 것이다. 이승민도 공승민 처단을 준비하고 있었는데 그날 아버지가 집으로 와서 벽돌을 가지고 간 것을 봤다고 했다. 아버지에게서 심상치 않음을 느끼고 따라 나갔을까?

형사들은 어머니, 형도 가능성이 높다는 이야기를 했다.

어머니, 형도 각자 공승민을 처단할 계획을 세웠는데 아버지가 먼저 행동에 옮겼고, 마지막 숨통을 끊어버린 거라는 의견이다.

장한결은 형사들의 말에 고개를 흔들었다. 그러기에는 작은 모순이 해결되어야 한다. 오히려 마음속에서는 용의자로 남용성을 주장했다. 증거는 이승민의 컴퓨터에서 발견된 동영상이다. 동영상 속에서 남용성은 자위를 하면서 공승민을 죽여 버린다고 했다. 다른 형사들은 선생이 문제아에게 흔히 할 수 있는 욕이라고 했지만 괜한 위화감을 지울 수 없었다. 장한결은 손을 들었다.

"가족이 공범이라는 것은 조금 이상합니다. 각자 공승민 살해 계획을 세웠어요. 가족을 그만큼 사랑한다는 것이죠. 그럼 아버지의 범행을 숨겨 줘야 하는데 강력한 증거인 벽돌을 꺼내 놓는 것이 이상합니다."

다른 팀 팀장 형사가 모두를 대변하듯 대답했다.

"이달수는 벽돌로 뒤통수를 쳐서 살인하려고 했네. 진심이라면 복수심에 쓰러진 공승민의 뒤통수를 몇 번 더 갈겼을 거야. 하지만 이달수는 명예를 따지는 군인이지. 실제 두개내출혈이 일어날 정도로 세게 치지도 않았어. 자신이 살인을 한다는 것을 몸이 거부한 거야. 아마 극도의

266

긴장감이 있었을 것이네. 자신이 벽돌을 숨긴다고 했는데 실제 기억은 오락가락한 것일 거야."

"하지만 이상한 점이 한 두개가 아니에요. 이승민은 ……."

장한결이 다른 의심 점을 말하려고 했지만 다른 팀 팀장이 장한결의 말을 끊었다.

"그래서 장 형사는 누가 의심스러운데?"

"전 남용성 선생이 의심스럽습니다. 지금은 잘 보이지 않지만 뭔가 있는 것 같은 예감을 지울 수 없어요."

"수사는 예감으로 하는 것이 아니야. 증거로 하는 거지."

그때, 수사과장은 대수롭지 않은 듯 말했다.

"그럼 자네 팀이 남용성을 조사하게나. 하광현 팀장, 알겠나?"

다들 이승민 수사를 맡고 싶어 했다. 가능성을 보면 이승민 또는 그 가족이 가장 높을 확률이기 때문이었다. 하광현 팀장은 불만스러웠겠지만 겉으로 표현하지 않았다. 사무실에 돌아와 하광현 팀장은 장한결에게 물었다.

"이유를 말해 봐."

왜 남용성을 용의자로 생각하느냐는 질문이다.

"저번에 이야기했지만 어머니가 공범이라면 아버지를 배신하고 벽돌을 꺼내 놓을 확률은 거의 없습니다. 그럼 역시 가장 큰 용의자는 이승민입니다. 공승민의 괴롭힘으로 자살하려고 했어요. 자신의 자살에 실패하자 이제 원흉인 공승민을 죽이려고 한 것이죠. 만약 알코올을 준비한 실제 범인이 이승민이라면 알코올 주입을 위하여 공승민이 술 마시는 날만 기다렸을 겁니다.

특히, 친구들과 술 마신 그날은 공승민을 계속 따라다녔어야 합니다. 하지만 아버지 이달수는 뭐라고 했어요? 공승민을 죽이려고 적벽돌을 가지러 집에 갔을 때, 이승민 방에 불이 켜져 있다가 꺼졌다고 했습니다. 물론 이승민도 그렇게 증언했지요."

"음…… 그렇기는 하지만 다른 가능성도 충분히 있을 텐데."

"맞아요. 이승민은 컴퓨터에 절망 일기와 동영상을 넣어 놓고 자살을 시도했어요. 아버지가 공승민에게 복수할 가능성을 알았을 겁니다. 아버지가 벽돌을 들고 나간 것을 본 후, 심상치 않음을 느끼고 준비해 놓았던 주사기와 알코올을 가지고 아버지 뒤를 쫓아 나갈 가능성도 있겠죠."

하광현 팀장은 턱을 괴고 생각을 이어갔다.

"하지만! 이승민이 아버지의 복수를 알았다고 해도 정확한 장소를 알지 못한다면 한참 헤맬 수밖에 없겠지. 이승민이 공원을 돌아다녔다면 CCTV에 찍혔을 거야."

"바로 그겁니다. 공원의 CCTV에는 이달수 뿐만 아니라 제2의 용의자 모습도 찍히지 않았어요. 미리 계획하고 숨어 있었다고 할 수밖에 없습니다."

하광현 팀장은 고개를 끄덕였다. 장한결이 자신의 의견을 계속 피력했다.

"그리고 공승민에게 주입한 에탄올도 이상해요. 혈중 알코올 농도 0.2퍼센트의 만취를 하려면 많은 양의 소주를 마셔야 해요. 공승민은 0.62퍼센트라고 했으니 주사기로 그 많은 양을 넣기는 힘들 거예요. 고순도의 술이 필요하죠. 보드카가 78퍼센트로 가장 높은데 미성년자인 이승민이 어떻게 보드카를 구입하겠어요?"

"그렇군. 아까 회의 시간에 그 사실을 왜 이야기 하지 않았나?"

"말하려고 했죠. 옆 팀의 팀장님이 제 말을 끊었잖아요."

"그렇지. 중요한 사실이야. 고순도 에탄올과 주사기는 미성년자인 이승민이 쉽게 구할 수 없을 거야. 한데 용의자를 남용성으로 정한 이유는 뭔가?"

"그건 감이에요. 하지만요 그냥 감이 아니랍니다. 뭔가 실타래가 엉켜 있다는 느낌이 들어요. 살해당한 공승민, 공승민이 괴롭힌 이승민, 벽돌로 내리친 이승민의 아버지 이달수, 이승민의 담임은 홍서린, 공승민의 담임은 송나영, 공승민의 여자 친구 신그린은 이승민과 같은 반, 송나영의 방석으로 몰래 자위를 한 남용성, 영상에서 공승민을 죽이겠다는 남용성. 뭔가 복잡하게 얽혀 있어요. 영상에서 공승민을 죽이겠다는 남용성의 말에 심상치 않은 느낌을 받았어요. 안개가 걷히면 정답이 보일 것 같다 이겁니다."

"못 말리겠군. 그럼 저녁에 남용성을 조사하러 충덕 고등학교에 가보자고."

11-A

휘파람을 불며 가는 남용성의 발걸음은 가벼웠다. 양손에는 마트에서 산 먹을거리가 가득 들어있었다. 오늘, 그동안 억눌러 왔던 성욕을 풀기 위해 송나영의 아파트로 가고 있었다. 신중해서 나쁠 것은 없다. 남용성은 아파트

입구에서 다시 스마트폰을 켜서 송나영 선생의 차량 위치를 확인했다. 차의 위치는 대전이다.

"좋아, 신나게 즐겨보자."

남용성은 비밀번호를 누르고 집으로 들어갔다. 집도 송나영의 마음을 전하는지 집에서도 우울한 감정이 전해졌다. 사 온 음식 비닐봉지를 식탁 위에 놓고 안방으로 갔다. 웬일로 방이 정리되어 있었다.

"그럼 공승민이 죽고 나서 송나영 선생의 마음이 어땠는지 일기장부터 확인해 볼까?"

서랍에서 일기장을 꺼내 펼쳤다. 일기장 마지막에 '안녕'이란 글자만 보였다. 송나영 선생의 아픔이 같이 느껴졌다. 지금은 슬프겠지만 곧 아픔을 잊고 다시 활기를 찾을 것이다. 이것으로 모든 것이 정상으로 돌아온다고 생각하니 활기가 솟았다. 일기장을 덮었다.

"자, 그럼 뭐부터 시작해 볼까? 빨래를 안 했어야 할 텐데."

세탁실로 갔다. 빨래바구니에 빨래가 가득 있었다. 남용성은 휘파람을 불면서 빨래를 뒤졌다.

"내 사랑 미키마우스야. 어디 있니?"

미키마우스 팬티는 없었지만 사용한 팬티가 나와서 하

나하나 코에 갖다 댔다. 오랜만에 느끼는 냄새라 그런지
반응이 왔다. 팬티 세 개를 가지고 침대로 갔다. 옷을 모
두 벗고 부드러운 이불 속에 들어가자 행복한 느낌이 들
었다.

"이 얼마나 기다렸던 곳인가….."

남용성은 성기를 자극하기 시작했다. 오감이 자극되자
금방 쾌감이 올라왔다. 공승민 때문에 다시 정자희소증으
로 가는 줄 알았는데 사정되어 나온 양을 보니 걱정은 붙
들어 매도 될 것 같았다.

샤워실로 갔다. 송나영이 올 리 없으니 물을 사용해도
된다. 욕조에 뜨거운 물을 받았다. 수납함을 뒤지자 허브
오일이 있었다. 물에 몇 방울 떨어뜨리자 허브향이 강하
게 올라왔다. 사 온 맥주를 가지고 물로 들어갔다. 따뜻한
물이 뼈마디를 이완시켰다. 코 속으로 허브향이 들어와
뇌로 올라갔다. 머리가 맑아지고 맥주는 혈액순환을 더욱
촉진시켰다.

"잘 죽인거야."

몸이 나른해지니 잠이 왔다. 아직 즐길 일이 많으니 정
신을 차리고 샤워를 시작했다. 송나영이 쓰던 샴푸, 샤워
폼, 샤워 타월 등을 느끼며 씻었다.

물기 제거 후 속옷 서랍을 열었다. 여러 개의 팬티와 브래지어가 나왔다. 주황색 미키마우스는 서랍 속에 가지런히 개어져 있었다.

"내 사랑! 여기 있었네."

남용성은 미키마우스 팬티를 펼쳤다. 코로 가져갔지만 냄새는 나지 않았다.

"한 번 입어볼까?"

여자 팬티를 입는다는 엉뚱한 상상이었지만 느낌이 좋았다. 그녀의 그곳과 자신의 그곳이 맞닿는다는 상상을 하니 금방 신호가 왔다.

"송나영 선생과 결혼한 것 같네. 같은 집에서 같은 밥을 먹고, 밤새도록 사랑을 나누고."

남용성은 그날 미키마우스 팬티를 입고 술을 마시고 즐겼다. 술에 취하니 혹시 진짜 결혼할 수 있지 않을까 상상도 하였다.

"아니, 불가능한 것도 아니지. 난 돌아온 싱글이니까. 법적으로 아무 문제없다고."

언제 잠이 들었는지 침대에서 아침을 맞이했다. 깨끗한 침대에서 일어나자 기분이 상쾌했다. 이제 출근해야 한다. 먼저 스마트폰으로 송나영의 차량 위치를 추적했다. 차량의 위치는 대전이다. 남용성은 안심하며 물건들을 원래 위치로 가져다 놓았다. 최대한 들어올 때처럼 원상복귀 시키고 쓰레기는 그대로 봉지에 담아 가지고 나왔다. 오늘도 천천히 즐기기로 하며 집을 나섰다. 남용성은 아무도 없는 집에 소리쳤다.

"여보, 다녀올게. 오늘밤에도 실컷 사랑해줄게 기다려."

12-B

장한결 형사와 하광현 팀장은 저녁에 충덕 고등학교를 찾아갔다. 먼저 이승민이 영상을 녹화했던 화장실로 가보았다. 화장실 문 왼쪽으로 3학년 5, 6, 7, 8반이 있었고, 오른편으로 계단, 그리고 끝에는 3학년 교무실이 보였다.

"팀장님. 이승민은 5반이니 이 화장실을 이용해야 합니다. 이승민을 괴롭히는 공승민은 이 화장실로 자주 와서 따귀를 때렸기에 여기에 몰래카메라를 설치한 겁니다."

"그렇지. 그리고 남용성 부장 영상도 찍힐 만 하구먼. 3학년 교무실이 저기 있으니 급한 용무를 해결하러 가장 가까운 이 화장실로 온 것일 게야."

"맞습니다. 남용성 부장은 분홍색 방석을 얼굴에 비비며 자위행위를 했어요. 세 번의 영상에는 동일한 방석이 등장했습니다. 분홍색 방석인데 여성의 것일 확률이 큽니다. 그리고 세 번째 영상 말미에는 송나영 이름이 나왔으므로 분홍색 방석 주인은 송나영 선생이 주인일 확률이 큽니다."

하광현 팀장은 멀리 교무실을 손가락으로 가리켰다.

"그래. 그건 조금 있다 3학년 교무실에 들어가 확인해 보자고."

둘이 화장실 안쪽을 바라보고 있는데 멀리 교무실에서 누가 문을 열고 나왔다. 이승민의 담임이었지만 이름은 정확히 기억나지 않았다. 여선생은 반가운 기색을 보이며 다가왔다.

"하광현, 장한결 형사님이죠?"

하광현은 여선생이 눈치 채지 못하도록 장한결의 귀에 속삭였다.

"이승민의 담임선생인 홍서린이야. 자네가 대꾸하게나."

장한결은 알았다는 눈빛을 보내고는 한걸음 앞으로 나갔다.

"아, 네. 안녕하세요?"

"학교에 무슨 볼일이 있으신가요?"

"그냥 이것저것 확인 차 왔습니다."

여선생은 잠시 말이 없다가 주뼛거리며 말했다.

"더 조사할 것이 남았나요? 범인은 이승민 아버지가 아니었어요?"

벌써 이승민 아버지 이달수가 범인이라고 소문이 퍼졌을 것이다. 장한결은 핑계로 3학년 교무실에 들어가 보기로 하였다. 뒤의 하광현을 돌아보며 눈썹을 올려 신호를 보내고는 다시 홍서린에게 말했다.

"선생님, 시간 되시면 3학년 교무실에서 잠시 이야기를 나눌 수 있을까요?"

홍서린 선생은 복도를 한 번 보더니 말했다.

"제가 오늘 야자 감독이에요. 교실을 한 번 둘러보고 올 테니 교무실에 들어가 계세요."

"교무실에는 선생님들이 계시나요?"

"네, 거의 계십니다. 3학년 담임이란 것이 아이들과 등하교가 같거든요."

"네, 감사합니다."

장한결이 인사하자 홍서린 선생은 복도 저편으로 사라졌다. 교무실 문을 열고 들어가자 여러 명의 선생들이 일제히 고개를 들어 형사들을 보았다. 시간이 저녁 7시가 다 되었는데 3학년 담임교사 대부분이 앉아 있었다. 안쪽의 남용성 부장이 일어서서 아는 체를 했다.

"아이고, 형사님들이 어쩐 일로 찾아오셨습니까?"

용의자 중 한 명인 남용성. 장한결 형사는 아무 증거도, 확신도 없는 지금은 평범하게 대하는 것이 좋다고 생각했다. 물론 하광현 팀장도 같은 생각인지 허허 웃으며 악수를 청했다.

"홍서린 선생님께 몇 가지 묻고자 이렇게 찾아왔습니다."

고개를 들어 둘을 보던 선생들도 무엇이 바쁜지 다시 고개를 파묻거나 컴퓨터로 시선이 돌아갔다.

"홍서린 선생은 방금 나갔는데 못 만나셨나요?"

"만났습니다. 교무실에서 기다리라고 했습니다."

남용성은 교무실 한 쪽에 있는 티 테이블을 가리키며 말했다.

"일단 앉으시죠. 커피 드시겠어요?"

"네, 부탁드립니다. 자네도 같은 거지?"

하광현이 눈짓을 보냈다. 방석을 찾아보라는 뜻이다.

"네, 저도 커피로 부탁드립니다."

장한결은 방석을 확인하고자 창가로 이동했다. 하지만 눈은 선생들의 의자 방석을 꼼꼼히 확인했다. 가장 안쪽 책상을 보기 위해 창가로 갔다. 넓은 운동장이 한 눈에 보였다.

"여기는 전망이 참 좋네요. 넓은 운동장이 보이니 마음이 확 트입니다."

남용성은 커피를 타며 대꾸했다.

"3학년이 가장 높은 층이라서 그래요. 운동장이 한 눈에 보여 좋긴 좋답니다. 아이들 등하교 하는 것도 확인할 수 있고요."

장한결은 남용성 책상 뒤편으로 돌아가는 척하며 구석 책상을 보았다. 남용성의 오른쪽 책상 속으로 들어가 있는 의자에 영상에서 보았던 분홍색 방석이 있었다. 해당 교사는 퇴근했는지 보이지 않았지만 테이블마다 작은 명패가 붙어 있었다. 명패에는 '송나영'이라고 쓰여 있었다.

역시나 예상이 맞았다. 송나영 선생은 젊은 여교사로 공승민의 담임선생이었다. 그러고 보니 송나영 선생 조사 때, 남용성 부장이 같이 따라 들어왔었다. 남용성은 30대 후반, 송나영 선생은 20대 후반. 사회에서 10살쯤은 아무것도 아니지만 둘이 사귄다면 저렇게 방석을 가져다가 자위행위를 할 리 없다. 남용성 부장이 송나영 선생을 좋아한다고 말할 수밖에 없다. 하지만 둘의 관계가 사건과 관련되어 있는지 없는지는 안개 속 미궁일 뿐이다.

"형사님, 어서 오세요. 커피 준비되었습니다."

"하하, 감사합니다."

마침 교실을 돌아보던 홍서린 선생도 교무실로 들어와 티 테이블에 넷이 모이게 되었다. 하광현 팀장이 커피를 들고 일어섰다.

"장 형사가 이야기하게. 난 커피 마시며 경치나 감상할 테니까."

언제나처럼 하광현 형사는 뒤에서 이야기를 듣는다. 그리고 강력한 기억력에 의해 핵심을 찾아낸다.

"네, 팀장님. 기본적인 것이면 되죠?"

"그렇지."

하광현 팀장은 커피를 가지고 창가로 갔다. 장한결은 커피를 한 입 마시고 애써 미소를 지었다.

"이승민 학생은 집에 있던데 학교에서 무슨 조치가 있었나요?"

이에 남용성의 목소리가 커졌다.

"지가 학교에 어떻게 와! 낯짝이 있으면 못 오지."

"부장님. 승민이 아버지가 살인자지 승민이가 살인자는 아니잖아요."

"그 놈도 문제가 있어. 왕따를 당하면 빨리 학교에 말을 할 것이지. 애먼 사람들만 죽어나가게 생겼잖아."

"학교에 말을 했다잖아요. 그것을 알지 못했던 우리 교사들도 잘못이에요."

"왜 우리들이 잘못입니까?"

둘이 말싸움으로 번질 기미가 보여 장한결이 재빨리 나섰다.

"자 자, 두 선생님들 진정하세요. 남용성 부장선생님, 학생이 뭐가 죄가 있습니까? 그리고 홍서린 선생님, 누가 살인자입니까? 아직 수사는 끝나지 않았고 판결을 받은 것도 아니지 않습니까? 그런 시선 때문에 승민이가 학교에 나오지 못하는 겁니다."

장한결 형사의 말에 남용성 부장은 헛기침을 하며 커피를 마셨고, 홍서린 선생은 생각이 깊어졌다.

"저기, 공승민 담임이었던 송나영 선생은 안 보이네요."

장한결의 말에 다시 남용성 부장이 입을 열었다.

"담임 반 학생이 죽었으니 충격이 클 겁니다. 송나영 선생은 병가를 냈어요. 잠시 안정을 찾으러 본가에 내려갔습니다. 본가가 대전 어디쯤일 겁니다."

"아, 그렇군요. 그럼 평소 인천에서는 혼자 자취를 하나요?"

"그렇겠죠."

"그럼 지금은 살고 있는 주소가 어떻게 되나요?"

"저는 모릅니다. 홍서린 선생은 아나?"

홍서린도 고개를 좌우로 흔들었다.

"아니요. 그냥 ○○동이라는 것밖에는……."

잠시 침묵이 이어졌다. 남용성은 헛기침을 한 번 하고는 말했다.

"형사님, 아까 범인이 판결을 받지 않았다고 했는데 범인은 이승민 아버지가 아닌 건가요?"

장한결이 어떻게 대답해야 할지 난감해할 때, 창가를 보고 있던 하광현 형사가 테이블로 왔다.

"아직 형의 확정을 받지 않았다는 겁니다. 무죄추정의 원칙 들어보셨죠? 본인도 그렇다고 자백하기도 했으니 거의 그렇게 판결을 받겠지만요."

왠지 안도하는 남용성이었다.

"그러면 그렇지. 아무리 아들이 왕따를 당한다고 해도 벽돌로 내리치다니요. 그런 강도가 높은 적벽돌로 뒤통수를 내리치는데 사람이 당연히 죽죠."

남용성의 말에 하광현의 눈썹이 꿈틀거렸다.

"사건에 대해 자세히 알고 있네요."

"우리 학교에서 그걸 모르는 사람은 간첩입니다. 요즘 아이들은요 페이스북, 인스타그램으로 거미줄처럼 연결되어 있어요. 학생들은 하루 종일 핸드폰을 쥐고 있어서 한 시간이면 전교에 소문이 퍼진다고요."

"그러니까 학생들 사이에서 벽돌로 내리쳤다고 소문이 났다는 것이죠?"

"뭐, 이 소문은 이승민 아버지가 잡히기 전부터 났었습니다. 아마 그날 아침, 사건을 구경하던 아이가 '여기 벽돌이 발견 되었습니다' 이런 소리를 들었을 거예요. 물론 그 아이는 자신의 SNS에 그대로 올렸겠죠."

"한 번 볼 수 있을까요?"

"저보다야 젊은 사람들이 더 잘 아니 홍서린 선생이 보여주시죠?"

홍서린은 자신의 스마트폰을 켜고 페이스북에 접속하여 보여주었다.

"그럼 잠시 살펴보겠습니다."

하광현과 장한결은 홍서린의 페이스북을 훑어보았다.

벽돌 살인마 이승민부터 공승민의 추모, 이달수의 범행 등 때론 상세한 정보와 때론 부풀려진 정보들이 있었다. 장한결이 혀를 차며 선생님들에게 말했다.

"아이고야, 선생님들. 이승민 학생이 살인마가 되어 있네요. 그러니 승민이가 집에서 그렇게 있죠."

홍서린 선생의 표정이 일그러지며 대답했다.

"저도 우리 승민이가 불쌍해 죽겠어요."

"선생님들이 지금에라도 학생들에게 정확한 사실을 말해야 하지 않겠습니까?"

하광현 형사는 헛기침을 했다.

"장 형사, 수사 중에는 쓸데없는 이야기 좀 그만해!"

"앗, 죄송요."

"그런데 선생님들, 벽돌 살인마에 대한 이야기는 더 없나요?"

하광현의 질문에 남용성이 대답했다.

"아버지의 죄를 이승민이 뒤집어써서 벽돌 살인마가 된 것이죠. 그게 요즘 가장 많이 거론되는 이야기입니다."

하광현 형사는 더 묻고 싶은 것이 있지만 참는 느낌이었다.

"남용성 선생님, 명함 하나 받을 수 있을까요? 혹시 사건에 대해 궁금한 것이 생기면 좀 묻겠습니다."

"선생들은 명함을 안 키워요. 여기 적어 드리겠습니다."

남용성은 자신의 자리로 가서 노란 포스트잇에 전화번호를 적어서 가져왔다.

"장 형사, 별 것도 없는데 여기서 마무리하자고. 커피잘 마셨습니다."

"네, 형사님들. 들어가세요."

두 형사는 차를 주차한 지하주차장으로 갔다. 하광현팀장은 자신들의 차에 탈 생각은 하지 않고 아까 남용성이 적어준 포스트잇을 보며 주차된 차들의 앞유리에 있는 전화번호를 살폈다.

"뭐하세요, 팀장님? 안가세요?"

하광현은 오래돼 보이는 중형세단을 보며 말했다.

"아, 이 차구면. 이 차가 남용성의 차야. 일단 차에 타서 이야기 하자고."

세워둔 자신들의 차로 돌아왔다. 아까부터 심각한 표정의 팀장에게 물었다.

"팀장님, 남용성 선생에게 뭔가 있으신 거죠?"

"음… 있네. 한데 자네는 그걸 눈치 못 챘나?"

"글쎄요. 전혀 이상한 것을 느끼지 못했는데요."

"으이구. 자네는 수사과 짬밥을 1년 동안 먹었는데 발전이 없나?"

장한결은 멋쩍은지 머리를 긁었다.

"자네는 수사에 너무 감정이입을 해서 문제야. 자네는 이달수가 불쌍하지?"

"객관적으로 볼 때는 그렇잖아요. 이승민은 중학교 때부터 괴롭힘을 당하고 결국 자살까지 시도했어요. 팀장님도 저번에 권총으로 쏴버린다고 하신 것 같은데요."

"내 자식이라면 그렇지. 하지만 그런 방식으로 세상이 돌아가면 안 돼. 그리고 우리는 감정에 치우치지 않고 더욱 객관적으로 수사를 해야 하고. 일단 학교 밖으로 나가지."

"네, 노력해 볼게요."

장한결은 시동을 켰고, 하광현은 담배를 피우기 위해 라이터를 켰다.

"팀장님, 경찰서로 돌아가는 건가요?"

"아니. 교문을 나가서 멀찌감치, 하지만 교문이 잘 보이는 곳에 차를 세우게."

장한결은 반대편 찻길에 주차된 덤프트럭 뒤에 세웠다. 물론 교문이 잘 보였다.

"장 형사! 처음 공승민의 시체를 발견하고 폴리스라인을 확실히 쳤지?"

"그랬겠죠?"

"그랬겠죠가 아니라 자네가 도착했을 때를 기억해 봐."

장한결은 당시 기억을 떠올렸다. 출동한 파출소 경찰이 발견자와 몇몇의 운동하는 사람들과 같이 있었다.

"제가 도착했을 때, 사건 현장에는 많은 사람이 없었습니다."

"좋아. 먼저 폴리스라인을 치고 주변을 수색하던 경찰에 의해 벽돌이 발견되었어. 범행에 사용된 벽돌은 경찰 관계자 외에 아무도 보지 못했을 거야."

"당연하죠."

"그래서 난 이달수를 조사했을 때, 벽돌의 종류를 물었던 거야. 이달수는 정확히 적벽돌을 설명했지."

그때, 장한결의 머리에서 전류가 팟하고 흘렀다.

"아까 남용성도 적벽돌이라고 했죠?"

"맞아. 그래서 아까 혹시나 페이스북에 적벽돌에 대한 이야기가 있는지 봤던 거야. 어디에도 적벽돌은 없었지. 수사하는 형사들을 제외하고 범행에 사용된 것이 적벽돌인 것을 아는 사람은 누굴까?"

286

"바로 실제 벽돌로 내리친 이달수와 이달수가 파묻은 벽돌을 꺼낸 제2의 용의자겠지요."

"남용성은 자신의 눈으로 적벽돌을 보았으니 아까 무의식적으로 말이 튀어나왔다고 할 수 있어."

"아, 역시 팀장님은 대단한 눈썰미를 지니셨어요."

"살인 사건을 수사하는 형사라면 당연히 그 정도는 알아내야 하는 거야."

"남용성은 화장실에서 자위할 때, 공승민을 죽여 버리겠다고 했죠. 공승민을 노리고 에탄올을 주입하려 공원에서 기다리고 있는데 이달수가 먼저 벽돌로 선수 친 거예요. 하지만 가서 보니 공승민은 죽지 않았어요. 그래서 자신의 계획대로 에탄올을 주입해 마무리를 한 것이죠. 남용성은 물리 교사라고 했는데 학교 과학실이라면 주사기와 에탄올을 구하기는 쉬웠을 겁니다."

"한데 그랬다면 동기가 뭘까? 선생이 학생을 살인할 정도의 분노가 있을까?"

"역시 팀장님은 대단해요. 그래서 여기 기다려서 남용성 선생을 미행해 보자는 거군요? 아까 그래서 전화번호를 받았고, 전화번호를 이용해 차도 알아낸 것이고요."

하광현은 담배를 끄고는 꽁초를 홀더에 있는 종이컵에

버렸다. 이미 꽁초는 수북해 넘치기 직전이었다.

"남용성의 집에는 범행에 사용한 에탄올과 주사기가 있을지도 몰라. 하지만 남용성이 적벽돌을 안다는 것과 자위영상만으로는 수색영장이 나오기 힘들 거야. 그래서 일단 뭔가를 잡을까 남용성을 따라가 보자는 것이네."

"일단 집을 알아내면, 불법으로 들어갈 수도 있고요."

"그건 최후의 수단이고, 아무튼 이따가 남용성 차가 나오면 자네는 남용성을 미행하게. 난 다시 학교에 들어가서 남용성에 대해 조사를 해보겠네."

사위가 어두워질 때쯤 지하주차장에서 남용성의 차가 나왔다. 작전대로 하광현 팀장은 차에서 내렸다.

"휴대폰 진동으로 하고, 급한 일 있으면 연락하게나."

"네, 팀장님. 수고하십시오."

장한결은 남용성의 차를 천천히 따라갔다. 남용성은 먼저 대형 마트로 들어갔다. 남용성의 차가 보이는 곳에서 멀찌감치 떨어져서 주차하고 기다렸다. 남용성은 30분 후 양손 가득 물건을 산 비닐봉투를 들고 나왔다.

다시 차를 따라갔다. 10분 정도 갔을까? 남용성은 자신의 차를 한 아파트 단지 옆길에 주차하고는 짐을 뺐다.

"여기가 집인가?"

마찬가지로 장한결도 주차하고는 남용성의 뒤를 밟았다. 양손 무거운 짐을 들고 있었지만 발걸음은 가벼워 보였다. 기분이 좋은지 얼굴에 미소가 끊이지 않았다. 남용성이 103동 아파트 입구로 들어갔다. 장한결은 재빨리 아파트 뒤쪽으로 돌아가 남용성이 들어간 라인을 살폈다. 2층에서 불이 들어왔다. 2층 4호가 남용성의 집인 것이다. 이제 무작정 기다려 보기로 했다.

　밤 10시가 지나자 장한결이 잠복하고 있던 곳으로 하광현 형사가 왔다. 하광현 형사는 편의점 봉투를 장한결에게 건넸다. 봉투 속에는 삼각 김밥과 우유가 있었다.

　"감사합니다. 팀장님은 뭐 좀 드셨어요?"

　"그래. 자네나 들게나."

　"저기 2층이 남용성의 집이에요."

　"일단 앉아서 얘기하지."

　둘은 남용성의 집이 보이는 벤치에 앉았다.

　"뭔가 특별한 일은 없었나?"

　"남용성 선생은 마트에 들러 먹을 것을 샀어요. 그리고 차를 저 밖의 도로에 세우고 집으로 들어갔습니다."

　"그래? 지하주차장이 있는데 굳이 밖에 차를 세웠지?"

　"그러게요. 그건 생각지 못했네요. 학교에서 뭔가 알아낸 것이 있습니까?"

"아까 만났던 홍서린 선생하고 이야기했네. 홍서린 선생
은 남용성과 몇 년 동안 같이 근무했다고 하는군. 남용성
은 올 초에 이혼했다네."

"그렇군요."

"그리고 술버릇이 별로 좋지 않은가봐. 여선생들에게 치
근덕거리는데 특히, 송나영 선생에게 그런다는군. 원래도
그랬었지만 올 초에 이혼하고 점점 증상이 심해진다는 거
야. 그래서 송나영 선생 전화번호를 물어 전화해보니 받
지 않더군. 메시지를 남겼으니 보면 오겠지."

장한결은 삼각 김밥을 뜯어 먹었다.

"남용성 부장은 송나영 선생의 방석을 이용해서 자위를
했고, 동영상에서도 송나영 선생을 찾겠다고 했었죠. 둘이
사귀었을까요?"

"그건 알 수 없는 일이지만 공승민 살인이랑은 접점이
없잖아."

"뭔가 연결고리가 있을 것 같은데. 남용성이 에탄올을
주입한 진범이라면요. 공승민을 죽여서 송나영 선생을 다
시 찾는다는 거잖아요."

"논리적으로는 그렇게 되겠지."

"평소에 송나영 선생에게 치근덕거리는 남용성 부장은 공승민으로부터 송나영 선생을 찾는다는 것이고, 공승민은 송나영 선생이 담임이에요. 혹시 공승민과 송나영 선생이 사귀었을까요?"

"당치도 않는 소리 그만하게. 공승민에게는 신그린이라는 여자 친구가 있었어."

"아, 그랬죠? 도대체 어떤 연결 관계가 있는지 알 수가 없네요."

그렇게 벤치에서 추리하고 있을 때, 하광현 형사의 전화가 울렸다.

"송나영 선생이야. 스피커폰으로 통화하겠네."

하광현은 통화 버튼과 스피커 버튼을 차례대로 눌렀다.

"안녕하세요. 공승민 학생 수사를 맡고 있는 하광현 형사입니다."

ㅡ네, 안녕하세요.

"몇 가지 물으러 학교에 갔더니 병가 중이시라고 하던데요."

ㅡ네, 충격이 조금 있어서요. 휴식을 취하러 지금 본가에 내려와 있어요. 대전이에요.

"그렇군요. 언제쯤 올라오시나요?"

-지금 출발하려고요. 근데 묻고 싶은 것이 뭐죠?

"남용성 부장과 공승민 학생의 사이가 좋지 않았나요?"

-공승민은 1학년 때 행실이 좋지 못했다고 했어요. 모든 선생님들이 그런 학생을 좋아하지는 않겠죠.

"남용성 부장이 평소에도 그런 말들을 했습니까?"

-아니요. 3학년 때는 공승민도 많이 좋아졌어요. 특별히, 문제가… 아, 사건이 있기는 했네요. 저랑 공승민이 문제가 있었는데 남용성 부장님이 해결해 주셨어요. 저는 못 봤지만 공승민 어머니에게 무릎을 꿇었다고 했어요.

"남용성 부장이 무릎을 꿇었다고요? 그럼 강력한 원한이 생겼을지도 모르겠네요."

-그렇지 않아요. 원인은 저 때문이었고 금방 해결되었어요. 그 이후에 공승민 이야기는 꺼내지 않았어요.

도대체 무엇 때문에 공승민을 죽일 만큼 원한이 생겼을까?

"외람된 질문이지만. 듣기로 남용성 부장이 선생님에게 치근덕거렸다는데 사실인가요?"

전화기 저편에서 잠시 말이 없었다.

-학기 초에 회식을 몇 번 했어요. 그때는 몰랐는데 회식만 하면 옆으로 왔어요. 술을 거의 강제로 마시게 하고

부축하는 척하며 팔짱을 끼곤 했죠. 메시지와 전화가 오고, 그리고 언젠가부터 주말에 만나자고 하질 않나. 점점 심해지긴 했어요. 한 번은 집 근처로 왔으니 차 한 잔 하자고 해서 나가기도 했었어요. 점점 심해져서 저도 어떻게 대응해야 할까 걱정하고 있던 참이에요.

단서를 찾으려고 말 하나하나를 듣던 장한결도 모순된 점을 하나 찾았다. 아까 학교에서 남용성은 송나영의 집을 모른다고 했었다. 장한결이 나섰다.

"송나영 선생님, 저는 저번 학교에서 조사했던 장한결 형사입니다."

-네.

"남용성 부장이 송나영 선생님 집을 안다고요?"

-회식 때 저를 몇 번 데려다 주기도 했으니 당연히 알겠죠.

"남용성 부장 혼자 데려다주었나요?"

-네, 학기 초이고 3학년 부장이라 제가 너무 마음을 놓았던 것 같아요.

남용성은 송나영 선생의 집을 알고 있었지만 거짓말을 했다. 왜 거짓말을 했을까?

"지금 대전에서 출발하시면 밤늦게 도착하시겠으니 내일

쯤 만나실 수 있을까요?"

-뭐, 그건 괜찮을 것 같아요.

"한데, ○○시에서 송나영 선생님 댁은 어딘가요?"

-○○동 ○○아파트에요.

○○동 ○○아파트라면 두 형사가 지금 있는 아파트이
다. 설마 남용성과 같은 아파트에 살고 있는 것일까? 송
나영의 말하는 느낌으로는 아닌 것 같은데.

"선생님, 혹시 103동 204호에 살고 있지 않은가요?"

-네, 어떻게 아셨어요?

헉, 지금 남용성은 송나영 선생 집에 들어가 있는 것이
었다.

"일단 아파트에 오시면 연락주세요."

살인 사건을 조사하다가 스토킹 및 무단 가택 침입자를
검거하게 생겼다. 하광현 팀장도 만족하는지 웬일로 안하
던 칭찬을 했다.

"장 형사, 한 건 했구만. 거 봐. 말을 자세히 듣고 생각
하니 모순점들이 보이잖아."

"헤헤, 우연입니다. 한데 선생이란 사람이 동료 여교사
를 스토킹하고 그것을 넘어서 집까지 무단 침입했으니 믿
을 놈 하나도 없네요."

"선생도 사람이니 세상의 범죄를 안 저지를 리 없겠지. 하지만 선생과 경찰은 특히 더 조심해야 해. 선생은 학생을 가르치고 경찰은 범인을 잡아야 하니 고도의 정직이 요구되는 직종이야."

"일단 무단 가택침입으로 체포하고 남용성의 집을 조사해서 공승민을 살해한 증거를 찾으면 되겠네요."

"그러자고. 이따 송나영 선생이 도착하면 같이 들어가 보자고."

13-A

남용성은 몸이 날아갈 것 같이 개운했다. 어젯밤 송나영의 침대에서 잠을 자서 그렇다. 혼자였지만 송나영 선생과 결혼한 느낌이었다. 송나영의 병가는 아직 3일이 남았다. 남용성은 오늘 밤에도 결혼 놀이를 실컷 즐기자는 마음을 가지고 수업을 했다.

공승민의 죽음에 아직 학교의 분위기는 어두웠지만 사람의 뇌는 망각곡선에 의해 금방 잊힐 것을 알고 있다.

남용성은 더욱 열심히 물리 수업을 진행하였다. 다 저녁 때, 형사들이 찾아왔다. 처음 수사했던 하광현, 장한결 형사였다. 형사가 찾아와 괜히 긴장 되었지만 벽돌 살인 마는 이승민의 아버지니 걱정할 필요가 없다 생각하고 마음을 가라앉혔다.

형사들이 와서 특별히 조사한 것은 없었다. 그리고 이승민 아버지가 자백을 했다고 하니 자신에게는 불똥이 튀지 않음을 확인하였다. 형사들이 나간 후 짐을 정리했다. 한시라도 빨리 송나영의 집으로 가고 싶었다.

"선생님들, 요즘 일이 있어서 제가 빨리 좀 나가 보겠습니다. 학생들 면학 분위기 조성에 힘써 주시기 바랍니다."

3학년 부장이 매일 빨리 나가는 것에 눈치가 보였지만 송나영이 없는 며칠만이다. 아파트로 가는 길에 마트에 들러 술과 안주를 샀다. 오늘 밤에는 코가 삐뚤어지게 마시기로 했다. 발걸음이 왜 이렇게 가벼운지 하늘로 날아 오를 것도 같았다.

103동 204호 앞에서 차량 위치 추적을 해 보았다. 역시나 대전이었다. 비밀번호를 누르고 아파트 현관을 열었다.

"여보, 남편 왔어."

남용성은 안으로 들어가자마자 자신의 옷을 벗고, 미키 마우스 팬티를 입었다. 그리고 식탁에는 빨래 바구니에서 꺼내온 팬티와 브래지어 세 쌍을 펼쳤다.

하나는 분홍색 망사, 하나는 검정색 망사, 하나는 분홍색 면 팬티였다. 망사 팬티가 입었을 때는 섹시하게 보이겠지만 거칠어 얼굴에 비비기에는 적당하지 않았다. 역시 분홍색 면 팬티가 좋아 그것을 가운데로 옮겼다.

"당신은 섹시함보다 부드러움이 있는 여자야."

술상을 펼치고 술을 마셨다. 식탁 맞은편에 있는 팬티를 보고 있자니 술이 저절로 들어갔다. 술에 취했는지, 뇌가 미쳤는지 분홍색 면 팬티가 송나영 선생으로 느껴졌다.

"여보. 나랑 이렇게 결혼하니 즐거운 저녁시간도 있고 좋지?"

"뭐라고요? 키스하자고요? 그럼 우리 키스하죠."

남용성은 팬티를 들어 키스했다. 예전 노래방에서 키스했던 기억이 떠올랐다. 그렇게 늦은 밤까지 사온 술을 모두 마셨다. 만취 상태에 도달한 남용성은 침대로 빨려 들어가 그대로 깊은 잠으로 빠져들었다.

띠띠띠띠

남용성은 잠결에 이상한 소리를 들어 눈을 떴다. 창문

을 보니 컴컴한 것이 아직 밤이었다. 아직 술에 취했는지 방이 빙글빙글 돌았다. 침대에서 일어나 밖으로 나오자 송나영 선생이 있었다.

"오, 송나영 선생? 아니 여보, 벌써 오셨어요?"

송나영 선생은 비명을 질렀다. 남자 둘이 뒤에서 나타났다. 얼굴을 어디서 봤는데 분명히 형사였다. 형사가 여기 왜 왔지? 그리고 송나영 선생은 왜 소리를 지르는 걸까? 송나영 선생은 공포의 눈을 하고 형사들 뒤에 숨어 있었다. 형사는 뭐라고 말하면서 손에 수갑을 채웠다. 아! 맞다. 내가 공승민을 죽였었지? 이 형사들이 공승민을 죽인 것을 드디어 알아낸 거구나. 하지만 공승민을 죽인 것에 대한 아무런 감정은 없다. 송나영 선생이 형사들 뒤에 숨어 있는 것에 배신감이 몰아쳤다.

"송나영 선생! 그 눈이 뭐야? 난 당신을 위해 공승민을 죽였단 말이야!"

남용성의 외침에 두 형사도 놀랐는지 동공이 확장되었다.

14-B

새벽 1시 쯤 송나영 선생이 지하주차장에 도착했다. 일단 지금 송나영 선생 집에 남용성 부장이 있다고 말했다.

"설마……"

송나영 선생은 있을 수 없는 일인 듯 고개를 흔들었다.

"그동안 이상한 점은 없었나요?"

"제가 털털한 성격이라 집에 누가 들어왔어도 몰랐을 거예요."

"좋습니다. 저희와 동행해 집으로 들어가 보시겠습니까?"

"…네."

송나영 선생은 2층에 도착해 떨리는 손으로 비밀번호를 눌렀다. 도대체 비밀번호를 어떻게 알았을까 궁금했다. 띠링~ 소리와 함께 문이 열렸다. 아니길 바랐지만 남자 신발이 놓여 있었다.

"헉, 정말 남자 신발이 있어요."

"남용성 부장이 맞습니다. 저희가 미행했으니 확실해요."

"알겠어요."

먼저 들어간 송나영의 입에서 날카로운 비명소리가 터져 나왔다. 평소 들어보지 못한 초고음이었다.

장한결 형사도 신발을 벗고 얼른 뛰어 들어갔다. 거기에는 미키마우스가 그려진 여자 팬티만 입은 남용성이 서 있었다. 아마 송나영 선생의 팬티일 것이다. 머리는 부스스하고 눈알이 빨갛다. 식탁 위에 많은 술병이 있는 것으로 보아 지금도 취한 것 같았다.

"오, 송나영 선생? 아니 여보, 벌써 오셨어요?"

장한결 형사는 수갑을 들고 다가가 남용성의 손에 채웠다.

"남용성 씨, 당신을 현시간부로 무단 가택 침입으로 체포합니다."

장한결 형사가 말했지만 남용성은 들리지 않는지 하광현 형사 뒤에 숨어 있는 송나영만 보았다. 원망을 깊이 담은 눈빛이었다.

"송나영 선생! 그 눈이 뭐야? 난 당신을 위해 공승민을 죽였단 말이야!"

남용성의 입에서는 충격적인 말이 나왔다. 분명히 자신이 공승민을 죽였다고 말했다. 장한결은 하광현 팀장을 돌아보았다.

"장 형사, 분명 녹화하고 있지?"

요즘 범인들의 민원이 높아지고 있어 체포 시 휴대전화

로 녹화를 하고 있었다. 핸드폰 동영상 모드를 켜고 가슴 앞주머니에 넣었었다. 다시 핸드폰을 꺼내 확인하고는 남용성에게 물었다.

"남용성 씨, 당신이 공승민을 죽였나요?"

남용성은 그제야 장한결을 보았다.

"다 알고 잡으러 온 거 아니었어요?"

심증만 있었지 증거는 없었다. 장한결 형사는 시치미 떼기로 했다.

"맞아요. 당신이 공승민에게 에탄올을 주사해서 죽였잖아요."

"뭐, 모두 알고 계시네요."

"자, 미란다 원칙을 다시 말씀드립니다. 귀하는 공승민의 살인을 범한 혐의로 현시간부로 영장 없이 긴급체포합니다. 변호사 선임 및 체포 적부심을 신청할 수 있으며, 변명할 말씀이 있으면 해주시기 바랍니다."

얻어 걸렸지만 드디어 공승민 살인사건 진범을 체포했다. 남용성을 경찰서로 데려온 후 긴급하게 영장을 신청했다. 본인의 입으로 일단 자백했으니 체포 영장과 수색 영장은 순조롭게 떨어질 것이다.

범인 체포에 결정적 역할을 한 두 형사에게 이번 신문

도 맡겨졌다. 모두가 예상한 대로 남용성은 공승민을 죽이기 위해 과학 실험실에서 에탄올과 주사기를 준비했다고 했다. 그리고 범행시기를 잡기 위해 공승민을 따라다녔는데 한 남자가 먼저 벽돌로 선수 쳐서 좋은 기회다 싶어 범행을 실행했다고 했다. 두 형사는 가장 궁금한 동기를 물었다.

"한데 남용성 씨, 공승민을 죽일만한 이유가 도대체 뭡니까?"

"아까 송나영 선생 집에서 체포했으니 제가 송나영 선생을 깊이 사랑한다는 것은 알 겁니다. 송나영 선생은 고목나무에서 꽃을 피게 했어요."

"고목나무라니 무슨 뜻입니까?"

"흐흐흐. 그건 상관없겠죠. 아무튼 저는 송나영 선생을 깊이 사랑했어요. 하지만 제 마음도 모르고 송나영 선생은 공승민을 사랑했다고요."

"무슨 말도 안 되는 소리를 하십니까?"

"제가 봤어요. 송나영 선생이 쓴 일기를 봤어요. 송나영 선생은 공승민을 좋아했는데 공승민이 신그린과 사귀자 침울해 했어요. 송나영 선생은 그런 공승민을 증오했을 겁니다. 그래서 제가 대신 공승민을 죽인 겁니다."

"단지 송나영 선생님의 일기만 보고 그렇게 생각하셨다고요?"

"네, 송나영 선생의 일기요."

"결국 남용성 씨의 파멸 일기가 되었네요."

"파멸 일기요? 이렇게 잡혔으니 그렇기도 하네요."

장한결 형사는 혀를 찼다. 자신이 짝사랑하는 여자가 좋아하는 남자를 죽인다는 말도 안 되는 이유를 대는 것 같지만 남용성은 송나영 선생의 집에 무단침입해서 미키마우스가 그려진 여자 팬티를 입고 있었다. 단단히 미쳐 있다. 충분히 가능성이 있어 보였다.

"한데 형사님. 저는 완벽히 범행을 준비한다고 했는데 어디서 문제가 있었던 겁니까?"

"벽돌입니다."

"네? 벽돌이라니요?"

"당신은 이달수 씨가 땅에 묻었던 벽돌을 왜 다시 꺼냈습니까?"

"그야 이달수가 빨리 잡히기를 바라니 범행도구를 쉽게 발견할 수 있도록 한 것이죠."

"그게 문제였습니다. 이달수 씨는 분명히 벽돌을 땅에 묻었다고 했는데 벽돌은 밖에 나와 있었죠. 우리는 다른 용의자를 생각할 수밖에 없었어요. 그 말이 아니었으면 이달수 씨가 죄를 자백했기에 그냥 그렇게 넘어갈 뻔 했죠. 부검을 실시하니 에탄올 치사량이 나왔어요. 발등에서 주삿자국과 근처 피부 조직에서 에탄올이 나왔고요. 누군가 주입했다는 증거죠."

"우리나라 경찰의 조사 능력이 이렇게 대단한 줄 몰랐네요."

"그리고 당신이 학교에서 '적벽돌로 내리쳤다'고 했는데 그걸 직접 보지 않는 이상 적벽돌인 것도 알 수 없었을 테고요."

"의도치 않게 많은 실수를 했네요."

"범행에 사용한 주사기는 어디 있습니까?"

"집에 있어요. 책상 서랍에 넣어 두었습니다."

서류 작업도 막바지에 이르고 있었다. 그때 남용성이 생뚱맞은 질문을 해왔다.

"한데 형사님, 8살 차이의 학생을 사랑한 여교사와 10살 차이의 여교사를 사랑한 이혼남. 누가 더 잘못 되었나요?"

"그런 엉뚱한 질문이 어디 있어요?"

"이혼은 죄가 아니잖아요. 하지만 학생은 미성년이라고

요. 형사님! 학생을 사랑한 죄가 더 큰 거죠?"

"미성년자를 사랑했다⋯⋯."

장한결은 문득 누구의 죄가 더 큰지 생각을 하고 있었다. 뒤에서 하광현 팀장이 답답했는지 팔짱을 풀고 왔다.

"장 형사, 무슨 생각을 하나! 당연히 범죄를 저지른 놈이 나쁜 놈이지."

"하하. 그렇다네요."

그렇게 공승민 살인 사건이 마무리 되었다.

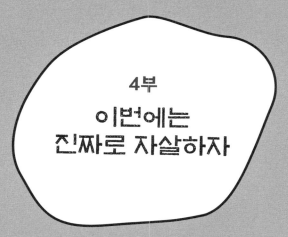

4부

이번에는
진짜로 자살하자

이승민은 컴퓨터로 한강다리를 검색하고 있었다. 한강의 가장 하류에 있는 다리는 일산대교였다. 사람이 통행할 수 없었지만 포탈사이트의 자동차 로드뷰를 보니 대교에 좁은 인도가 있었다. 아마 대교를 점검하는 사람들이 통행할 수 있도록 만들어 놓은 것 같다. 그리고 대교의 한 쪽은 김포로 논, 밭이 있어 늦은 밤 기어 올라간다면 아무의 방해도 받지 않고 대교로 올라갈 수 있을 것 같았다.

　"여기서 자살하자."

　저번 마포대교에서 뛰어 내릴 때에는 두 마리 토끼를 잡기 위한 치밀한 작전에 의해서였지만 이번에는 아니다. 진짜로 죽을 생각이다. 그래서 사람들이 많이 다니는 대교가 아니라 한강의 가장 하류에 있는 일산대교를 선택했다. 여기서 떨어지면 바다로 흘러가니 더 이상 자신을 건져줄 사람도 없을 거란 생각에서였다. 그리고 그냥 저 멀리 바다 속으로 사라지고 싶었다.

세상사 제대로 되는 일이 없었다. 이승민의 작전대로 아버지가 공승민을 처단했을 때에는 모든 것이 순조롭게 흘러갈 줄 알았다. 아버지에 의해 공승민은 저세상 사람이 되었고, 아버지도 살인자가 되어 감옥으로 들어가게 생겼다. 계획대로 이제 진짜 행복과 자유가 찾아올 줄 알았다. 하지만 기대와는 다르게 불행과 고통이 찾아왔다.

아버지가 밤에 체포되어 나간 다음날 공승민 어머니가 집으로 찾아왔다. 동네 떠나가라 소리를 지르고 살인자라고 울부짖었다. 온 동네 사람들이 나와서 구경했다.

이승민은 창문에서 보면서 '나를 그렇게 괴롭히더니 꼴 좋다'하고 속으로 엄청 웃어주었다. 학교도 가지 않아 좋았다. 여기까지 좋았다. 한낮에 공원을 산책하는데 공승민 패거리가 나타났다. 저번에 만났던 놈들이었다.

"이 살인자!"

이승민은 뒷걸음질 쳤다. 하지만 뒤에도 패거리들이 숨어 있었다. 이승민은 주위를 둘러보았다. 원래도 사람들이 없는 공원이었지만 한낮 더위에 운동하는 사람들은 없었다. 몸에서도 저번 위기와는 다른 경고를 보냈다. 이승민은 크게 소리쳤다.

"살려 주세요. 여기 깡패들이 나타났어요. 살려주세요."

"살인자 새끼가 어디."

양아치들이 달려들었다. 어디서 통증이 시작되었는지 모르겠다. 그저 몸을 새우처럼 웅크리고 어서 빨리 이 상황이 끝나기만을 기다렸다.

"살인자 새끼. 내 눈에 또 띄면 진짜 죽을 줄 알아라."

내가 살인자가 아니라 우리 아버지가 살인자라고. 양아치들이 떠나갔을 때, 몸은 만신창이였다. 걸을 때마다 옆구리가 욱신거렸다. 집으로 오자 집 앞이 소란스러웠다. 어머니를 동네 아줌마 몇 명이 둘러싸고 있었다.

"살인자들과 살 수 없으니 어서 이사 가세요."

동네 사람들의 눈빛은 강렬했지만, 어머니는 피하지 않았다.

"누가 살인자에요. 아직 형이 확정되지 않았어요."

"말이 필요 없으니 빨리 떠나세요."

"여긴 내 집이에요. 못 갑니다."

이번에는 옆의 아줌마가 나섰다. 공승민의 멧돼지 엄마와 체형이 비슷했다.

"당신들 때문에 이 동네 집값이 얼마나 떨어진 줄 알아? 어떻게 보상할거야?"

"그걸 왜 우리가 보상해요. 아무튼 못 떠나요. 여기는 우리 집이에요."

"정말 말이 통하지 않는구만. 살인자 남편과 뭐 다르겠어. 자식들도 똑같겠지."

어머니의 눈에서 불꽃이 튀었다.

"당신, 뭐라고 했어."

"살인자라고 했다."

어머니는 멧돼지 아줌마에게 달려들었다. 순간 일대 다수의 싸움이 되었다. 이승민 자신의 잘못된 판단으로 어머니를 더 욕보이게 했다. 이승민도 분노가 치밀어 엉켜 있는 사람들 속으로 뛰어 들어갔다.

그렇게 끝나면 좋겠지만 동네 사람들은 야밤에 찾아왔다. 벽에 라커스프레이로 '살인자는 떠나라', '벽돌 살인마의 집' 등 악의를 가지고 적기 시작했다. 돌을 던져 유리창을 깨기도 했다. 그때마다 어머니는 뛰쳐나갔지만 사람들은 금방 숨어버렸다. 이승민은 더 이상 참지 못하고 어머니께 건의했다.

"어머니, 이사 가면 안 되나요? 도저히 살인자로 취급

받고는 못 살겠어요."

어머니는 이승민의 따귀를 때렸다.

"너도 아버지가 살인자라고 생각하니? 아버지는 너를 위해 그랬던 거야. 너를 고통에서 구해주려고 살인까지 했어. 그런데 넌 이정도도 참지 못하겠니?"

모든 것이 틀어졌다. 이런 결과를 낼지 전혀 예상하지 못했다.

이승민은 SNS 사이에서 벽돌 살인마가 되어 있었다. 처음 몇몇이 이승민의 아버지가 살인자지 이승민은 아니라고 말했지만, 소수의견은 금방 묵살되었다. 거기에 왜 유전이 설득력 있는 증거가 되는지 모르겠다. 아버지가 살인을 했는데 왜 자신이 살인자가 되어야 하는지 이해하지 못했다.

"아니지. 내가 모든 것을 꾸몄으니 나에게 살인자라고 한들 틀린 말은 아니지."

이제 학교에 갈 수 없었다. 여동생도 마찬가지인지 자기 방에 틀어박혀 하루 종일 울고만 있었다. 그렇다고 밖으로 나갈 수도 없다. 동네 사람들을 만나기라도 하면 자신의 아이들을 뒤에 숨겨 집안으로 피하기 일쑤다. 그리고 공승민 패거리가 집 앞에 와서 행패를 부린다. 이승민은 어머니처럼 나가서 싸울 용기가 없으니 집안에 숨어 있기만 했다.

* * *

한 치 앞날을 보지 못 한다고 절망 속에서 희망의 새싹이 피어났다. 공승민을 죽인 살인자는 아버지가 아니라 3학년 부장인 남용성 선생이었다. 사건은 이러했다. 아버지가 벽돌로 공승민을 쳤을 때, 죽지 않았다. 실제로 죽을 만큼의 상처는 아니었다. 그 장면을 지켜보던 남용성 선생이 남은 숨통을 끊었다. 평소 공승민에게 원한이 있던 남용성 선생은 공승민을 살해하기로 마음먹고, 살해방법으로 준비한 에탄올을 쓰러져 있던 공승민에게 주입하였다. 그것이 직접적인 사인이 되어 공승민이 죽었다.

남용성 선생이 공승민을 죽인 정확한 이유는 모르지만 SNS에서는 가장 유력한 두 가지 설이 돌아다녔다. 첫째는 남용성 선생이 송나영 선생과 사귀는데 공승민이 송나영 선생에게 고백을 했단다. 그 분노에 죽였다는 설과 둘째는 남용성 선생이 공승민의 연인 신그린을 사랑했다는 것이다. 그래서 사랑에 미친 남용성 선생이 공승민을 죽여 신그린을 뺏으려는 것이다.

이승민은 무엇이 정확한 사실인지 모르지만 남용성 선생님의 화장실 영상으로 보건대 첫 번째 설이 더 믿을 만하다고 생각했다. 하지만 사람들이 모르는 사연도 있을 것이다.

아무튼 아버지는 살인에서 살인미수로 바뀐 혐의로 재판을 받고 있다. 어머니는 변호사를 선임해서 재판에 임하고 있는데 왕따 당하는 아들을 위한 것이 참작되어 징역 2년 안쪽으로 받을 수 있다고 했다.

이승민은 희망을 품은 채 학교로 나갔다. 하지만 하루 종일 주위의 시선이 느껴졌다. 차라리 아무도 아는 체를 안 했던 그 시절이 좋았다. 이승민은 여전히 SNS에서 벽돌 살인마로 통했고, 학교에서는 항시 따가운 눈총을 받아야 했다. 선생님들도 뭐가 껄끄러운지 멀리했다. 담임인 홍서린 선생님은 따뜻하게 맞아주었지만 자신을 특별 취급하는 것이 부담스러웠다. 그것 때문에 아이들의 시기가 커졌기 때문이다.

여우를 피하려다 호랑이를 만난다고 공승민 패거리가 불쑥불쑥 찾아와 복수라면서 폭행을 가했다. 마지막에는 반드시 오줌세례를 받아야 했다. 오히려 공승민의 따귀가 그리워질 정도였다. 이를 악물고 참아내야 했다. 누구도 이해해주지 않을 것이다. 어머니에게 말할 수도 없다. 어머니는 어머니대로 가족을 부양하기 위해서 돈을 벌어야 했다. 등록금과 입에 풀칠하기 위해서는 아침 새벽부터 밤까지 식당에서 설거지를 해야 했다. 물론 아버지는 최악의 불명예제대를 당했고, 더불어 군인연금 같은 것은 기대할 수 없었다. 집을 판 돈으로 변호사 비용을 충당해야 했고, 나머지는 원래 대출금을 갚아야 했다.

전보다 좋아진 것이 없다. 공승민의 따귀 대신 오줌세례를 받아야 했고, 구보 대신 벽돌 살인마라는 별명을 가지고 살아야 한다. 작전 실패, 그리고 실수다.

아버지는 이 모든 것을 예상했을까? 아버지의 가장 치욕은 불명예제대일까?

아버지께 면회를 갔다. 힘든 줄 알았는데 군인의 신분은 없어졌을지언정 품위는 잃지 않고 있었다. 아버지는 어깨가 쳐진 이승민을 보고 말했다.

"이승민 아들. 뭐가 그리 힘이 없나."

이승민은 본인이 짜 놓은 각본을 말할 수 없었다.

"아버지… 그런 놈 뭐 하러 응징했어요. 조금만 참으면 졸업하게 되는데요."

"승민아. 내가, 이 아버지가 미안하다. 중학교 때, 고등학교 때 너를 못 믿어 이 사달을 만든 거다. 네게 직접 용서를 빌지 못하고 그만 실수를 했구나. 너를 괴롭힌 그놈을 단죄하여 네게 용서를 빌려고 했는데 오히려 어머니와 너희를 더 고생하게 했구나. 아버지가 잘못 판단하여 그렇게 된 거다."

이승민은 아버지의 진심을 조금이나마 느꼈다. 그동안 힘들어 보니 그때가 행복했던 것을 느낄 수 있었다. 이 행복을 송두리째 날려버린 놈은 아버지가 아니라 이승민 자신이었다.

더 이상 살아갈 희망도 없다. 이제 자신의 죄에 벌을 내릴 차례다.

"진짜로 자살하자."

이승민은 늦은 밤, 일산대교 가운데 서 있었다. 검붉은 강물이 세차게 흘렀지만 오히려 두려움은 없었다. 여긴 누구도 구할 수 없을 것이다.

주머니에서 스마트폰을 꺼냈다. 밤 10시 42분.

"지금 전화해도 실례가 되지 않을까?"

이승민은 주머니에서 명함을 꺼냈다. 장한결 형사의 명함이었다. 이승민은 죽기 전 고해성사라도 해야겠다 싶었다. 전화번호를 누르는 손가락이 떨렸다. 마음과 다르게 신경체계는 자살을 두려워하고 있나보다. 전화기 저편에서 목소리가 들렸다.

-여보세요.

"장한결 형사님이세요?"

-네, 누구신가요?

"저 이승민입니다. 공승민을 벽돌로 친 이달수 씨가 저희 아버지에요."

-그래, 알고 있다. 늦은 밤에 무슨 일이니?

"공승민 사건에 대해 드릴 말씀이 있어서요."

-그래, 말해봐라.

"결국 공승민을 죽인 것은 저예요."

-그게 뭔 소리니? 알아듣기 쉽게 설명해 봐.

"모든 시나리오는 제가 짰어요. 전 저를 괴롭히는 공승민도 싫고, 매일 아침 구보를 시키며 군인을 만들려는 아버지도 싫었어요. 그래서 둘을 보내 버리기 위해 시나리오를 만들었어요."

전화기 저편에서는 숨소리만 들렸다. 이야기를 듣고 있는 것이다.

"공승민이 저를 괴롭힌 것은 사실이에요. 그래서 영상도 찍었고요. 절망 일기도 사실이에요. 전 아버지가 그것을 보고 공승민을 처벌해 주기를 바랐죠. 아니, 아예 죽여 버리면 좋겠다고 생각했어요. 그럼 아버지는 살인자로 감옥에 가고, 공승민은 지옥에나 떨어지라고 빌었어요. 거짓말처럼 그렇게 되었지만요. 형사님 듣고 있나요?"

-그래, 듣고 있다. 하지만 네 말을 곧이곧대로 믿을 수가 없구나.

"다른 형사님들이 다 조사하셨잖아요. 전 유람선도 타보고 마포대교도 가봤어요. 그리고 용기 있게 뛰어내리기 위해 율도공원에서 번지 점프도 세 번이나 했다고요."

-그래, 믿을게. 그래서 무얼 말하고 싶은 거니?

"좋아요. 그럼 여기까지 제 죄는 무슨 죄인가요?"

-글쎄, 공승민은 실제로 남용성 선생이 죽었고, 거짓말을 한 것도 아니고, 넌 죄가 없어.

이승민은 고개를 세차게 흔들었다.

"아니요. 아버지를 범죄자 만들어 불명예제대 시킨 죄, 어머니를 노동의 세계로 안내한 죄, 형과 여동생을 범죄자의 굴레로 들어오게 한 죄가 있습니다."

-그건 네 생각이지. 아무도 그렇게 생각하지 않아. 자동차 소리가 들리는데 지금 너 어디니?

"밖이에요. 그리고 형사님, 제가 시나리오를 짰다는 말을 믿지 않는 거지요?"

-믿어. 하지만 그것만으로 죄는 되지 않아. 걱정하지 말고 빨리 집으로 들어가거라.

"믿는다니 감사합니다. 불손한 시나리오를 짜서 가족 모두에게 고통을 준 점을 유죄로 판결합니다. 형량은 어떻게 되지요?"

-몰라. 너 어디야? 집에 빨리 들어가.

"호호호, 형사님 모르긴 뭘 몰라요. 바로 사형입니다. 저 이승민은 이승민에게 사형을 선고하는 바입니다."

-이 자식 장난해! 빨리 말 해! 너 어디야? 허튼 생각하지 말고 집으로 와. 아니, 나랑 만나자. 어디서 만날까?

"들어주셔서 감사합니다."

이승민은 전화를 끊었다. 이제 형을 집행해야 한다. 신발을 벗어 한쪽에 놓고 스마트폰을 그 위에 올려놓았다. 스마트폰이 부르르 떨렸다. 장한결 형사였다.

'어지간히 정의로운 형사로군.'

스마트폰을 그냥 두고 하던 일을 계속 했다. 주머니에 손을 넣어 학생증을 확인했다. 혹시나 발견되면 나의 신분을 증명할 필요가 있기 때문이었다.

난간에 올라가 걸터앉았다. 저 멀리 검붉은 바다가 보

였다. 저번에 마포대교에 섰을 때와는 기분이 달랐다.

"신이시여. 이번에 진짜입니다. 남은 우리 가족의 행복을 빌어주시고, 혹시나 다시 태어난다면 그때는 행복하게 살 수 있게 도와주십시오."

이승민은 몸을 앞으로 기울였다. 지구의 중력은 이승민의 몸을 잡아당겼다. 세차게 흐르는 한강물은 이승민을 집어 삼켰다.

희망을 품고 쓴 절망 일기가 모든 것을 파멸로 이끌었다. 파멸 일기를 쓴 것이다.

에필로그

이산포 소초의 TOD병 윤관희 상병은 한강에서 떠내려오는 사람의 형체를 보았다. 윤관희 상병은 매일 밤 한강을 바라보는 것이 임무였다. 강원도 최전방 철책도 있지만 한강하류로 침투하는 북한군을 막고자 김포와 일산 쪽에도 철책이 있었고 군인들은 밤새도록 경계를 섰다. 처음에는 북한군을 발견하면 제대한다고 하여 눈을 뒤집어 뜨고, 북한군을 찾았다. 하지만 한강은 너무 평화로웠다. 밤은 길었고 매일 다른 상상의 세계로 들어갈 수 있게 해주었다. 하지만 오늘은 달랐다. TOD(야간감시장비)에는 분명 사람의 형체가 보였다.

전화기를 들었다.

-대대본부 상황실입니다.

"이산포 소초 TOD병 상병 윤관희입니다. 이산포 소초 34초소와 35초소 사이 사람의 형체가 보입니다. 계속 한강 하류로 떠내려가고 있고, 곧 도촌 소초로 넘어갑니다."

-사람 확실합니까?

"확실합니다."

한강 자유로를 지키는 군인들에게 비상 전투태세가 내려졌다. 경계를 서는 도촌 소초 장병들에게도 난리가 났다. 전반야(저녁 6시~밤 12시) 근무자들은 계속 초소 근무를 서고, 후반야(밤 12시~새벽 6시) 근무자들이 작전에 투입되었다.

소초장 앞에 소초원 16명이 비장한 자세로 섰다. 소초장도 처음 있는 상황에 어쩔 줄 모르는 모습이었다.

"자, 지금은 실제 상황이다. 우리는 철책 안으로 들어가 강으로 떠내려 오는 사람을 확인해야 한다."

한 병사가 손을 들었다.

"무얼 확인한단 말입니까?"

"상부에서는 북한 사람인지 남한 사람인지 확인하라고 한다."

"그럼 위험할 수도 있지 않습니까?"

"걱정 말아라. 평소에 한 훈련을 생각해라. 그리고 상부의 정보에 의하면 죽어 있을 확률이 높다고 했으니 걱정 말아라. 그럼 삽탄 시작!"

실탄을 K2소총에 넣었다. 소초원들의 얼굴에도 긴장이 서렸다.

"그럼 1분대부터 출발한다. 3분대는 철책의 통문을 열고, 소초에서 엄호하고, 2분대는 주변을 경계하면서 1분대를 따라온다."

군인들이 갈대숲을 지나 강가로 가고 있었다. 상부에서는 32초소에서 사람의 형체가 없어졌다고 했다. 소초장을 따라오는 무전병의 무전기가 계속 울렸다.

-치치~ 알페오 하나, 알페오 하나 여기는 부라보장. 알페오 하나, 알페오 하나 여기는 부라보장.

대대장의 무전병이다. 소초장이 손으로 목을 긋는 시늉을 하였다. 무전을 받지 말라는 소리다. 어차피 사람을 찾았냐는 문의일 것이다.

앞의 1분대장이 주먹을 들어 올렸다. 모든 소대원들이 바닥으로 숨었다.

"앞 강가에 걸쳐 있는 사람이 보입니다."

"살아있나?"

"엎드려 있습니다. 의식은 없어 보입니다."

소초장은 무전병에게 대대본부에 연락을 취하라고 하고는 용기 있게 앞으로 나갔다. 엎드려 있는 사람이 보였다. 사람이 입고 있는 옷은 군복이 아니라 많이 보편화된 옷이었다.

"1분대장, 저 사람이 입은 옷, 교복 아니야?"

"그런 것 같습니다."

소초장은 사람을 뒤집었다. 아직 앳돼 보이는 것이 학생인 것 같았다. 귀를 심장에 가까이 대보니 심장이 뛰고 있었다.

"어, 살아있네."

그때 무전병이 소리쳤다.

"소초장님, 대대장님이 남한 사람인지 북한 사람인지 물어봅니다."

"남한 사람이고 학생이라고 전해. 그리고 살아있으니 구급차를 보내라고 전하고."

주머니를 뒤지자 학생증이 나왔다.

'충덕 고등학교 3학년 이승민'

"자, 남한 학생 이승민을 빨리 옮기자고."

군인들은 부산스럽게 이승민을 옮겼다.

〈끝〉

추천사

한이
(한국추리작가협회 회장, 계간미스터리 편집장)

윤자영 작가는 참 부지런한 사람이다. 학교에서 아이들을 가르치면서 동아리 활동을 지휘하고, 그 결과물로 문집을 내고, 과학기술정보통신부 올해의 과학교사상을 수상하기도 했다. 이런 활동들을 보면 그가 「계간 미스터리」의 신인상을 받고 등단했으며, 한국추리작가협회에서 주최하는 한국추리문학상에서 2019년 신예상을 받은 촉망받는 추리소설가라는 사실을 떠올리기란 쉬운 일이 아니다. 이미 2019년 한 해에만 『교동회관 밀실 살인사건』, 『나당탐정사무소 사건일지』 두 권의 연작 장편을 발표한 그가 2020년에도 부지런한 행보를 이어가고 있으며, 그 결과물이 『파멸일기』다.

　이번 작품은 그가 특기로 삼고 있던 수수께끼 풀이 형식을 벗어나 한결 진화된 모습을 보여준다. 프랙탈 이론은 언제나 부분이 전체를 닮는다고 주장한다. 『파멸일기』는 학교라는 한정된 배경을 부분으로 삼아 우리 사회 전체의 부조리와 모순을 적나라하게 드러낸다. 지능화된 학교 폭력, 경제 논리가 우선하는 교직 사회, 진실보다는 권력에 따라 움직이는 이사회의 모습은 우리 사회 전체를 닮아 있다.

　이 소설에는 두 가지 '일기'가 나온다. 하나는 특정한 목적을 갖고 '다른 사람에게 보여주기 위한 일기'이고, 다른 하나는 일기의 본 목적에 충실한 '내면의 고백'으로서의 일기다. 하지만 두 가지 형태의 일기 모두 다른 사람에게 '읽힌다/읽히고 만다'는 것과 그것이 결국 '살의/파멸'로 이끈다는 공통점이 있다. 어쩌면 작가는 '침묵이 강요되는 상황'과 '마땅히 지켜져야 할 비밀이 누설되는 상황' 모두 '파멸'을 갖고 온다는 것을 추리소설이라는 외피 안에 담고 싶었던 것이 아닐까. 권력에 의해 진실이 닫힌 입과 집단 관음증에 가까운 집착이 만들어낸 자살이 빈번한 우리 사회에 『파멸일기』가 던지는 묵직한 경종이다.

그렇다고 해서 이 소설이 딱딱한 인문서는 아니다. 추리소설의 본령인 재미에 충실하고, 의외의 반전 역시 꼼꼼하게 감춰져 있다. 거기에 현직 교사답게 학교에서 벌어지는 상황을 디테일하면서도 선명하게 그리고 있고, 지금 우리 아이들이 겪고 느끼고 있는 다양한 고민들을 섬세하게 다루고 있다. 흔히 소설을 쓰는 작가를 나눌 때, 머리로 쓰는 작가와 발로 쓰는 작가로 분류하고는 한다. 이 소설은 전형적인 발로 쓴 작품이다. 작가 본인이 현장에서 직접 겪으면서 고민한 생생한 흔적들이 소설 행간 사이에 가득하다. 부지런한 작가가 쓴 이 소설을 강력하게 추천하는 또 다른 이유다.

'이걸 배워서 어디에 써 먹어요?'

선생으로서 학생들에게 많이 받는 질문이다. 하긴, 미토콘드리아의 전자전달계에서 전자와 이온 이동을 아는 것이 삶에 필요할까? 그래서 과학 지식을 활용해 보기로 했다.

'좋아! 배운 것을 어떻게 써 먹는지 알려주지. 학교에서 배운 과학 지식을 이용한 소설을 쓰자.'

그렇게 시작한 소설 쓰기가 벌써 5년이 지났다. 많은 소설가들이 고민하겠지만 난 도대체 어떤 소설을 쓰고, 어떤 의미를 담아야 할까 많은 고민을 하였다.

그래, 내가 가장 잘 아는 것을 쓰자. 그동안 과학트릭을 이용한 본격추리소설을 썼다면, 이번에는 학교이야기를 썼다.

학교는 청소년들의 사랑과 꿈을 키우는 즐거운 곳이지만, 일부는 아픔이 있는 곳이다.

공부를 잘하는 학생이 있으면, 못하는 학생이 있고, 인기가 있는 학생이 있는가 하면, 없는 학생도 있다. 후자의 학생들은 학교가 죽기보다 싫은 곳이 될 수 있다.

학생에게 문제가 발생하면 부모는 학교를 탓한다. 학교는 관심부족의 부모를 탓한다. 학생을 바라보는 눈이 달라서 생기는 문제이지만, 대부분 한 쪽의 문제만은 아니다.

나는 소설에서 그것을 말하고 싶었다. 부족함 없이 무엇이든 해주는 부모가 완벽하지는 않다는 점, 학생 개개인은 너무나 소중해서 한 명이라도 소외되는 학생이 없는 학교가 되어야 한다는 점을 보여주고 싶었다.

부디 희망의 학교가 절망의 학교로 느껴지는 학생이 한 명도 없기를 희망한다.

추리소설에서 한국 작가들은 출간에 많은 어려움이 있다. 여러 가지 어려움을 나열할 수 있지만, 한 가지만 말하면 출판사 입장에서 적자를 안으면서 출판할 수는 없기 때문이다. 그것을 알면서도 신인의 작품을 지속적으로 출판해 주시는 몽실북스 주연지 대표님께 가장 먼저 감사의 말을 전한다.

추리소설가로 등단하고, 몇 권의 소설을 출판하게 도와준 한국추리작가협회의 많은 작가님들에게도 감사의 인사를 전하고 싶다. 이름을 모두 열거하고 싶지만 혹시 빠뜨릴 걱정에 생략하고, 나중에 직접 감사의 말을 전하겠다.

마지막으로 작가의 초고를 가장 먼저 읽고 신랄한 비판을 서슴지 않는 아내, 지금은 어려서 읽지는 못하지만 언젠가 나의 열렬한 팬이 되어 줄 딸, 부족하게 태어났지만 내게는 너무 사랑스러운 아들에게 감사를 전하며 마친다.

2020년 봄, 감사의 기도를 드리며
윤자영

파 · 멸 · 일 · 기

1판 1쇄 인쇄　2020년 04월 16일
1판 2쇄 발행　2020년 05월 15일

지은이 · 윤자영
발행인 · 주연지
편집인 · 석창진
편집　 · 박영심
디자인 · 김서영
마케팅 · 허은정
북트레일러 · 사이클론

펴낸곳 · 몽실북스
출판신고 · 2015년 5월 20일 (제2015 - 000025호)
주소 · 서울 관악구 난향7길52
전화 · 02-592-8969 / 팩스 · 02-6008-8970
전자우편 · mongsilbooks_kr@naver.com
카페 · http://cafe.naver.com/mongsilbook
네이버 포스트 · post.naver.com/mongsilbooks_kr
인스타그램 · instagram.com/mongsilbooks

ISBN 979-11-89178-17-8 (03810)

- 이 도서의 국립중앙도서관 출판예정도서목록(CIP)은 서지정보유통지원시스템 홈페이지 (http://seoji.nl.go.kr)와 국가자료공동목록시스템(http://www.nl.go.kr/kolisnet)에서 이용하실 수 있습니다.(CIP제어번호: CIP2020013119)
- 잘못된 책은 구입하신 서점에서 바꿔드립니다. ●책값은 뒤표지에 있습니다.